時穴みみか

藤野千夜

JN053041

双葉文庫

時穴みみか　もくじ

第三章　さらみみ会

第四章　十二月の客

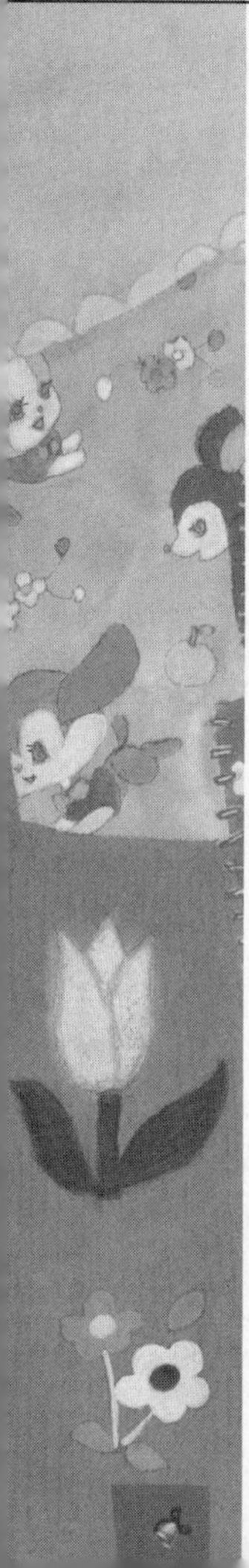

時穴みみか

0　プロローグ

美々加《みみか》がいなくなった。

母親の菜摘《なつみ》がそう理解するまで、まだちょっと時間が必要だった。

その朝、大森《おおもり》菜摘は小柄で甘ったれな、可愛いひとり娘とごく平凡なやり取りをしたのだった。

早く起きなさーい。トースト焼くよ。あ、また寝てる。ダメだって。星占いはじまるよ。トースト焼けたよ。コーンスープ冷めるよ。玉子固くなるよ。髪とかせないよ。駅まで走らなきゃいけなくなるよ。走っても間に合わないかもよ。もう起こさないよ。ねえ、赤ちゃんじゃないんだから。

いつもの朝と大して変わらない調子で、小学六年の娘がぐずぐずするのを起こし、たしなめ、叱り、手伝い、どうにか食事と身支度をさせて送り出す。

「十二歳にもなって子供だね～」

やっと玄関へ向かう廊下でからかうように言うと、

「まだ十一歳」

紺色のスクールコートに身を包んだ美々加が、足を止め、きっちりこちらを見た。小さく口を尖《とが》らせている。

急ぐのに。

ちゃんと反応するのが面白い。

とか考えてしまう自分も、しっかり大人げないのだけれども。

三十九歳、バツ一独身ママの菜摘は、あれ、そうだっけ、というふうに軽く娘に笑い返した。べつに美々加の年齢を、本気で忘れてしまったわけでもない。十二歳の誕生日までは、確かにあと五日あった。でもだいたい十二歳だし。言ってもあと五日のことだし。

それにお出かけ前の娘が、母親の口にする「十二歳」にどういう反応を示すのかにも、正直ちょっとだけ興味があった。五年前の離婚以来、母ひとり子ひとりの仲良し親子だ。もし自分が教育的な立場にいることを意識しなければ、むしろいつまでもべたべた、ぐずぐず遊んでいたいのは、母親の菜摘のほうかもしれなかった。

「細かいね〜。ぐずぐずちゃんなのに」

ともかく期待以上の反応に満足した菜摘が、小さく笑いを含んだ声で言うと、

「ぐずぐずちゃんじゃない」

実際ぐずぐずの眠り姫のくせに、美々加はきっぱりと言った。さっきよりも、もっと口を尖らせている。「私、まだ十一歳だから」

「うん、それはわかってるよ。美々加はまだ十一歳。だから早く……気をつけて出かけないと」

しつこい美々加の肩を、なだめるようにぽんぽんと叩く。十一歳〜、ミミカは十一歳〜、ママが間違えた〜、と適当なメロディで歌ってあげると、ようやくうなずいて歩きはじめた。

なんで頑固なんだろう。

昔から。

おかしなところだけ。

そういえばもっと小さな頃には、交番にいるのはピーポーくんじゃなくてピーポくんだとか、謎の海洋生物・クリオネは可愛く見えるけれど、本当は急にエサに襲いかかるこわい生き物だとか、さっき描いていたのは落書きではなくてナスカの地上絵だとか、微妙にマニアックな主張を不意にして笑わせてくれた。

最近ではどこで覚えたのか、宝塚スターの愛称にうるさい。「たーたん」とか「すっしぃ」とか「まやさん」とか「ちかちゃん」とか。うろ覚えの菜摘が真似て間違いを口にすると、違うよ、それは、としつこい。

「ねえ、美々加、今はそういうことを話してるんじゃないよ。問題はべつでしょ」

という時でも、ひとつ引っかかりがあると、訂正するまで先に進まない。ずっとそんな子だった。立ち止まって年齢の間違いをとがめるなんて、まだまだ可愛いものだ。

なのにこの朝の忙しい時間、ついちょっかいを出すような物言いをしてしまうのも、菜摘が親しい友人たちから、バカ母、と呼ばれるゆえんなのだろう。

ただ、ときおり見せるそういう娘のかたくなで生真面目《きまじめ》な一面は、面白いのと同時に、母親として好ましくもあった。

近ごろの小学六年生にしては妙に幼くて、頼りない雰囲気のある娘なのだけれど（背が小さいせいもあるのだろう）、結構ちゃんとした、いい子に育っているのかもしれない。違うものは違う、とはっきり言えるような強い子供に。

前に小学校の先生からやんわり注意されたように、クラスでの協調性ももちろん大切なのだろうけれど、いかにも周囲を見て、場の空気を読んでばかりいるのもつまらない。

いずれ世の不正を見逃さずに、しっかり立ち向かう立派な大人になってくれないだろうか。法律家とか、ジャーナリストとかを目指したりして。

ボンソワール、みなさまこんばんは。〇×テレビ、夜のニュース、アンカーの大森ミミカです……。

それとも単にこの年頃は、誰でもそんなふうに、身近の小さな事柄にこだわって、大人の少しの言い間違いを許せなかったりするものだっただろうか。

そうだったかもしれない。

自分の子供時代を思い返して、菜摘はそう思った。一体、どれだけ両親や祖父母の間違った知識、適当な物言いを、いちいち訂正して回ったものだろう。十代……二十代……三十代に入ってからも、まだだいぶそんなところがあったように覚えている。あるいは美々加とは、やっぱり似たもの親子なのかもしれない。

「もし先に帰ったら、おやつ食べててね」

横長のランドセルを背負い、ようやく玄関でぺたんこ靴を履く美々加に、菜摘は念を押した。午後の外出予定は、前もって伝えてある。「ちゃんとカギ持ってるよね」

「うん、持ってる～」

ランドセルの中を気にする様子もなく、美々加は言った。近場とはいえ私立小に電車通学をしているので、普段から最低限のお小遣いは持たせてある。携帯は中学から、と前に決めたのを律儀に守ってくれているので、まだ持っていないけれど。

「ほら、急がないと」

「うん」

「でも急ぎすぎてもダメだよ」

「どっち?」

「どっちでもいいから」

菜摘は小さく背中に触れた。「ちょうどいいくらいで」

「じゃあ、行ってきまーす」

「気をつけてね」

玄関から一歩外に出て、エレベーターへ向かう娘を見送る。ふたつ向こうの部屋に住む犬飼《いぬかい》のおばちゃんがちょうど出て来たのにも、きちんと挨拶をして行ったようだった。エレベーターの前でこちらを振り向いた美々加に大きく手を振って、やがて姿が消えるのを待って部屋に入る。誕生日は来週。それから小学校の卒業式は、その翌々週に控えている。大切な娘のスケジュールをもう一度あたまに思い浮かべると、菜摘は、うん、と小さくうなずいた。

○

夕方、菜摘は地元の駅に戻って来た。

新しい仕事の人を紹介してもらうため、めずらしく副都心のオフィス街まで出向いたのだけれど、以前一緒の職場で働いていた、古い友だちとの不景気な世間話にもつい盛り上がって、想像していたうちでは、一番遅いくらいの帰宅になってしまった。美々加の誕生祝いも、少し探していたし。

とはいえ、いつも通りの晩ご飯を準備するのに、じゅうぶん間に合うような時刻だった。暦だけでなくて、体感上も春はどんどん近づいているのだろう。だいぶ日も長くなっているから、うわ、この時間でもう真っ暗、という状況でもない。

副都心のショッピングモールでは、結局美々加の大好きな紅茶のパウンドケーキだけを買ったから、晩のおかずになりそうなものを見ようと、駅の反対側にあるスーパーへと向かう。手前で恋人の熊田剛《くまだたけし》にも電話をして、今日は来る予定があるか、何時頃来るか、なにか食べたいものはあるか、といったことを聞いた。

熊田剛とは三年ちょっと前に仕事で知り合って、二年ほど前から交際している。はじめのうち美々加には、彼を……というよりふたりが交際していることを嫌がる様子があったので、何度か付き合いをやめるといった話にもなりかけたのだけれど、おおらかでやさしい性格の彼が、そのたびなんとか美々加の心を解きほぐせないかと頑張ってくれて、ようやく六年生も二学期になったあたりから、無理のない感じに心を開き、懐《なつ》いてくれた。今では彼に飲み物を持って行くのは、絶対に自分の役目と決めているみたいだ。

もとはといえば、仕事で部屋に来ることが多かった熊田君のことを、美々加もそこそこ気に入っていたようだったから、母親の恋人としては、まだ許しやすいほうだったのかもしれない。本の装丁家＝ブックデザイナーという仕事をしている菜摘のところには、よく人の出入りがあって、美々加はその大人たちと遊ぶのは以前から大好きみたいだった。結局は母親の交際を認めるかどうか、という意識の問題だったのだろう。

ナイロンの手提げバッグに肉、魚、野菜をたくさん詰めて、人ごみのスーパーを出る。ふわっと吹く風が、もう頬に少しも冷たくないことに気づいて感心した。

いよいよ次は花粉に注意する頃合いなのだろう。菜摘は幸い、それほどひどいアレルギー持ちではなかったけれど、それでもときには目がしょぼしょぼする。そのうち本格的な、花粉症になってしまうのかもしれない。

「やあねえ、子ども手当。結局満額もらえないんだもんねえ」

通りがかりの主婦らしいふたりの会話に、一瞬耳を奪われた。中学卒業までの子供ひとりあたり、毎月二万六千円もらえると聞いて信じていたのに、まだ半額しかもらえていないのには菜摘も憤っているところだ。それでなくても不景気で仕事は減っているのに。減っている上、単価もよく値切られているのに。これからどうやって暮らしていこう。

熊田剛との結婚は、美々加が中学に上がってから決めようと考えていた。

中学に上がったらすぐ結婚する、という話でもない。そういった話自体を、今はまだ持ち出さないよう気をつけているのだった。

もしこれからそういうことになって、それをあの甘えた美々加に伝えると、たとえ中学生になってからでも、交際までとは違うひと揉めがまたあるのだろうか。それとも中学生になってしばらくすれば、案外あっさりしたものだろうか。

夕刻のあかずの踏切があくのをだいぶ待ってから、自宅への狭い通りを歩く。狭いけれど大通りへと向かう道なので、人は多い。菜摘はしばらくの間、少し前を歩いているのが美々加だということに気づかなかった。少し前といっても、小さなコンビニ二軒ぶんくらいの向こうだったし。

「あ、美々加」

気づいたのは大通りに出るよりも手前、ラーメン屋さんとスポーツ用品店のあいだの、さらに狭い路地を入って行く制服姿のチビ女子の姿が目に入ったからで、帽子をかぶったその横顔も、ささっと素早い歩き方も、横長のランドセルを背負った姿も、可愛い美々加に間違いない。

ちゃんと人の多い道を通って帰りなさいね。裏を歩くと危ないから。

普段からしつこくそう教えているのに、相変わらず裏道好きなのが直っていないようだ。真っ直ぐ突っ切って大通りに出れば簡単なのに、かくかくと路地を曲がって、一本向こうの裏道を行きたいらしい。しかもどこでどんな道草を食っていたのか、学校が終わってすぐに帰った時刻とも思えない。今日は母親が外出しているからと、途中の駅かどこかで遊んで来たのだろうか。

「美々加」

声をかけたのにさっと路地へ入って行ってしまったので、仕方がない、菜摘はあとを追うことにした。

おちびさーん、そっち行ったらダメでしょ〜。

美々加〜。

まあ、まだぎりぎり日もあるし、こちらの道に比べて、裏道が極端に危ない場所というわけでもないけれども。

ただ、やっぱりちょっとでも安心な道を歩いてほしいと願うのが親心。いくら菜摘がバカ母でも、それは心から思うのだった。

奥までずらっと自転車が停められて、人はふたり並んで通るのが精一杯といった路地に菜摘が足を踏み入れると、さすが、狭い道が体に合っているのか、するするりと先へ進んだらしい美々加の背中が、もう裏道へと曲がるあたりにさしかかっている。

「美々加。美々加」

さっきよりも声を大きくしたのに、またも甘ったれのチビ娘は、振り返らずに曲がってしまった。

もう。なにやってるの。重たい買い物袋をあまり振り回さないよう気をつけながら、ちょっと足を速める。あちらからご老人の操る大きな自転車が一台入って来たので、すれ違うのにだいぶ気をつかった。

こんなことだったら、こちらは真っ直ぐ大通りに出て、裏道の出口で美々加を捕獲すればよかった。ストップ、といきなり立ちはだかったら、美々加は驚いて目を丸くするだろうか。その場でぴょこんと小さく飛び跳ねたかもしれない。

なんて、そんなことを思ううちにも、美々加はちょこちょこと先を急いでいるのだろう。ご老人のよろよろ自転車とすれ違い、菜摘がようやく路地を曲がると、もうだいぶ先、大通りの手前くらいのところに美々加の姿は見えた。

「美々加〜」

半分あきらめ気味だったけれど、それでも大きな声で呼んでみる。残念。やはり美々加は振り返らずに行ってしまった。

無意味。

どうせ家に帰ったら、すぐに顔を合わせるのに。

なんだかどっと疲れるのを感じて、菜摘は、ふっと息を吐いた。わざわざ追いかけなくたって、家に帰ってすぐに行動を言い当ててみせればよかったのだ。……このあとそうしてみようか。むしろちょっとくらい時間を与えてから、なるべく白々しく今日の様子を聞いてみたら面白いかもしれない。

「ちゃんと早く帰って来たよ」

とか、もし美々加が調子のいい嘘を口にしたら、

「ねえ、本当は道草食ってたでしょ。それに裏道通ったよね、ダメって言ってるのに。こら。反省しなさい」

と指摘して、こらしめてやればいい。

水で洗ったばかりの手を顔にぺったりくっつけてやるとか、なにかそういう可愛い方法で。

うひゃうひゃひゃ、やめて、つべたい、うひゃひゃひゃひゃ、ごめんなさーい、とか。

美々加が笑いながら逃げ回るところを想像する。

ただ、そんなふうに考えて菜摘が家に帰ると、五階の通路から見えるはずの部屋の明かりが、まだ少しも洩れていなかった。さすがに家の中はもう暗いと思うのだけれど。ここからは見えないキッチンとか、お手洗いとか、菜摘が仕事部屋にしている奥の間とかにいるのだろうか。

ともかくドアチャイムを鳴らしてからノブをひねり、いつもかけるように教えてあるカギを自分で開けると、中はただしんとしている。

あのあとさらに、どこかへ寄り道しているというのだろうか。

不思議なことに、まだ美々加の姿はどこにも見つけられなかった。

第一章　みみかの時間

1　みみかの時間

その何時間か前。

お昼の掃除の時間が終わると、教室の美々加に男子がひとり近づいて来た。

「ミミガー。デカ盛りミミガー。おい。デカ盛りガー」

北村《きたむら》君。北村勇斗《ゆうと》君。もともと苦手な「男子」という生き物の中でも、できれば一番接触したくないタイプの子だ。

野蛮というか、調子に乗りすぎというか、言葉は悪いけれどバカ？　大森美々加だからデカ盛りミミガーという呼び方になったらしいのだけれど、いつの間にか、縮めてデカ盛りガーになっている。

なんだろう。ガーって。意味がない。だいたいデカ盛りじゃなくて大森だし。ミミガーじゃなくて美々加だし。

「おい、デカ盛りガー。無視すんなよ」

まだ子供っぽいきんきん声で、北村勇斗がさらに強く言った。

見ると、ほんのすぐそばまで来ている。あわ、あわわわ、と身をひきながら、うるさーい、人の嫌がる呼び方禁止ーっ、と美々加が大声で叫び返しそうになっていると、

「北村うるさい」

色白で背の高い弓《ゆみ》ちゃんが、かわりに向こうからぴしゃりと言ってくれた。さっきまで教室にはいなかったから、きっと外の掃除をしていたのだろう。ちょうどいいタイミングで戻って来て、早速ピンチを救ってくれる。なんだかミュージカルのヒーローみたいで格好いい。

「なんだよ。おまえ、関係ないだろ」

北村君は精一杯、強がるように言った。でも自分より大柄で、華のある女子の登場に、しょぼい彼の存在感はもう消滅寸前。声がちょっと震えている。

怖いのか。怒ったのか。もしかしたら弓ちゃんのことがひそかに好きで、こうやって話せる喜びに震えているのかもしれない。

「うるさいから、うるさいって言っただけー」

弓ちゃんは簡単に言い返した。二組に彼氏がいるから、もし北村君が彼女にラブでも絶対にチャンスはない。絶対に。ということと関係はないのだろうけれど、弓ちゃんは

にやりと笑った。

「でも、もうすぐその声出なくなるんだよねー、可哀想」

「やめろよ。へんな呪いかけるの」

「呪いじゃないよ。事実じゃん。声変わり。事実」

じじつ、と歯切れよく言われて、北村君はいよいよ返す言葉をなくしたようだった。

ぐぐっ、と息を呑むと、そのままましおらしく自分の席のほうへと歩いて行く。

わざわざ声をかけてきたくせに、美々加に用事はなかったのだろうか。

なかったのだろう。

最低。男子。

「どうしたの。みみみん。大丈夫」

独自の呼び方をする弓ちゃんに訊かれて、

「うん。大丈夫」

と美々加はうなずいた。ありがとう、ゆみみん、と彼女の希望する呼び方で小さく付け足すと、背の高い弓ちゃんは満足そうに笑った。

同じ学年で、同じかたちの制服に身を包んでいるのが不思議なくらい、雰囲気も背格好も違う二人だった。弓ちゃんは中学でも上の学年の生徒に見えそうなしっかりした子だけれど、美々加の見た目は、せいぜい小学校の三年か、四年生といったところだった。

実際六年生になってからも、まだ二年生に間違われたことがある。

「気にしなくていいよ、北村アホだから」

「うん」

「今度、先生にチクっとくし」

「いーよ、それは」

紺ブレザーに半ズボン、ハイソックスで上品ぽく見えても、やっぱりなにか力が有り余っているのか、ときどき余計なちょっかいを出してくるのが男子というものだった。それくらいは美々加にだってわかっていた。

ただ、家で母親とじゃれているのなら楽しいけれど、学校で、相手が男子では身構えてしまう。

当たり前だ。それでなくても美々加は、内弁慶で繊細な子供だった。

それから午後の授業をふたつ受けて、最後に帰りの会があった。

先生の短い話と挨拶が済むと、美々加は大急ぎでコートを着て、ベレー帽をかぶり、ランドセルを背負った。ばいばーい、また明日、シユアゲイン、と何人かの女子にオープンロッカーの前で声をかけて、教室を出たのはクラスで一番最初だった。

特に嫌なことがあったわけではないけれど、教室にずっといるのが、前からどうも得意ではない。

たっからー、じぇんぬのー、

たっからー、じぇんぬのー、

小さな声で歌いながら歩くと、美々加はずいぶん楽しい気持ちになった。

もちろん弓ちゃんの他にも、女の子の友だちが何人かはいるけれど、誰と誰の仲がいいとか、悪いとか、今日はダメとか、ねえミミ丸、こうしたらあんたによくしてあげるよとか、そういうやり取りが嫌い。というか、どう対応していいのかよくわからなくて、だいぶ前から、みんなに上手く溶け込めない気がしていた。ときどき教室にいると、自分だけがぷかりと水に浮いた油みたいな気分になるときがある。

ぶつかる。つぶれる。弾かれる。というほど強い衝撃はないのだけれど、どの方向に進んでもやんわりはね返されて、ぴたっと収まることがない。やさしい弓ちゃんにばかり頼ってしまうのも、学級委員の仕事の邪魔になるのかもしれないし。二組の彼氏に会う時間も大切だろうし。

だから美々加が今、学校で一番楽しみにしているのは、正直、友だちとのやり取りや、教室で受ける授業でも給食でもない。それよりは、むしろ早く教室の外に出て、ふーっと長く息を吐くのが好き。

そして静かな保健室に行って、養護の神田《かんだ》先生にあれこれ聞くのが楽しかった。真っ白い髪をおかっぱにした神田先生は、憧れの宝塚歌劇団について、いろいろと教えてくれるのだ。

女性ばかりのその歌劇団について、そもそも興味を持つきっかけをくれたのも神田先生だった。

美々加はそれまでほとんどなにも知らずにいたのだけれど、ほんの二月《ふたつき》ほど前、ふらり訪れた保健室で動画を見せてもらったのだった。学校の公式ブログを更新していたところ、という神田先生の言い訳はきっと嘘だったのだろう。うっとり、といった様子でノートパソコンの画面を見ていた先生は、

「見る？　一緒に」

と照れ隠しのように言い、特に具合が悪くもないのに保健室に行った美々加がうなずくと、手招きして、自分の近くへと呼び寄せてくれた。

「先生、なに？　これ」

「タカラヅカ」

「こ、これは誰」

「まみさん」

「こっちは」

「りかさん」

先生がそのとき見せてくれたのが宝塚のレヴューというもので、白と茶を基調にしたシックな保健室とは全然違う派手な色が舞台上にはあふれていたのだけれど、それなのにショーはとにかく清々《すがすが》しかった。明るく、楽しく、華やかで、見ていて、ぱっと気持ちが明るくなる。以来、美々加はその歌劇団の小さなファンになった。

知りたい、いろいろ。もっと、たくさん。

素敵な男役さんのこと。綺麗な娘役さんのこと。不思議な「専科」の人たちのこと。

でも残念ながら、今日は神田先生がお休みの日なのだった。週に一度の公休の日だ。

もうひとりの原口《はらぐち》先生は、スポーツ好きのさっぱりした人だけれど、こちらの様子に構わずぽんぽん話すので、口ごもりがちな美々加はちょっとだけ苦手にしていた。

早くこの前見たショーのつづきを見たいのに。そうしないと、もうすぐ小学校だって卒業してしまうのに。

たっからー、
じぇんぬのー、
たっからー、

じぇんぬのー、
校門を出てすぐの信号で立ち止まると、美々加は唇を尖らせ、聞きかじりの曲を小さく、でもさらに陽気に歌った。その跳ねるようなリズムがとても気に入っている。

やっぱり誕生日のプレゼントは、母親に頼んでCSのタカラヅカチャンネル（スカイ・ステージ）を契約してもらおうか。腰のところで後ろ手を組んで、かかとでお遊戯めいたステップを踏む。

右、左、右、左。

左、右、左、左。

下級生の女の子たちが、ぎゃはあ、と笑ってうしろを通り過ぎる。

○

熊田さんが母親の恋人になってから、美々加は前みたいに急いで家に帰ることをしなくなった。

以前は母親が仕事をする家に帰って、お手伝いをしたり、用事で訪ねて来た人の相手をしたりするのがあんなに好きだったのに。熊田さんもはじめはお仕事の人だったから、からだのでっかい、面白いお兄ちゃんだと思って美々加も仲良くしていたのだけれど、仕事以外でもしょっちゅう晩ご飯を食べに来るようになり、やがてお休みの日まで一緒に出かけようとしたりするのが嫌で、一気に余分な口をきかないようになった。

帰宅を遅らせるようになったのは小学四年から五年にかけてのことで、学校の界隈を探検したり、ときどきは思い切って知らない駅で降りてみたり、あとは地元の駅に戻ってからも、家と反対の方角をずいぶん長い時間散歩した。ひどいときには、かなり外が暗くなるまで。

子供っぽいとは自分でも承知していたけれど、正直なところ、それは母親への当てつけだった。そしてもちろん、少しでも自分のほうへ気持ちを引きつけたいという思いからの行動でもあった。

「どうしたの、美々加。嫌なの？　熊田君が来るの」

「べつに」

思った通り、寄り道をくり返す娘に母親が行動の意味を訊ねるようになったので、
美々加は精一杯つまらなそうに答えた。それなりに反抗期を装ったつもりだったけれど、早くも心の中では、べたべたと母親に甘えたくて仕方なかった。ずっとそんなふうに、仲良くふたりで暮らしていた。

「嘘ぉ、嫌なんでしょ」

「べつに」

「はっきり言いなさいよ。言わないとわからないから」

水仕事をしたばかりの冷たい手を、母親が顔に押しつけて来る。

「やべて。づべだい」

そういうスキンシップが、ずっと母と娘の絆を強くしていた。でもいつの間にか、よく知らない男の人が、家の中に自分の場所を作ろうとしている。

「じゃあ言う。嫌。すっごい嫌」

ようやく十歳前後にふさわしい口調で美々加が言うと、

「えー、本当に？」

今度は母親が防御の顔つきになった。年齢よりもずいぶん気持ちの若い母親には、前々からそういうわかりやすいところがあった。「困ったなあ、それも……じゃあもう来ないほうがいい？　熊田君」

「うん、来ないほうがいい」

「全然？」

「全然」

「うーん」

母親はずいぶん困った顔をしてから、「わかった、じゃあ、もう来ないでって言うね」と一転してやさしい笑顔で言い、それから「本当に？」と念押しするように聞いた。

「本当」

美々加は大きくうなずいたけれど、母親の困った顔がしっかり目に焼きついてしまった。

ふたり暮らしが長かったせいか、たぶん必要以上に、相手の顔色をうかがう癖がついてしまっている。

それに美々加は、背が小さくて子供っぽい見た目のわりには賢い。学業の成績は、つねに学年でもトップだった。

いやだな。ママのあんな顔。

自分のわがままで、いけなかったのかもしれない。そんなふうにしたって、気持ちはもう楽しくならないのかもしれない。

急にそんな思いが襲って来て、美々加はしばらく泣きたい気持ちになった。

大きな本屋さんで「グラフ」と「おとめ」をしつこく立ち読みしてから、通りかかったマクドナルドの前で、窓ふきをする人を眺めた。

二階の窓をT字のワイパーできれいにしているのだけれど、銀色の長いハシゴを登ったお兄さんが、遠くのほうへ手を伸ばすたび、片足を浮かせてバランスを取っているのがこわい。

ハシゴとの間には、べつにロープが結びつけられているわけでもないようだったし。

わっ。あぶない。

落ちる。倒れるー。

ひい。またイの字になってる。

その様子をこわごわ下から見上げた美々加は、やがて無事に降りて来たお兄さんが、スライド式になったハシゴを一旦半分ほどに縮めてから、三メートルばかり横に動かすのを確かめてうなずいた。さっきから頑張っても手の届かない場所を、お兄さんがどうやってきれいにするのかを知りたかったのだった。

ハシゴを動かすのか。

やっぱり。

他にないだろうとは思ったけれど。

そして青いヘルメットをかぶったお兄さんが、またワイヤーを引いてハシゴを伸ばし、素早く登って行くのを静かに見送る。

わっ。あぶない。

落ちるっ。

ひい。今度は丁の字になってる。

しつこい美々加が窓ふきお兄さんをたっぷり楽しみ、ようやくその場を離れようとしたのは二十分ほどあとだろうか。足元で、みゃあ、と鳴き声がした。丸々肥《ふと》った黒い猫が、顔を上げて美々加を睨んでいる。

もしかしたら一緒に窓ふきを眺めていたのだろうか。

それか単に、蹴るなよ、と威嚇《いかく》したのか。

「あー、猫にゃんいたの？　知らなかった。ごめんにゃさい」

勝手な猫弁をまじえて美々加は応じ、猫、猫、猫、猫、としゃがんで子供らしく触れようとすると、捕まえるよりも一瞬早く、黒い丸猫はすっと向こうへ逃げた。

そしてちょっと離れてから、また足を止めて美々加を見ている。

「なーに」

退屈な美々加は笑って話しかけながら、ゆるゆると猫に近寄って行った。

2　おかしな場所

美々加の視線の先には、黒い猫の姿があった。

ぽわーん、とお尻が丸くて、細い尻尾がにょっと立ち上がっている。あまり追い立てて怖がらせないよう、そろりそろりと近づいて行くと、猫のほうもちゃんと距離を測っているみたいに、ぴたっと足を止め、静かに振り返ると、やがてまた、すたっ、すたすたっ、と気取った調子で先を行く。

そうやってぎりぎりのところでうまく逃げているのだろうか。あるいは逆に、ついて来い、と誘っているようにも見える。

もちろん、単にいつものお散歩のコースで、今日は知らない女の子がついて来て面倒くさい、といった気分でいるのかもしれない。そろそろいなくなったかにゃあ、ぎゃっ、まだいるにょ、とか。

だったら美々加のほうも、早々に飽きるかあきらめるかしてあげればよかったのだろうけれど、周囲の誰もが知るように、もともとなにかに興味を持つとしつこいタイプだった。ちょうど母親の帰りが遅いこともわかっていたし。寒さのゆるみや、日の傾き方を見ても、まだまだ道草を食う時間はたっぷりありそうだった。

コンビニと和菓子屋さん、お蕎麦《そば》屋さんとドラッグストアの並ぶ道をゆるく下ると、あとは美容室が一軒とコインパーキングがひとつ大きく見えるほかは、民家ばかりが立ち並ぶ住宅街へと入る。

この猫も、どこかの家の飼い猫なのだろうか。首輪とかは、特についていないみたいだけれど。

ねーこ、にゃんこ、にゃーご、と小さく声をかけながら、いきなり路地に入った黒いお尻を見失わないよう、しっかりついて行く。どこへ行くのか。どこから来たのか。どこへ帰るのか。美々加はとりあえず知りたかった。

石塀。標識。カーブミラー。

電柱。茶色いフェンス。路駐のバイク。

細くねった路地を三回ほど曲がると、また広い道へ出た。

そこの上り勾配をしばらく歩くと、やがて平坦になり、路面電車の通る踏切がある。

改札もなにもない、短いホームが、ちょうど踏切のあちらとこちらに見える。急にぱらぱらと雨が落ちて来て、いくつか顔に当たった。なんのためらいもなく、すたすたっと渡る黒猫につづいて、美々加も踏切の向こうへと渡った。

その駅のあたりが一番高くなっていて、先はまたかすかな下りの道になっている。ちらりと来た方を振り返ると、手前に低い電線が何重にも交差して、生地かなにかの模様みたいに見える。その先に、雨なのに青い空が覗いていた。

母親の恋人、熊田さんとの仲は以前ほど悪くはなかったけれど、彼が家に来ることを心の底から歓迎しているのかと言えば、悪いけれど答えはノーだった。楽しいふうにしていても、なんとなく不満。

ずっと。

家にいても、ちょっとつまらない。

つまり心の底から、楽しい、と思えることが今の家にはないのかもしれなかった。ちょうど降り出したばかりの、お天気雨みたいに。

相変わらず美々加を待つように、足を止めていた黒猫が、みゃあと短く鳴く。一体オスなのかメスなのか、そんなこともわからない猫につづいて、制服+コートに茶色いベレー帽、黒い横長ランドセルを背負った美々加も路地に入る。さっきよりも、いくらか古めかしい家の多い一帯だった。ぼろぼろの板塀の家がある。その塀が途切れるほんの少し手前に住居表示の緑の板がかかり、その下に、共産党の委員長が笑顔を向けたポスターが二枚つづく。お天気雨は、もう気にならないくらいになっている。その角を曲がると、今度はほとんど雑草みたいな庭木が覆い被さった陰に、井戸水を汲み上げるポンプのようなものが見えた。

使っているのだろうか。路地の隅にあるその水汲み場らしきところには、飲めません、と書かれた注意書きの紙が、青銅色の小さなポンプの下、同系色のタイルの台にぺたんと貼り付けられている。

一瞬足を止め、ポンプに触れようとした美々加は、もうつぎの角にさしかかった黒猫が素早く曲がったので、慌ててばたばたと追いかけて行った。

ここまで来て、逃げられたらつまらない。ちゃんと行き先不明の猫を追いかけていたい。

「待ってえ、猫にゃ〜ん」

美々加が興奮した子供の声で呼びかけ、自分も急いで角を曲がると、目の前のブロック塀の上に猫がいた。

「わっ」

と声を上げて固まる。好奇心旺盛なわりに、美々加は基本的にびびりだった。ちょっとでも手に負えない事態に遭遇すると、すぐに全身がフリーズしてしまう。そして今の状況は、追いかけていた黒い猫が、角を曲がった瞬間、大きな白い猫に変わって塀の上から見下ろしているというものだった。

なっ。

なんで。

さっきまでより、もっと体が大きくなっているし。

と思ったあたりで、なんだ、べつの猫じゃん、と気づいて首を動かすと、視線の先にちゃんと黒い猫もいたので美々加はほっとした。路面電車の鳴らすちんちん、ちんちんという音が遠くから聞こえて来る。風に運ばれて来たのだろうか。それとも気のせいなのか。なんにしても、だいぶいつもとは違うほうに来てしまったみたいだった。

猫はそのまま路地を抜けて、今度は大きな神社の脇道へ出た。前にお祭りで来たことがあるけれど、どうやって戻ればいいのだったか。

でも、大丈夫だろう。いざとなったら路面電車に乗って、知っている大きな駅まで出ればいい。ここしばらくの寄り道ぐせ、特に六年生になってからは電車の乗り換えマッ

プをじっくり見るようにもなったおかげで、そういう事態への対応はしっかりしたものだった。

おかげでクラスのアホ北村には、一時期、美々加は鉄道好きの鉄子呼ばわりもされたけれども。

「ミミガーなに見てんの。げっ、電車マップ？　知ってるよ、そういうの、鉄子って言うんだろ。ふーん、ミミガー、鉄子なんだ。ミミガー鉄子、ミミガー鉄子」

教室でひとり机に広げた路線マップを見ていたら、しつこくそんなちょっかいを出して来て、しばらくの間うるさかった。もっとも大抵の小学生男子は電車・鉄道が好きなものらしいので、それがどれほど周囲にマイナスのイメージを与えたかはわからなかったけれども。

いかにも神社らしい、でこぼこの分厚い石塀を横目に、道路に引かれた白いラインを器用に踏んで歩く黒猫を追う。一体、猫とはこんなに散歩をするものなのだろうか。それともなにか特別なもの、物の怪《け》か、地球外生物の化身のようなものなのだろうか。まさかね、と美々加は眉根を寄せた。やがて黒猫は、また足を止めて美々加のほうを振返ると、公園めいた入口を抜けて、上りの坂道になった石の参道を歩いて行った。

もしかすると、神社に棲み着いている猫なのかもしれない。

脇の敷石がところどころ四角く開いて、茶色い土が覗き、そこに一本ずつ、樹齢もさまざまな感じの木が植わっている。まだまだ細いものから、美々加が十人ほど束になって中に入れそうなものまで。

そして正面には、石灯籠《いしどうろう》や朱塗りの鳥居に飾られた、ずいぶん古そうな、木造の本殿が見える。

と、猫が一本の巨大な木のもとへ走り、人の字形になった根もとの空洞をするっと抜けた。それは特別に大きな木だった。根もとにあいた空洞は、かがめば美々加でもくぐれそうなくらいの大きさがあった。実際、美々加は思い切ってそこをくぐった。通り抜けたはずの猫が、いつまでも木の向こうにあらわれなかったからだ。

……美々加が覚えているのは、そこまでだった。

○

気づいたのは家の中だった。

暑い。

それか、熱い。

幼稚園のころ、母方の遠い親戚、どういうつながりか美々加には全然わからない人の家に遊びにつれて行かれて、海岸にほど近いその家から、ほとんど人けのない砂浜まで、水着姿で、大きな浮き輪をかかえ、べたべた、べたべたとビーサンを引きずって歩いて行ったのを思い出す。

やけにぬるい海だった。浅くて、周囲が岩だらけで。魚のにおいをたっぷり嗅いだ覚えもあるから、もしかしたら漁師さんの町だったのかもしれない。

年が近い、と言うにはだいぶ年上のお兄さんとお姉さんも一緒だったけれど、覚えているのはそのふたりの顔ではなくて、親戚の家のテレビで、夕方、『名探偵コナン』の再放送を見せてもらったことばかりだった。コナン、コナン、コナン君が見たいっ、と子供の美々加は騒いだのだ。それにたしか初日の海ですっ転んでしょっぱい水をたらふく飲んで、喉がずいぶんひりひりとしたから、二日目からは海に行くのは嫌だと言った。

あれはどこの海だったのだろう。

「起きた？　具合どう」

横から女の人が言った。びくん、とからだを固くすると、座っているその人が、なに？　と笑い声で言ってから、こちらに手を伸ばして来る。

おでこにひんやりと手の甲を当てて、

「まだ熱いね」

と言った。

離れるところをさっと目で追うと、ぽっちゃりと丸いけれど、白くて、きれいな手だった。

まさか、母方の遠い親戚の人だっただろうか。ちょっとだけ見えた手の持ち主は、髪が短くて、丸顔だった。部屋は畳で、天井は板張りに見える。

それから、ぺちゃり、ぺちゃりと横で水の音がして、少しだけ冷たいタオルかなにかが、おでこに載せられた。

「ここ、どこ」

思い切って声にすると、

「客間でしょ、風邪ひいたから特別に」

あんまり求めていないような答えが返って来た。客間。風邪をひいた。誰の話だろう。

「まだ起きないで、ちゃんと寝てなさいよ」
三、四十歳くらいだったと思うその女の人は言い、物音からすると、すぐに部屋を出て行った。
どこだろう。ここ。

べっちゃり載せられたおでこのタオルが落ちないよう、右手を当てて、重い頭を少しだけ起こす。だいぶ遠くのほうから、首振りの扇風機がゆるい風を送ってくれているのが見えた。

夏用みたいなうすい布団に寝かされ、体にも夏がけのうすいピンクの布団がかかっている。頭を戻すと、タオルめいた感触の向こうに、水なのだろう、ぽよんと揺れるものがあった。ゴムかなにかで出来た枕の中に、水が入っているのかもしれない。

夢？

いつの間に眠ったのだろう。

こんなところで。

こんなところが夢なのか。こんなところで見ている夢なのかもわからない。

でも起きなきゃ。

早く起きなきゃ。

いくらそう思っても、体が言うことを聞かない。もう一度頭を上げ、うっ、とお腹に力を入れてもダメ。むしろはっきりとわかった。全身がだるい。

やっぱり熱があるのだろうか。苦手な熱冷ましの薬なんかも飲まされたのかもしれない。

結局、重力に負けて頭を下ろすと、すぐに意識が遠くなり、また眠りに落ちてしまった。

さら、さら。

さら、さら。

次に聞いたのはそんな声だった。今度はさっきよりも若い女の人みたいだ。

誰、と思ってぱっちりと目を開け、相手をじっと見ると、

「なんで睨むのよ」

黒い髪をまっすぐ垂らしたその女の人は、こちらを覗き込んで笑う。「まだ寝てる？もう夜だけど。すったりんごでも持って来ようか」

なんだかガーゼみたいな生地の、ふんわりやわらかそうな半袖のブラウスを着ている。それにシンプルな紺系のスカートをはいているようだったから、年の頃から言っても、高校生なのかもしれない。

長い。

夢だかなんだかわからないのが、長すぎる、と思ったまま、

「ここ、どこ」

と聞き、

「客間でしょ」

という答えをもう一度聞いて、目を閉じたらまた眠ってしまった。

つぎに目を開けると、今度は前髪ぱっつんの小柄な男の子がいた。まぶしい白いTシャツに、腿《もも》の付け根までぎゅっと丸出しになった、極端に短いカーキ色の半ズボンをはいて、にかにかと笑いながらこちらに近づいて来るところだった。嫌っ、助けて、ときつく目を閉じると、

「こら、まさお、入るな」

ばさばさっと襖《ふすま》が開く音がして、さっきの黒髪の女の人みたいな声がした。「ダメでしょ、さらが寝てるのに」

「ウソだあ。さら姉、もう起きてるぜよ。今、ちゃんと目が開いてたぜよ」

「なにその喋り方。バッカみたい。やめなさいよ」

「まーそのぉ」

「なーに？　今度はタナカカクエイ？　くっだらないね。早くおいでって」

なんだかよくわからないチビ男子が、思い切りつぶした声で、まーそのぉ、まーそのぉ、と呪文みたいにくり返すのが遠ざかって行く。とりあえず小さな危機は脱したのだろうか。黒髪のお姉さんには、感謝しなくちゃいけないのだろう。

でも誰だろう。

ここで寝ている「さら」って。

ううん。

じつはもう起きているらしい「さら姉ちゃん」って。

こわい。

一体、自分の他に誰がいるのだろう。天井を見た感じでは、頭のうしろにもう一つお布団が敷けるスペースはなさそうだったし。

座敷童《ざしきわらし》か、幽霊か。

大切な家の守り神様でもいるのだろうか。

ここがどこなのかも、まだ全然わからないのに。

こわい。こわすぎる。

しかもきつく目を閉じていても、今度は眠りに落ちてくれない。

もうたっぷり眠ったからだろうか。熱が引いたのかもしれない。

第一これは、夢ではないのだろうか。

せめて夢かどうかを疑いながら見る、ややこしいタイプの夢だったりはしないだろうか。

そして困ったことには……急にトイレに行きたくなって来た。

○

しーん、と耳をすまして、廊下の物音を聞く。

「お手洗いに行きたくなったら、我慢しなくていいからね。そういうのはカラダに悪いから。授業中でも、はーい、先生、トイレ、って手を上げたら、あとはもう行っていいからね」

小学校での最初の担任、中山愛理《なかやまあいり》先生に言われたとおり、はーい、先生、トイレ、と小さく手を上げてみる。

寝たままで。夏がけのお布団から、細い手だけを出して。いつの間にか、覚えのない半袖パジャマを着せられているみたいだ。

どうしよう。もちろん先生は部屋にいないし。

ただ、じっと我慢をしているのにも、限界がある。本当のぎりぎりになって、慌てるのも嫌だし。でもどうしよう。……ダメだ、もう、行く、と一気に体を起こしたのは五分後だったか。十分後だったのか。一瞬ふらついた体を立て直して、そのままの勢いで、みんなの出入りしていた方へ向かう。首振りの扇風機は、とっくに止まっているようだった。猫っ毛のうしろ髪が、幾筋かぺたっと首筋に張りついている。前髪もきっとぐちゃぐちゃだろう。漆喰《しっくい》の壁の向こう、襖の前に行き、黒丸のプラスチックに手をかける。よく磨き込まれた、つややかな廊下に足を踏み出すと、みしっと小さく音がした。木枠のガラス戸から、それほど広くもなさそうな庭が見える。ぼんやりした夕闇にひとつ、常夜灯のような白い光が丸く浮かんでいる。

どこだろう、ここは。

というより、やっぱり、まずお手洗いは。

廊下にスリッパがなかったから、そのまま裸足《はだし》で行くと、やがて先の部屋から、明かりと笑い声、テレビらしい音がもれて来る。居間か食堂なのかもしれない。

どうしよう、と思わず足を止めたところに、

「やだねえ、もう」

明るく言いながら、一番最初に見た年輩の女の人が出て来た。丸っこい体を木綿のワンピースに包んで、なんだかびらびらの、短いエプロンをしている。声は部屋の中の人たちに対してのものだったのだろうか。こちらに気づくと、

「あら、起きて平気なの」

と、少しびっくりしたように言った。「熱引いた？」

「……うん」

「お腹すいたでしょ」

ううん、と首を横に振って、トイレ、と小さく口にすると、

「あら、お手洗い？　やだ、あっちじゃない、大丈夫？　いける？」

と身を寄せて来た。

どうしてだろう、全然知らない人のはずなのに、不思議と怖い感じがしない。いかにもぽっちゃり体型で、やさしげだからだろうか。それともこちらがまだ半分くらい夢見心地のせいだろうか。心細いところで最初に顔を見て、一種の刷り込み現象、親しみを覚えたのかもしれない。

うーん、と曖昧《あいまい》な返事をして、甘えてトイレまで連れて行ってもらう。

「待ってようか？　外で」

やさしい女の人に言われ、

「それはいい」

です、を口の中だけで言う。

ドアは木の引き戸で、電気のスイッチは中にあった。木製のサンダルを履き、床のタイルをかちんと鳴らしたときには、困ったーっ、ともう顔を大きくしかめたくなった。

苦手な和式だった。

外のお手洗いなら、黙って洋式が空くのを待つところだけれど、個人のお宅だし、もういよいよ我慢もできなくなってきた。いろいろ古風な家みたいだから、これで仕方がないのかもしれない。

……でも変わっている。和式の便器に蓋がかぶせてある。そういうのは、はじめて見たかもしれない。

それでおそるおそる、プラスチックの蓋についた把手《とって》をつかむと、それだけでもう、うぐっ、と鼻腔《びこう》をつくモノがあった。

このトイレ、ぐざいがぼじれだい。後半はもう口でしか息ができない。そしてさらなる衝撃、蓋を取った下に、深く、暗い穴がつづいているのが見えた。

府中のおばあちゃんから話だけ聞いたことがある。

くみ取り式。

通称……ぼっとん便所。

なんでこの家には、こんな無茶なトイレがあるのだろう。

まさか。

ここは山奥かなにかなのだろうか。

よく見ればトイレットペーパーもない。どこを探しても。ホルダーごとない。

かわりに和式便器の向こうには、上からだらんと茶色いテープみたいなものがつるされ、右隅に置かれた籐のカゴに、なんだかごわごわしていそうな、再生紙でもそうはならないような、ごつい四角い紙がどっさりと積まれている。

わからない。なにをどう使うのか一切わからない。

無理。絶対に無理。漏れる。助けて、と泣きかけていると、

「どうしたのー、さら、大丈夫?」

ドアの外から声がした。とんとん、とんとととん、と小気味よくノックをする。今度は若い方のお姉ちゃんみたいだ。

さら? さらって誰? という疑問はおいて、

「やだー、ぐびどりじぎやだー」

半泣きで思わず口にすると、

「なにー、なに言った？」

と、ずいぶん困ったような声がドア越しに聞こえた。

3　どこにいるの？

「あどう。がびはー？」

頑張って用を足し、念のため外に向けて言ってみると、

「がび？　がびってなに？」

「がびーです」

「ああ紙？　なくなった？　あるでしょう、まだ」

というお姉ちゃんの声が返って来た。

まさか。

紙は……。

この四角いの？

と覚悟を決めて、ごわごわの紙に手を伸ばす。あとは怖い穴からすっと離れ、立てかけておいた蓋をおそるおそるもとに戻すと、もうすることがなかった。なにか大きな手順がひとつ抜け落ちている気がしたけれど、ざばーっ、と流す水がないのだから仕方が

ない。

　ぐるりとまわりを見て、天井から垂れ下がった茶色いテープにあらためて目を留めたけれど、半透明で表面がねばついていそうなそれに、ハエらしき虫が二、三匹張りついていることに気づいて、美々加は肩をふるわせた。かつん、かつかつん、とサンダルを鳴らして、カギがあるのかないのかもわからない木戸を急いで開ける。

　すーっと思い切り息を吸った。口から……そして鼻からも。

「なに、大丈夫？」

　待っていてくれたお姉ちゃんが、明るく笑った。

「それはさあ、私だってぼっとんは嫌だよ。そんなの、ずっと言ってるよね。でもさあ、うち古いでしょう。ここらへんはまだ下水道の工事も必要みたいだから、あと一年ぐらい無理なんだってさ。……わかる、よねえ？」

　お風呂場にある洗面台まで案内してくれたお姉ちゃんが言った。さっきやさしそうなおばちゃんに親近感を覚えたのと同様に、このお姉ちゃんも全然悪い人には思えない。むしろそばにいれば、安心かもしれない。今もトイレを出た美々加が手を洗いたそうにしていると、

「なに？　なんで甘えてるの？」

と笑いながら、

「ほら、おいで」

と先導してくれたのだった。

美々加がまだ熱のせいでぼんやりしていると思ったのかもしれない。それとも全然知らない家で、やっぱり心細いと考えてくれたのだろうか。手を洗う間も、ちゃんと外の板の間から見てくれている。小さな洗面台はタイル張りの広いお風呂場の中、すぐ左手の壁にあって、L字に並べた簀《す》の子づたいに行けるようになっていた。

「そんなのひどい、遅れてる、うちなんて建築屋なのにって、私もパパに何回も言ってるけど、知らん、俺のせいじゃない、区長かミノベに言え、だってさ。頭きちゃうよね」

壁から突き出した陶器の白い洗面台のへりに、舟形のプラスチックケースに載った薄い石けんが置いてある。もちろん美々加は家にあるポンプ式のハンドソープに慣れていたけれど、固形の石けんだって、べつに生まれてはじめて使うわけではなかった。三回か、四回くらいは使ったことがある。

あまり泡立ちのよくないそれを一生懸命こすって手を洗うと、水を止め、脇の銀色のバーにかかった白いタオルで手を拭《ぬぐ》った。それから小さく伸びをして、洗面台の上の鏡に顔をうつす。

どうしよう、別人だったら。

一瞬思ったけれど、いつもの自分の顔だったのでホッとした。髪がぐちゃぐちゃで、おでこも出て、ちょっとおかしいかな、というくらい。鏡のうしろが分厚い箱みたいになって、そのぶんが壁から飛び出している。物入れになっているのかもしれない。

でも……ここはどこだろう。

「まさおだって、うっかりしてるんだから、そのうち落ちるよね、あいつ、ぼっとんに」

お姉ちゃん自身もやっぱり不満なのか、くみ取り式トイレの話をまだつづけている。

「お、落ちるの？」

美々加は振り返り、目を丸くした。まさお、というのはさっきの男の子だ。いかにもおっちょこちょいな男子という感じだったけれど、そんなにうっかりしているのだろうか。きっと勢いだけで、雑な子なのだ。ちょっとクラスの北村君を思い出す。

「だってもう何回も落ちかけてるじゃない、まさお。なんとか腕で支えて、助けてーって大声出して。そのたびママかパパに引っ張り上げてもらってるけど、次はわからないよね。もし誰もいないときだったらどうしようもないんだから」

ひゅーっ、と暗い穴に落ちて行くまさおを想像して、美々加は首をすくめた。ぽちゃん、と遠くで落ちる音まで聞こえた（気がする）。首をすくめたまま、べこべこと簀の子を鳴らして歩くと、きれいな黒髪を真っ直ぐに切り揃えたお姉ちゃんが、横を向いて小さなあくびをした。

「学校だって、お友だちのうちだって、よそはもう、だいたい水洗なのにねえ」

「すいせん？」

「うん。学校だって新校舎は全部そうでしょ」

「しんこうしゃ？」

「なんかへんだよ、大丈夫？」

よほど美々加が複雑な表情をしていたのだろうか。お姉ちゃんは心配そうに言った。いつの間にか、じっとこちらを見ている。「だいたいどうしたのよ、急に。ぼっとんが嫌なんて。さら、今までそんなこと、ちっとも言わなかったよね。いい子ちゃんで、我慢強いから」

また「さら」だ。胸がきゅっと苦しくなる。

さらって誰。

ここはどこ？

本当は美々加のほうから、早くそう質問しなくてはいけないのだろう。

でもそれを訊くタイミングが本当に今でいいのか。もともと引っ込み思案なところのある美々加にはよくわからなかった。

もしかすると、自分が「さら」という子に間違えられているのだろうか。

だったら今すぐにでも、違うと教えたほうがいい。

そう思う反面、じゃああなた、誰なの、と訊かれて問題にされるのもちょっとこわい。

親戚の子かなにかと間違えられているのだろうか。

その子と違うとわかったら、じゃあどうして家に上がり込んだの、と責められるかもしれない。

出て行けー、と言われるならまだまし。泥棒ね、とか。お巡りさん呼ぶから待っていなさいとか。ねえ、みんな、なにかなくなっているものはない？ とか。きゃー、本当、違うわ、この子、にせものよ、とか。

自分から上がり込んだ覚えは一切ないけれども、そんな言い訳が相手に通用するかどうかもわからない。

そもそも、なんで布団に寝かされていたのだろう。このおうちの庭かなにかで、熱を出して倒れていたのだろうか。

服。服だ。

一体自分はどんな格好をしていたのだろう。学校の帰りだったから、制服を着ていたはずだ。どこだろう、制服。ないとやっぱり明日から困るし。ＰＡＳＭＯも返してほしい。じゃなくても、この青い小花模様のついた、てろてろの半袖パジャマのままじゃ帰れない。

「なに？　どうしたの」

お姉ちゃんがまだじっとこちらを見ていたので、美々加はようやく口を開いた。

「ここ……どこ（ですか）」

気がつくと、喉がからからに渇いていた。

だから美々加の声はほとんど出ていなかったかもしれない。それでもお姉ちゃんは質問の内容を理解して、

「家」

とゆっくり答えた。美々加の真意を探るように、語尾をちょっとだけ疑問形にしている。「他になんだって言うの」

「……家」

「うん」

「誰の家？　制服は？」

「誰のって、みんなのだけど……制服？　私の制服？　高校の？」

「そうじゃなくて、私の」

「私のって、どこの？　やめて、さら、どうしたの」

「あのう、私……。さらっていう子じゃ……」

その絞り出すような声を、

「あっ、祐子《ゆうこ》、ちょうどいいわ。あんた、お風呂焚いて」

いきなり朗らかなおばさん声がかき消した。ドアが勢いよく開いて、やさしそうな女の人の、丸い体がもう脱衣場の板の間に飛び込んで来ている。「水はもう張ってあるから」

「そんなことよりママ、さらがおかしいよ、ここどこ？　だって。制服がどうとか」

お姉ちゃんは言った。「記憶喪失かもしれない、小学校に制服なんてないのに」

「記憶喪失？　制服？　なによ、それ」

小太りなおばちゃんはまず不思議そうに応じると、

「さら？　まだ調子悪いの」

と美々加のほうを見て訊いた。

「うん。なんか様子がへんだよ、ぼーっとしてて」

説明を加えるお姉ちゃんに、

「あらそう。わかった。夢でも見たんじゃないの」

とうなずき、

「それよりあなたはお風呂お願い。お父さん、もう帰ってらっしゃるわよ」

と手を合わせて娘に依頼をした。

「はーい」

お姉ちゃんは答えると、不安げに見上げる美々加の様子を確かめ、さほど深刻なことには思わなかったのだろう、少し悪戯《いたずら》っぽく鼻の頭に皺を寄せた。そして家のお手伝いをするために、お風呂場のほうへと戻ってしまった。

あ、あ、あ。

お姉ちゃん、まだ話が。

よろよろ追いすがろうとするパジャマ姿の美々加を、

「ほら、あんたはいいの」

おばちゃんの分厚い手が引き止めた。がっちりと肩をつかまれている。

「大丈夫？　まだ熱？」

おばちゃんは軽く腰を落とすと、美々加の前髪をかき分け、さっきと同じように、額にちょんと手の甲を当てた。それから病気全快のおまじないみたいに、今度はてのひらをぺたっと当てる。

「うーん、熱は引いたみたいよ」

ほっとしたようなおばちゃんの声に、美々加は無言でうなずいた。べつに熱のせいで、なにかおかしなことを言っているわけではない。それは美々加が一番わかっていた。だいたい、おかしなことを言っているつもりは一切ないし。

むしろいろんなおかしなことを、こちらにはっきりわかるように説明してもらいたい。

……でも、どうしよう。

あのう、ここはどこなんですか。

どうにか話をまたそこに持って行こうと、美々加が全身に力を入れると、

「そんな顔しないの」

おばちゃんは美々加の表情を見て笑い、なにを思ったのか、いきなり大きく手を広げてハグして来た。ぎゅっと。強く。

うぐ。苦しい。知らないおばちゃん。

でも、ちょっと甘くていいにおいがする。

ほどなく腕の力がゆるんで、おばちゃんのやわらかい体が離れた。

「カルピス飲む?」

見ると、やさしい笑顔で言う。

カルピス。

ごくっ、と喉を鳴らしたのをしっかり聞かれたのだろう。おいで、とばかりにおばちゃんは立ち上がって、

「今日は特別に、濃～く入れてあげるよ」

ほら、と手招きをする。お風呂場のほうからは、ぺちょんと水の跳ねる音と、がこん

がこんと板が鳴るような音がしていた。お姉ちゃんは、まだ出て来ないのだろうか。そちらに少し未練を残しながら、結局、年輩の女の人の大きなお尻のあとにつづいた。

とりあえず怖い人たちではないみたいだから、冷たいものを飲ませてもらってから、もう一度ちゃんと話してみればいい。喉もからからだし。そのほうが上手く言葉も出るかもしれない。そのころには話のわかるお姉ちゃんだって、お風呂の用が済んで来てくれるだろう。

「こら、まさお、あんたまたスプーン隠してるでしょ」

廊下に出ると、おばちゃんがいきなりきつい声で言った。男の子が、ちょうど小走りで来たところみたいだった。美々加はその場で小さく飛び跳ねた。

「ノーノー。持ってない。ノーノー」

両手を挙げてすり抜けようとするまさおという少年の、半ズボンのベルトのあたりをおばちゃんが素早くつかむ。

「ないよ、ないって」

きんきん声で叫ぶように言いながらも、まさおは大げさにおなかを押さえようとしたから、きっとそこになにかを隠し持っているのだろう。

と、おばちゃんも同じ推理をしたのか、

「ここでしょ」

と言うと、Tシャツの裾を引っ張りだし、

「ぎゃあ、H」

と叫ぶ息子の手としばらく格闘した末、大きなスプーンを取り上げた。まさか……パンツの中に入れていたのだろうか。せめて柄《え》のほうにしてほしいけれど。

「やめなさいよ、いい加減に。固いスプーンが曲がるわけないんだから」

「わかんないよ、そんなの。この前はちゃんと、止まってた時計が動いたんだ」

「なに言ってんの。テレビでやってたやつでしょ。そんなのたまたまよ。たまたま。絶対にインチキなんだから。ないよ、世の中に超能力なんて。もし無理にスプーン曲げたら、お小遣いで弁償させるからね」

やさしい印象を一転させたおばちゃんはきつく言うと、男の子のおしりをぽんと叩いてから手を離した。「カレーもあんただけフォークだからね」

「はんたーい、賛成のはんたーい」

よくわからないことを言うお調子者の男の子は、でもスプーンのことはもうあきらめたのか、べつに取り戻そうともせずに行ってしまった。

ふっ、と鼻を鳴らしたおばちゃんが、

「あほらしい。もし本物の超能力っていうのがあっても、あの子にはあるわけないね」

とひとりごとみたいに言い、つまんだスプーンをゆらゆらさせると、

「そういうのだったら、さらのほうがまだ可能性あるわ」

と美々加のほうを見た。「ねえ。曲げてみる？　これ」

差し出された銀色のスプーンに息を呑んで、美々加は首を何度も横に振った。そういう超能力の話は前にテレビで見た覚えがあるけれど、残念ながら自分には一切なさそうだった。もちろん試してみたこともないけれども。

「ほら、持ってみて」

「……（いい）」

「あ、そう」

おばちゃんは簡単に引き下がると、まさお少年が出てきたほうに向かった。さっきテレビの音がしていた部屋だ。こわごわついて行くと、思ったとおりそこには食卓らしいテーブルがあり、右手に流しや冷蔵庫なんかのあるキッチン、左手の奥にずいぶん古めかしいかたちのテレビが置かれていた。

分厚い木箱に入った、家具調な感じのブラウン管のテレビだった。この家のレトロ趣味は、府中のおばあちゃんちにも負けないかもしれない。あちら側に見える花模様のポットも、前におばあちゃんちで使っていたのとそっくりだった。

「座ってなさい」

流しのほうまでおばちゃんについて行こうとして止められた。食卓の椅子を引いてくれたので、ちょこんとそこに座る。長方形のかくかくしたテーブルを、スチール脚＋青いビニール張りの椅子が四つ、五つで囲んでいる。ビニールクロスが、台布巾で拭ったあとみたいにちょっと光っていた。中央に小さな網でできたドームが置かれていて、その中におかずらしい鉢がいくつか見える。なすの煮びたしとか。ほうれん草のおひたしとか。きゅうりの酢の物とか。みんなもう夕食は済ませたのだろうか。そういえばお父さんという人が、もうじき帰るとか言っていた。どんな人だろう。お父さん。もちろん男の人だろう。

……ちょっとこわいかもしれない。

「はーい、お待たせ」

コップが一つだけなのに、わざわざ木の丸いお盆に載せておばちゃんが戻って来た。からからん、と氷のいい音をさせて、美々加の前に置いてくれる。小さく頭を下げて手を伸ばすと、ごくごく、ごくごくと喉を鳴らして飲んだ。

おいしい。カルピス。

でもどうしよう。

これを飲んだらどう話をしよう。

「おなかすいたでしょう。おかゆかおうどんこしらえようか。どっちがいい？　もう熱は引いたみたいだけど。もうしばらく休んだほうがいいから……あ、あとで一応お熱もちゃんと計っておこうね」

そう話す女の人のほうを見ながら、美々加はごくりごくりカルピスを飲む。おかゆ。おうどん。おなかはすいているような、すいていないような。でもどう答えよう。そのままなにも答えず、ただカルピスをくーっと飲み干すと、

「じゃあ帰ります」

と美々加ははっきり言った。

「どこに」

やさしげなおばちゃんが、思い切り不思議そうにしている。

4　平成生まれ

私の名前は大森美々加。

住所は東京都××区M町。最寄りの駅は○△線M駅。

帰りたいので、制服と荷物を出してください。

カルピス、どうもごちそうさまでした。

一生懸命そこまで言うと、

「はあ?　なによ、それ」

おばちゃんが半分笑いながら言い、それから少し慌てたように、

「ねえ、どうかしたの。さら、さら」

と美々加の目を覗き込むようにして言った。

「こっち見て、さら。ここがあなたのおうちでしょ」

「……違う」

美々加は言い返した。ようやく言葉が、口から上手く出そうな感じがする。「ここ、私のうちじゃないよ」

「なんで？　なんで、そんなこと言うの。ふざけてたら怒るわよ」

「だって違うから」

「やめて、そんなこと言うの。もし冗談だとしても」

女の人はこちらの様子をうかがうようにして言った。「ママ、悲しいわ」

「ママ？」

「ママでしょ、あなたの」

「違う」

首を横に振る。

「ママよ。あなたの。だってさらのこと、私が産んだんだから」

ノースリーブのワンピースを着たおばちゃんに真っ直ぐ言われて、美々加は少し混乱

した。これはたまに会う親戚だとか、家に来る大人たちの、気軽な冗談みたいなものなのだろうか。最近は美々加も成長したのでそうでもなくなったけれど、二、三年前までは、無口なチビがなんでも人の言うことを真面目に受け止めるので、いろんな大人たちが面白がって、次から次へと美々加に話を聞かせてくれた。それこそ秘密の告白めいたものから、世間のあやしげな裏情報まで。そのたび母親が、やめて、美々加が信じちゃう、どうすんのよ耳年増《みみどしま》になっちゃって、とか、嘘、嘘、美々加、今のは全部おじちゃんとおばちゃんたちの嘘だからね、とか騒いでいたものだった。

そうだ。

もちろんあれが美々加の母親。ママはママだけだ。

「違う。ママじゃないよ」

「いい加減になさい、さら」

「さらじゃない」

立ち上がって叫んだところに、手をこすり合わせながらお姉ちゃんが入って来た。

「さら……じゃないの。さら」

お姉ちゃんに言われて、美々加はうなずいた。

「さらじゃない」

「じゃあ誰」

「美々加。大森美々加（です）」

「なに、それ。新しい遊び？　あ、芸名ごっこ？　私はねえ、リョーコっていう名前がいいな。苗字はコイワイでいいから。コイワイリョーコ。それでりょんちゃんって呼ばれたい」

「そういう話じゃないみたいよ」

こほん、と横でおばちゃんが咳払いをした。ちょっと恨めしげな口調なのは、美々加が悪い冗談を口にしているとでも思ったのかもしれない。「さらは私の子供じゃないんですって。おかしいわね。あのとき、クマギリ医院で、ちゃんと産んだはずなのに」

「熊？」

母親の恋人の苗字に、熊という字がつくので美々加がつい反応すると、

「あー、取り違え事件？　赤ちゃんのときに、大金持ちの娘と入れ替わってるんでしょう、さら」

お姉ちゃんが素っ頓狂《すっとんきょう》な声で遮った。な、なんの話だろう。「ということは、うちは貧しい家のほうか。そうだね。仕方がない」

「祐子はもう……。いい加減にしなさい。そういう漫画みたいな話をしてるんじゃないでしょう。妹の具合がおかしいっていうのに」

「……やっぱり。ごめんなさい」

お姉ちゃんは小さく舌を出して謝ると、美々加のほうを見た。それとも、妹のさらを見たのだろうか。

どちらにしても、このまま「さら」ということにされて、ここに閉じ込められたら困ったことになる。やさしかったおばちゃんとお姉さんは誘拐犯でした、みたいなことなのだろうか。

美々加はいざとなったら、パジャマのままでも逃げ出せるよう、覚悟を決めた。半袖だけれど、幸い外はそんなに寒くなさそうだ。

というより、むしろ暑い。

三月のはずなのに、夏みたいだ。

「さら姉、どうかしたの」

さっき出て行ったばかりなのに、また勢いよく入って来た少年を、

「まさおは出て行きなさい」

おばちゃんが片手で制した。

「ひどい。俺だって家族なのに」

「あんたは部屋で漢字ドリルでもやってなさい」

「それは午前中の予定ぜよ」

「そろばんでもいいから」

「昨日、塾行ったばっか。それより俺、まだテレビ見たい」

「だめー、今日のぶん、もう見ちゃったでしょ」

「あと三十分だけ」

「もう、お願いだから。ねえ、祐子お願い、まさおを……」

問題児の登場でざわついたすきに、美々加はそろーっと廊下へ出た。どこかへ行きそうな気配をなるべく見せないで、静かに、ちょっと外の物音を確かめるような顔つきで。

そして食卓のあった部屋をあとにすると、がしっ、とうしろから誰かに肩をつかまれたりしないよう、三割くらい足を速めた。

寝かされていた和室に一旦戻って、荷物を探してみようか。

でも布団のまわり、見えるところに制服なんかが置いてあったような覚えはない。すた、すたたた、つる、と廊下を進む。

「さらー、どこ。あ、いた。さらー」

おばちゃんの声がしたのは、わりとすぐだった。まずい、急がないと。

「どこ行くの、さら。ねえ、ちょっと。本当にどうかしちゃったの？　ねえ、今から、もういっぺん病院行ってみようか。今ならまだ、診てくださるかもしれないから。さら、待って。こら。待ちなさい」

急に子供がいなくなる、という不安でもよぎったのだろうか。待ちなさい、待って、待て、といよいよ最後にはきつい声で呼び止められて、美々加は逆に戻れない気持ちが強くなった。

戻ったら本当にさらにされてしまう。

もう荷物はいいから、とりあえず外に逃げて誰かに助けてもらおう。学校の帰り、寄り道なんかしないで、真っ直ぐ家に戻っていればよかった。そうすれば、きっとこんなことにはならなかったのだ。きっと今頃はママとふたり……恋人の熊田さんも一緒かもしれないけれど、おいしい晩ご飯を食べて、テレビのお笑い番組か科学番組を見ているところだっただろう。追っかけ再生で、CMはさくさく飛ばしながら。

半袖パジャマを着た美々加は、ざわついた心の半分でそんな平凡な光景を思い浮かべて、わーわーと泣きたい気持ちになった。

でもそれは、無事外に逃げ出してからするべきことだろう。

廊下の角を素早く一度曲がり、滑るように玄関を目指す。さっきお手洗いに案内してもらったとき、ちょうど玄関の場所は確認してあった。門灯か街灯があるのだろう、広い靴脱ぎの向こう、引き戸の磨《す》りガラスの上のほうが明るくなっている。

「さら。さら」

ほんの少し遠くなったおばちゃんの声には振り返らず、美々加は石の靴脱ぎに下りた。

ママと一緒に暮らすマンションみたいに、靴がいっぱい出しっぱなしになっていなかったから、咄嗟《とっさ》の履き物選びは簡単だった。

おじさんぽい茶のサンダルと、赤い鼻緒がついた女物の下駄。ぺたん、と下駄の上に足を載せて、履きながら一歩前へ進む。急いで格子の戸へ向かうと、左側の引き手に指をかけた。

でも力を入れても、戸は開かなかった。

がたがたと揺らすのが精一杯で、美々加が外へ出るための隙間は、ほんの一ミリも広がらない。慌てて体の向きを変え、右の戸を開けようとしても同じだった。

カギがかかっている。

どうやって開けるのだろう。

早く。早く。と下駄タップのように足元の石を踏みならすと、

「さらー、玄関なの」

とおばちゃんにしっかり居場所を知らせることになった。「なにやってるのよ、ダメでしょ、走っちゃ、病み上がりで。ねえ、もう一回病院行っておこうね」

振り返ると、ぽっちゃり体型のおばちゃんが、思ったよりずっと素早く、すーっと近づいて来た。まるで子供を捕まえるロボットかなにかみたいに。

帰る。帰る。帰る。

やだ。

帰る。帰る。帰る。

小さく言いながら引き戸を開けようとくり返す美々加は、もう靴脱ぎに下り、べたべたと大きな茶色いサンダルを鳴らした女の人に、がばっと抱きしめられた。

「どこに帰るのよお」

と、おばちゃんは言った。「ここがあなたの家でしょ」

違う、という答えは、おばちゃんのきつい抱擁のせいで、たぶん声にならなかった。

「へんなこと言わないでよ。あなたはコイワイサラ、うちの子でしょ。十年前、私がちゃんと産んだんだから。明日、クマギリ先生に確かめたっていいわよ」

熊、とまた苗字に反応している場合じゃない。

「十年前？」

ようやくゆるんだハグをすり抜けると、美々加は言った。

いつの間にか、靴脱ぎの手前まで、お姉ちゃんとまさおが来ていた。頭上の電気もつけ、にこにこ笑いながらも、少し心配そうにこちらを見ている。その様子からは、やっぱりいい人たち、という感じがした。結局は、なにも悪気のない話なのかもしれない。だったら尚更、この家の人たちの間違いだか勘違いだかを正すために、ふたりにもちゃんと聞いてもらったほうがいいのだろう。

「私、十一歳……もう十二歳だよ」

さらという子との違いを際立たせるため、まだ誕生日前なのに美々加は強く言った。そういう細かな誤魔化しや嘘がどうしても気になるタイプだったのに。こうやって大人のやり方を覚えてしまうのだろうか。

というのはこの際どうでもいいとして、美々加が年齢違いを高らかに主張すると、おばちゃんとその子供たちは、ん？ と何かを考えているようだった。状況をどう受け止めるか、しばらく悩んでいたのかもしれない。

美々加はもう一押し、とばかりに自分の生年月日を言った。

平成△年三月十一日。

それも黙って聞いていた三人のうち、まず半ズボンのまさおが、

「さら姉、熱の毒が脳にまわった」

と怯えたように言った。

「バーカ、そんなわけないでしょ」

とお姉ちゃんが、弟の後頭部を軽く叩いている。そして一番近くのおばちゃんは、

「祐子、まさおを二階につれてって」と素早くお姉ちゃんのほうに声をかけてから、もう、と言って笑い、「へいせい？ なによそれ。あなたは昭和三十九年の三月生まれでしょ」

と言った。「だから今、十歳じゃない」

しょうわ？

昭和？

それはアルファベットのSに〇をする人たちの生まれた時代だろうか？

昭和三十九年生まれって。

今、何歳だろう。

でも……十歳？

美々加は目の前の空間がぐわんと歪んだようなおかしな気分になりながら、小太りなおばちゃんが口にしたことの意味を、その場で少し考えていた。

〇

父、あつお（四十五歳くらい）。

母、ひろこ（四十歳くらい）。

長女、ゆうこ（十七歳）。

長男、まさお（八歳）。

それが小岩井《こいわい》家の人たちだった。

そしてもうひとり、小岩井家には十歳の次女がいて、それが「さら」、と指でつんっん差すように説明されても、うーん、としか美々加は思えない。

だって違うのだから。

「おなかすいたでしょう。なにか作るから、食べなさい」

とおばちゃんが言い、さっきの居間に戻された美々加は首を横に振った。「お父さん」と呼ばれる、グレイの作業服を着た恰幅《かっぷく》のいいおじちゃんは、あれからすぐに帰って来て、今はまさおという少年とお風呂に入っている。力の強そうな、どっしりした男の人が帰って来て、ますます美々加は外に逃げ出せないような気持ちになった。でも玄関のドアを開けるやり方は、そのときにちゃんと確かめておいたから、あとはチャンスを待てばいい。焦る心のどこかで、そんなふうにも思っていた。

「なに食べたい？」

「いらない」

「食べないと、よくないから」

「じゃあ、からあげ棒」

「なにって？」

「セブンの」

コンビニの食べ物だったら、と口にして、おばちゃんにぽかんとされた。壁にかかった長方形の箱みたいな時計は、上半分に丸い文字盤がはまっていて、下半分はガラスばりで中が覗けるようになっている。そのガラスの向こう、金色のしゃもじのようなかたちの振り子が、美々加に催眠術をかけるみたいに、左右、左右、左右と大きく揺れていた。

「ダメよ、席立っちゃ」

流しに向かったおばちゃんが、何度も確かめるように美々加のほうを見る。今、おいしいおうどんを作ってくれると言った。

「……いらない」

下を向いて美々加は首を振ったけれど、

「ダメ、ちょっとでも食べなきゃ。お薬も飲めないし、元気出ないよ」

おばちゃんは言った。くうう、とお腹が鳴りそうになり、それを手で押さえてどうにか我慢すると、全然そんなつもりではなかったのに、美々加の目からは、ぽろぽろと涙がこぼれ落ちた。

手元にあった白いおしぼりで、こっそりそれをぬぐう。またお腹を押さえて、涙がぽろぽろ。一体どれくらいの時間、それをくり返しただろう。やがて小さな土鍋に入ったうどんを、おばちゃんが運んで来てくれた。

「熱いよ、気をつけて」

と言ったおばちゃん自身が手ぬぐいを使って蓋を取ると、ふわーっとかつお節のいいかおりがする。かまぼことお麩《ふ》、ほうれん草、ネギと濃い色のお揚げさんが一緒に煮込まれていた。

「……いい。いらない（帰りたい）」

下を向いてまた首を振ったけれど、くうぅとお腹が鳴るのを止められなかった。

「ほら、食べなさい」

知らない漫画の絵がついたお椀に、おばちゃんがうどんをよそってくれる。美々加はそれを受け取ると、ふー、と小さく息を吹きかけ、ゆっくり食べた。熱くてあんまり味がわからない、と最初は思ったけれど、食べ進むとやっぱりおいしかった。

おばちゃんは隣の席に腰掛けて、やさしく美々加の様子を見ていた。

「……今年、なんねん？」

美々加はぽつりと訊いた。

「何年って？　昭和のこと？」

とおばちゃんが言った。「そんなの、四十九年に決まってるじゃない。西暦だと、一九七四年でしょ。……ねえ、もうやめて、さら。ふざけてるんでしょ」

半分悲しそうに、半分不思議そうに言う。もちろん言われた美々加のほうだって、ずいぶん悲しいし、たぶんもっともっと不思議で気味が悪かった。

「あら、暑い？」

「……暑い」

おうどんを食べたせいもあるのだろう。美々加は体の中から、かーっと熱がわき起こるのを感じた。さっきと同じおしぼりを取って、今度は額の汗を拭う。

「扇風機は……そうだ、客間に持ってっちゃったんじゃない。あんたのために。暑かったら、今持って来るけど……うーん。クーラーは大げさよねえ。風邪にもあんまりよくないだろうし。じゃあ、もうちょっと窓開けようか」

やっぱりまだ美々加から目を離せないのだろうか。おばちゃんは一人であれこれ悩むと、結局は庭に面した側、少し網戸になっていたガラス戸をもっと大きく開けた。

すると、ふんわり涼しい風が入って来るというよりは、もっとべつのもの、虫の音《ね》や人の話し声、ラッパみたいな音や犬の遠吠えなんかが急にわさわさと飛び込んで来たから、なぜだろう、美々加はここがずいぶん自分の家から遠いところのような気がして、胸をぎゅっと強くしめつけられた。

実際、ずいぶん遠いところなのかもしれない。

帰りたい。

早く。

帰りたいのに。

部屋のあっちの壁に、8、と大きく数字の書かれたカレンダーがかかっているのが見えた。

まさか今は八月、夏なのだろうか。今日は三月の六日だったはずなのに。美々加はその下にある民芸品めいた木の細長い台と、そこに載った青い布カバーでおおわれた物体にも目を留めた。

あれはりりりんと鳴るタイプの、ダイヤル式の電話機というものではないだろうか。

美々加はそれをじっと見つめていた。

第二章　昭和の教室

1　脱出（一）

「へいせいか。なるほどなあ。へいせい。きっと平静な世の中になるようにってつけられたんだろうな。うん。うまいな、その元号。さすが、さらは勉強ができる子だな。象印賞」

茶色い大きな瓶からグラスにビールを注ぎ、おじちゃんはぐびぐびと美味しそうに飲んだ。一緒にお風呂から上がったまさおも、麦茶をぐびぐびと飲む。白いランニングに七分丈の薄手のパンツ姿のおじさんの手にしたグラスは、チューリップ形の背の高いものだったけれど、まさお少年が持つのは、プリンでも入っていそうなかたちの、ずんぐりしたガラスのコップだった。本当にプリンの容器なのかもしれない。というか、象印賞ってなに。

平成という元号をおじちゃんに教えたのは、美々加本人ではなくて、呆れた様子のおばちゃんだった。おじちゃんも聞いて感心しているくらいだし、本当にここは平成の世の中ではないのだろうか。

美々加はさっき、自分の家に電話をかけようとして失敗したのだった。プッシュボタンの代わりに、アンチークなダイヤル式電話機の、下に数字の書いてある丸い穴に指を入れて困っているところを、まずおばちゃんに見つかってしまった。「どこにかけるの？」質問に完全黙秘した美々加が、おずおずと「かけ方」を問うと、かわりにおばちゃんが番号を聞いてかけてくれた。でも三回試して三回とも失敗した。

「つながらないね。ちょっと数字が多いんじゃない？」

そのあと美々加も受話器を上げ、数字の丸い穴に指を入れて、じーっと右下まで回し、指を抜いて戻す、じーっ、ごごご、じーっ、ごごごご、と繰り返す方法を真似したけれど、おかけになった番号は、現在つかわれておりません、とへんなタイミングでテープの声が流れてくるか、つー、つつー、と急に不通の音がするだけだった。

「ねえねえ、父ちゃん、テレビつけなくていいの」

一気に麦茶を飲んだまさおは、おばちゃんがふと居間を出て行ったのを見ると、慌てて椅子から立ち上がって言った。野球のユニフォームのレプリカみたいな、膝まで届く長いTシャツを着ている。下にズボンをはいていないから、ワンピースを着ているようにも見える。パジャマなのだろうか。

「そんなこと言って、まさおも一緒に見る気だな、テレビ」

おかずをつまみに飲んでいるらしいおじちゃんが、ずいぶん父親っぽく言った。ママの恋人の熊田さんも、家で美々加にそういう言い方をすることがある。ちょっと威張っているような。でも仲良しな感じも漂わせて。

「ママに怒られるぞ、約束してるんだろ。月曜から木曜は、一日一時間だけしか見ないって。いつも夕方の漫画を見るって決めてるんだろ」

ちゃんと全部知ってるぞ、という言い方なのは、おじちゃんが普段この時間に帰っていないからなのかもしれない。

まだ小学生なのにそんな推理までしてしまう美々加は、

「いいじゃーん、夏休みなんだからー」

というまさおの伸び伸びした声に、うそ、やっぱり夏なんだ、と動揺した。まだここがどこだかもわからないのに。季節も違うのか。

「俺が見るんじゃなくて、父ちゃんが見るんならいいでしょ。ねー父ちゃん、ねー父ちゃん」

「ずるいぞ、その考え。じゃあつけてやるけど、NHKのニュースにするぞ」

「えー、そういうんじゃなくて」

「ダメ。NHKのニュース。……さらはなにか見たいのあるか」

いきなりおじちゃんが美々加に声をかけてきたので、さらじゃないけど、と口の中でもそもそ応じてから、

「べつにない……です。……でもNHKは嫌い」

小さく返事をした。ちょっと申し訳ないくらい、怯えた目をしてしまったかもしれない。

「ん？　NHK嫌い？　なんで」

「……ママが営業センターの人と喧嘩したから」

「営業センター？　なんだそれ？」

「契約のことで」

「はあ？　ひろこが？　聞いてないぞ」

おじちゃんはいぶかしげに言うと、美々加の顔をじっと見た。「やっぱり病み上がりのせいかな。もう薬飲んだら、寝たほうがいいぞ。まだ眠くなくても」

そしておじちゃんはTシャツパジャマの少年に、

「まさお、じゃあテレビつけなさい。お前はあと十分だけな」

と重々しく言った。

「三十分」

と両手を合わせてまさお。

「よし、三十分」

「やったあ」

まさおは飛び跳ねると、

「お父ちゃんの命令だからね」

だいぶ図々しいことを言いながら、素早くテレビの前に走って行く。リモコンは使わないのか、突進してテレビ本体のスイッチをかちりと入れると、絨毯の敷かれた床にべた座りして、画面の横にあるつまみをガチャリ、ガチャリと回している。

わははは、わははは、とずいぶんのどかな笑い声の流れた局で止めて、まさおはしばらくその画面に見入っていた。彼の頭が邪魔でよく見えないけれど、男女がチームに分かれ、ゲームをやっているような番組だった。

「まさおくーん、そこにいたら邪魔。離れて見なさーい」

口の横に手を添えた、四角い顔のおじちゃんが言う。「ほら、こっち戻って」

まさおは画面を見ながら立ち上がると、後ろ歩きで食卓に戻って来た。戻って椅子に座るときに、なぜか敬礼をしている。なにかの物真似なのだろうか。

「あー、まさお、テレビ見てる」

気がつくとお姉ちゃんも、居間に入って来ていた。おばちゃんに頼まれたのか、扇風機をうんしょっと運んでいる。

「だって父ちゃんの命令で」

「あ？　まあ俺だ。今日は」

「甘いんだから、パパは。……それと、ここでステテコやめて」

と言いながら、お姉ちゃんは壁際のコンセントに電源コードを挿し、扇風機を「中」くらいの首振りで回すと、風の当たり具合を確かめ、自分も椅子をテレビのほうに向けて座った。

それから戻ったおばちゃんが、

「こら、まさお。ダメでしょ、テレビばっかり見て。約束はどうしたの」

と息子の頭にげんこつを落とすポーズをしたけれど、

「まあまあ、今日だけ、今日だけ」

とおじちゃんになだめられると、許すことにしたみたいだった。奥の台所に立って、分厚いまぐろのお刺身と、具がいっぱいのお味噌汁を、おじちゃんのために用意して戻る。そして一緒にテレビを見はじめた。

妙に間延びした感じの、静かなゲーム番組だった。美々加の知らない出演者のおかしな、でもちょっとわざとらしく見える動きにみんなが大笑いをする。さすがのバカ男子、まさおなんかは椅子から転げ落ちて、長いTシャツの裾から白いパンツを見せて尻餅をつき、足をバタバタさせた。

その騒ぎがちょっとおさまると、

「さら、お熱は？」

とおばちゃんが思い出したように言った。

「あ」

「体温計。計ったんでしょ」

「まだ……。さらじゃないし」

美々加はさっき電話をかけようとしたあと、熱を計るようにと体温計を渡されたのだった。それを腋の下に挟んだままだったことを思い出した。水銀を使っているらしい、シンプルな棒状の体温計は、ぴぴぴ、と鳴ってくれないから不便だ。もう十分以上計っているだろうか。手を差し出しているおばちゃんに体温計を手渡し、三十六度八分、と教えてもらった。

「まだちょっと高いね。お薬飲んでおこうね」

おばちゃんは体温計を激しく振りながら言った。

そういえばこの家には、ざっと見回して、デジタル表示のものが目につかなかった。家具調のテレビにも、そういった表示を使う録画機器のようなものが一切接続されていない。やっぱり昭和なのだろうか。仕組みはわからないけれど。この家の中だけ時代が違っているとか。そういう不思議な話なのかもしれない。

死人の家とか。

こわい。

美々加はそーっと立ち上がろうとして、おばちゃんのぽちゃぽちゃの腕にまた遮られた。「今日はママも一緒に客間で寝てあげるから」

「ダメ」

「い、いいです」

「今、ここでお着替えもしちゃいなさい」

「い、いいです」

思い切り首を横に振ると、お姉ちゃんが明るく笑った。またテレビのせいかと思ったら、やさしく美々加のほうを見ている。

「ね、早く風邪治して、お部屋でタカラヅカごっこしようよ」

「タカラヅカごっこ？　お部屋で？」

「うん、タカラヅカごっこ」

ほっとできるお姉ちゃんの笑顔と、甘いタカラヅカの響き。一瞬惹かれかけた美々加は、ダメ、ダメダメ、早く帰らなきゃ、と強く思い直した。

「俺らわかんないなー、あれはなー」

ビール一本で顔が真っ赤になっていたおじちゃんが、きっとタカラヅカのことなのだろう、まだ床で足をバタバタさせているまさおに、「なあ」と同意を求めていた。

2　脱出（二）

脱出のチャンスは、ほどなく訪れた。

美々加の動きに一番注意を払っているおばちゃんが、気を許す隙をずっと狙っていたのだ。

もちろんその間は、とにかく相手を警戒させないようにと気をつけた。みんなの見ているテレビのジェスチャーゲームを一緒に見て、あはは、あははは、と笑ったり。出演者たちが頻繁にやる、おいといて、という荷物を横に動かすような手の動きを真似してみたり。肩の力を抜いてだらんとして、ふわーっと大きなあくびをしたり。

と、そのたびおばちゃんが、ちらり、ちらりとこちらを見るのがわかったから、美々加は、いける、これはいける、とひそかに胸を高鳴らせながら、もっとだらけた姿勢をとってみせたりした。

「寝る？　そろそろ」

「うーん、まだいい」

「でもあくびしてたわよ。ダメでしょう、早く寝ないと」

「おねがーい。あと少しだけ」

テレビのCMで見る子役みたいに、甘えた声で両手を合わせて言うと、おばちゃんはちょっと考えている様子だった。それから、大丈夫、と判断したのだろう、

「じゃあ、私は急いでお風呂に入ってこようかな」

と重そうな腰を上げた。よし、と美々加が心の中で大きく叫ぶと、

「ねえ、母ちゃん」

相変わらずマイペースなまさおが、おばちゃんを呼び止めた。べつに体調はよさそうなのに、計る、俺も計る、とさっきさんざん騒いで腋に挟んだ体温計を指差している。

「ねえ、母ちゃん。これもう平気？」

「いいんじゃないの、そろそろ」

「見て、母ちゃん見て」

「なーにを、それくらい自分でできなきゃ」

「見てよお。母ちゃん」

「あらー、赤ん坊だねえ、まさおは」

腰をゆすっておばちゃんが言う。もちろん美々加には、それは完全に無駄なやりとりだった。でもここでカリカリしてはいけない。やさしいおばちゃんがまさおの体温計を

取り上げて、熱の有無を確かめるのをじりじりと、静かに見守った。

「はーい、発表しまーす」

「はーい」

「三十六度……」

「三十六度」

「ゼロ分。三十六度ちょうど」

「なーんだ、つまらん」

「なにが」

「だって平熱」

「バカなこと言わないの、熱出たら大変でしょ、あんたもいつまでもテレビ見てないで、早く寝る準備しなさい」

おばちゃんは体温計を振って銀色の柱を下げ、それからオレンジ色の蓋がついた筒状のケースにしまった。

そしてようやくお風呂に入ることを思い出したようだ。すっと廊下へ出たので、美々加は長く息を吐いた。気持ちを落ち着け、心の中で、ゆっくり三十まで数える。それからまた三十追加して、どうだろう、そろそろお風呂場に入っただろうか。そろり、そろーりとテレビのある居間をあとにした。大丈夫。向かう先におばちゃんの姿は見えない。

うしろからも、誰もついてくる気配はない。

あとは一気に廊下をダッシュだった。

あまり高い音をさせないよう、一応気をつけながらも足を高速回転させる。さっきは明るくついていた玄関の電灯が消えていて、やばい、違う、と思ったけれど、気にせずに突っ走った。靴を探すのはあきらめ、置きっぱなしの下駄をはいて玄関のカギを開ける。もう音は気にしていられない。がちゃがちゃがちゃ。かつん。かつかつん。やった、ようやく外に出た。石塀に木戸があり、脇に茶色い鉄柵のようなものが見える。まず木戸に体当たりでぶつかり、手元のノブを回すと、ぷちんと押し込み式のロックが外れた。押し引きすると、がくんと手前に開く。そして家の前の道に出た。

田舎っぽい。

暗い道だ。

一応、舗装してあるみたいだけれど、なんだかでこぼこして、ひっかかるところがある。でもそんなことは気にしていられない。

「わー」

美々加は大きな声を上げた。右も左もわからないけれど、とりあえず左だ。

黄色い電球に照らされた道を、夢中で走りはじめた。

○

目を覚ますと、知っている場所だった。

ぎょろりと目玉を動かして、左、右、上、とゆっくり見る。遮光カーテンの隙間から、細く光が差している。天井のライトや壁のエアコンも、見覚えのあるかたちだった。廊下側のドアが大きく開けられて、そこに白い光がぼわっと見えている。廊下の向こうにある、小さな窓の光だろう。

朝なのだろうか。ベッドサイドで、しゅわーっとアロマの加湿器が水煙を上げている。大好きなユーカリの香り。体を起こし、身の回りや布団の柄、キャラクターものの目覚まし時計を見る。学習机の上にある、読みさしのコミックスのカバーも目に入った。

間違いない。

自分の部屋だ。

大森美々加の部屋だ。

帰れたー、帰れたー、と、サッカーのゴールパフォーマンスでもする勢いでベッドを下りて、廊下に飛び出すと、

「あれ、起きたの」

どれくらいぶりだろう、懐かしいママ、本物の母親が、ちょうどこちらに向かって来

るところだった。ホルターネックの、黄緑色のエプロンをしている。

「いたあ」

美々加は嬉しくなった。

「なによ、それ」

「また昭和だったらどうしようかと思った」

笑顔の母親を見上げ、にこにこと、ひとりごとみたいに早口で言う。

「ショーワ？　なにそれ」

不思議そうにする母親に、

「いたあ」

もう一度言うと、ごん、と一発、ショルダータックルをした。

「痛い、なに」

「帰れた」

美々加はにまにまと笑う。どうしても笑いを止めることができなかった。「帰れた」

「帰ったでしょう、昨日、だいぶ遅かったけど」

「帰って来た？　昨日？　何時頃？」

「七時過ぎぐらいかな？　そうだ。美々加。まだお説教残ってるからね。前からずっと言ってるでしょ、寄り道は絶対禁止って」

急に怒ったふうに言う母親の声に、美々加は曖昧に笑い、頭を掻いた。そうなのか。七時過ぎに帰ったのか。記憶がぼんやりしている。あの不思議な家を出て、暗い道を夢中で走り出したところまでしか覚えていない。

「七時に私、どうしたっけ。昨日」

ちょっとおかしな語順で訊く。実感として、こちらが今、夢、ということはなさそうだった。さすがにそれくらいのことは、十二年足らずの人生経験でもわかるつもりだった。

じゃあ、あちらが夢だったのだろうか。

昭和四十九年だとか言っていたあちらの家での出来事が。

不思議とその感触もうすい。

「なに？　またぼーっとした顔して。ちょっと寝過ぎたんじゃないの。昨日は、私があんたのこと探して、ちょうどマンションの前にいたら、なんかぼけーっと帰って来たんじゃない。覚えてないの」

「うーん、覚えてるけど……。うそ。あんまり覚えてない。うそ。全然……」

「あぶないのねえ。……それか、なにか誤魔化す気でしょう？　こら、美々加、どこ行ってたのよ」

口うるさいけれどやさしい母親が、指先で、美々加の鼻のあたまをぎゅっと押した。

それは小さい頃から、母親がよくやるスキンシップだった。ちょっとくすぐったくて、ちょっと痛い。ブー、と美々加は体ごと半歩引いた。

「わざわざ熊田くんも一緒に探してくれたんだよ。わかってる？」

「わかってない」

いつものプードル柄のパジャマを着た美々加が口を尖らせて言うと、母親は呆れた顔をして笑った。

「ほら、早く顔洗ってきなさい」

「はーい」

と呑気な返事をする。でもよかった。本当によかった。これが普通。これで元通りの生活だ。

やっぱ〜い。危なかったけれど。戻った。えへへ、戻った。えへへへ、戻った、と心からの笑いをまた止められないでいると、ふいに居間のほうから、

「あー、美々加ちゃん、おはよう」

母親の恋人が、のっそりと顔を覗かせた。

ざっくりしたおかしな柄のセーターにジーパンをはいた、もじゃもじゃ頭で大柄な男の人。熊田さん。熊田剛。

美々加は身を固くした。

なに泊まっちゃってんの。熊田。それはしない約束なのに。

まだ結婚もしていないのに、それはおかしいでしょう。

いつも晩ご飯を一緒に食べるだけでも、ずいぶん気をつかっているのに。それともここは、なにか違うルールの世界なのだろうか。

「えっと、熊田くんには特別に泊まってもらったの」

母親が美々加の心の声を読んだみたいに、素早く説明した。特別に、というからには、ルールはちゃんとあるみたいだった。よかった。だったらきっちり守ればいいのに。

「だってあなた帰って来たら、ねーむーい、って言って、くーくー寝ちゃうし。ちょっと心配で」

「ふーん、ふーん」

美々加はつづけて言った。

「ふーん」

「美々加、ちゃんとお礼は言いなさい。熊田くん、バスにも乗ったりして、H駅のほうまで探してくれたんだよ」

母親のつくった朝ご飯は、トーストと目玉焼きとソーセージと茹でブロッコリー。コーンスープ。あとはオレンジジュース。昨日とほとんど変わらないけれど、それはいつものことだ。大森家、定番の朝ご飯だった。

「あでがどごだいばじだ」

わざとつくった鼻声で美々加が言うと、

「なに?」

母親が不思議そうに訊いたので、

「あでぃがどう、ごだいばした」

今度はちょっと伝わりやすくお礼を言う。それからいちごジャムをたっぷり塗ったトーストにかじりついた。むしゃむしゃ、むしゃむしゃとかじって、ゆっくりジュースを飲む。あとひと月で中学生とは思えない子供っぽさ。小学四年生だとしても発育不良だろう。

「ふざけないの。もう子供じゃないんだから」

母親の小言を、まあいいじゃん、と笑顔の熊田さんが遮った。それから美々加のほうを向いて、

「ちょっと心配したよ~、でも早く帰って来てよかったかな。って、それじゃどっちかわかんないか」

熊田さんがにこやかにコーヒーをすする。おおらかでいい人だということは、美々加ももうだいぶわかっていた。

でもいくらいい人でも、この家の中で、どんどん彼の存在感が増すのは面白くない。それも素直な感情だった。うぃーんうぃーん、とさっきはマイ電気シェーバー（たぶん）で髭を剃っていたみたいだし。昨日のことだって、娘の帰りが遅いくらいで、いちいち熊田さんになんか頼らなくていいのに。夜七時なら、小学六年どころか、三年生が出歩いていても平気だろう。補導員だって声をかけないかもしれない。塾に行く子だったら、九時とか十時に帰ることもある。

「熊田くん、パンもう一枚食べる？」

「うん、食べよっかな」

「美々加なに？　あなたも食べるの？」

「いい。べつにいい」

朝のテレビ番組が、三月七日水曜日、と伝えていた。

薄い液晶の、横長のテレビが。

昨日は六日だったから、確かに一日経っただけなのだろう。学校帰りにぼおっとしていて、不思議な何時間かの夢を見たのかもしれない。昭和の家庭に紛れ込んだ夢。ほんの短いホームステイ。

それとも家に帰ってから、普通に見た夢なのだろうか。寄り道しすぎて帰宅が遅くなって、くーくー眠ってしまってからの夢。どちらだろう。どちらの状況も、あまり美々加にはピンとこない。かわりに腋の下に挟んだ体温計の固く冷たい感触、ダイヤル式電話の遠い不通音、入れてもらったカルピスのほの酸っぱい甘さなんかが、妙に生々しく思い出された。

夏だった。

八月。

あれは夢なのだろうか。

○

「ミミガー。おい。デカ盛りミミガー」

学校ではいつも通り、同じクラスの北村勇斗がうるさかった。

行方不明、電話、という話を男子三人としているから、嫌な予感はしたのだけれど、やっぱり美々加の話みたいだった。美々加の母親と仲のいい、隣のクラスの亜希《あき》ちゃんのママが、男子三人のうちのひとりの家族と付き合いがあったはずだから、そのラインからもれた話かもしれない。母親が電話をして、美々加の行方を探したのだろう。なんにしたって自分は又聞きのくせに、でしゃばりな北村勇斗はぷくぷくの頬をこちらに向けると、

「お前いたの？　昨日どっか行っちゃったんじゃないの？」

周囲にもたっぷり聞かせるように言った。「どこ行っちゃってたの。寄り道？　家出？」

美々加はどう答えていいかわからずに、あうっと黙ってしまい、そこをやさしくて強い友だち、大柄女子の弓ちゃんにまたかばってもらった。

「北村うっさいよ、あとちょっとで卒業なんだから、もうそれまでずっと黙ってたら」

「なんだと、デカ女」

「あ、問題発言。言うよ、先生に？　いい？　肉体的なことを攻撃していいと思ってる？　ダメだよねえ」

「だって自分だって……昨日は声変わりのことを」

「あれは事実を述べただけ。あんたのは感情的な悪口。わかるよね違いは」

「うぐぐ。うぐぐぐぐ」

ありがと、ゆみみん。いいって、いいって、みみみん。目と手振りで簡単なコミュニケーションを取る。

でもこの落ち着かない生活は、一体いつまでつづくのだろう。

中学からは男子がべつの学校に行ってしまうから、少しはましになるのだろうか。

放課後、保健室で宝塚の動画を見せてもらい、やっぱりいいわ、ジェンヌの方。素敵。

ぽっ、となった美々加は、

「はーい、今日はここまで」

「えー。もうちょっとお願いします」

「ダメー、つづきはまた今度」

「まみさんをもうちょっとだけ」

「ううん。まみさん終了よ」

「えー、あと五分でも」

と昨日のまさおという少年のようにおねだりしてみたけれど、養護の神田先生は笑顔できっぱりと断ったから、そこまでで我慢して保健室を、それから学校を出た。

美々加は基本的に、聞き分けのいい、真面目な児童だった。ただ世の中の常識とか、仕組みとかいうものが、うまく理解できない。それが普通でしょ、という理屈には、なぜ、という疑問が必ず残ってしまった。

いつもの本屋さんで「グラフ」を立ち読みして、あのお姉ちゃんが言っていた、「タカラヅカごっこ」ってどんなものだろう、楽しそう、とわくわく考えていた。

じつは授業中にも、昨日行った家のことを何度もぼんやり考えていた。

なんだか古めかしい、あの昭和の家のことを。

やさしそうなおばちゃんは今頃どうしているだろう。お風呂に入っているあいだに美々加がいなくなって、つまりおばちゃんにしてみれば、娘のさらちゃんだと思っている女の子がいなくなって、ずいぶん慌てているのではないだろうか。熱がやっと引いたところだったし。

昨日、美々加の母親があちこち探し回ったというみたいに、今頃あっちでは、家族みんなでご近所を探していないだろうか。おばちゃんとお姉ちゃんと、それからまさおと。もしかしたらおじちゃんも一緒に。

本物のさらちゃんが、ちゃんと出てきてくれたらいいのだけれど。それとも美々加がこっちに帰って来てしまったら、もうあっちにさらちゃんはいないのだろうか。

わからない。

なにを考えても正解は出てこない。

そもそもあっちだとかこっちだとか。まさか世界がふたつあるというのだろうか。ドラマによくあるパラレルワールドとか、タイムスリップとかみたいに。そういう複雑な事態に巻き込まれたというのだろうか。

まさか、と思う反面、だったら戻って来られてよかった、とあらためて胸をなで下ろした。

どこか田舎の親戚の家みたいで、正直あんまり怖くなかったとはいえ、あそこからもう戻れないとなれば話は全然違う。熊田さんと付き合ってからの母親には、正直たくさんの不満を持っている美々加だったけれど、もちろんそれは大好きの裏返しだった。
美々加が小学二年のときに両親は離婚したのだ。しかも父親は、それより前から長く単身赴任していたので、美々加にとって家とは、ほとんど母親とふたりで暮らすところだった。そのせいもあって、すっかりマザコンの娘だった。
気弱で心配性。すぐへこたれるくせに、意地っ張りで、こだわり派。美々加と母親には、よく似た気質がそなわっていた。
そのふたりでしょっちゅうくっついて、ようやく一人前の人間になっている気がする、とまで言ったのは、他でもない、母親のほうだった。
円の欠けたところに美々加がピタッとハマってるの、ふたりで○、とよく言い聞かせてくれたのに、今はそこに熊田さんが加わろうとして、もの凄くおかしな、いびつなかたちになっているのだった。でこぼこの、大きなジャガイモみたいな。それでも母親と離れて暮らすなんて、今の美々加には考えられない。
たっからー、
じぇんぬのー、
たっからー、
じぇんぬのー、
本屋さんを出て、小さな声で歌いながら歩く。今日はマクドナルドに窓ふきのお兄さんはいない。ひとりで二階の窓ふきをしていた勇敢なお兄さん。ハシゴにのり、バランスを取って。自分にはああいう技術がなんにもない。だからせっかく平成から訪れても、昭和の世界にはなにも伝えられない。子供だし、ハイテク機械の中身とかはさすがによくわからないし、人と話すのがあんまり得意ではないし。

せいぜいこっちで流行《はや》った歌とか漫画とかを、ちょっとだけ教えてあげられるくらいだろうか。もしそういった作品を、こっそり自分の作品として発表したらどうだろう。広くみんなに流行ったようなものを。

昭和で人気者になれるだろうか。

きらりと光るマクドナルドの窓を見上げて、無駄にそんなことを真剣に考えている美々加の足元で、ふいに黒い猫がみゃあと鳴いた。

あ、お前は。

昨日も会った猫。

尻尾を上げ、すた、すたた、と歩きはじめる。

ダメだ。こいつについて行くと、また昭和に行ってしまう。

かもしれない。

ダメだ、ダメダメ、危ないって、と思いながら、ついあとを追ってしまう。

黒猫は昨日と同じに、美々加を振り返って見ていた。

まるで距離を測るみたいに。

でも今日は大丈夫だろう。まだ外は当分明るいし、ぎりぎりやばそうなところで戻れる自信がある。もしダメであっちに行ってしまっても、帰り方はわかった気がするし。

あの家のおばちゃんたちは、みんないい人みたいだったし。

帰って来てまた熊田さんがちゃっかり家に泊まっていたら嫌だけれど、そういう勝手をする母親にも不満はあった。

もう自分はいい子ではない。

少し心配したらいい。

そんな子供っぽくてひねくれた感情が、小学六年の美々加の中には、まだたっぷりと残っていた。

3　昭和の教室

ぱちん、と音がして、美々加は目を覚ました。

誰かにほっぺたを小さく叩かれたのかもしれない。それとも目の前で、誰かが手を叩いたのだろうか。

「小岩井さん、大丈夫?」

すぐ近くに女の人の顔があった。大人しい顔立ちの、若い女の人だ。腰をかがめている。「具合悪いなら保健室につれて行ってもらいなさい、それとも居眠りかしら？」

「ママ、ごめんなさい」

反射的に口にした言葉に、わっ、と周囲から笑い声が起こった。子供の声ばかりだ。ずいぶんたくさんいる。

どこかの知らない教室みたいだった。

正面に大きな黒板があり、二人がけの木の机が四列ほど、前からずっと並んでいる。

「大丈夫？」

女の人がまた言った。

「……はい」

美々加が小さくうなずくと、にこっと笑って背筋を伸ばし、黒板のほうへ戻って行く。ひっつめた髪。白いブラウスを着て、グレイのゆったりしたパンツをはいていた。痩せた背中をしている。ここの先生なのだろう。きっと彼女が、目の前で、はいっ、と手を叩いたのだろうと美々加は思った。

木造の建物の二階ぐらいだった。真ん中寄りの列にいる美々加のずっと左手、大きく開いた窓の向こうには、青い空と夏っぽい雲が見える。

じーっ、じーっ、じーっ、と外でたくさん蟬が鳴いていた。ちょっと蒸し蒸しする。

周りには、たぶん四、五十人くらいの子供たちがいる。狭い教室にぎっしり、とまでは言わないにしても、美々加の感覚からすると、全員が同じ授業を受けるのはやっぱり不自然だった。異常事態というか、緊急事態というか。特別な事情があってそうしている、という感じ。

美々加のすぐ右、肩がぶつかりそうな位置にも、男の子が座っていた。坊主で、じゃがいもみたいな頭の、ほっぺたの赤い子だった。どの机も、だいたい男女のペアで使っているようだったから、きっと机をシェアする相手なのだろう。

椅子は硬くて低かった。確実に人間工学を無視したフォルム。みんな思い思いのクッションを敷いて座っているみたいだ。美々加の腿の下にも、キャラものっぽい黄色い布カバーのついた座布団があった。

また昭和に来てしまった。

小岩井さらちゃんのところに。

美々加はじりじりと焦りながら、そう思っていた。

理解するのに、今日はそんなに時間が要らなかった。なにしろ昨日あんなことがあったばかりだったし。さっき先生も、小岩井さん、と美々加のことを呼んでいたし。

でも自分が小岩井さらにになってしまった、というふうには、不思議と全然感じなかった。それは昨日と同じだった。

自分はあくまで大森美々加なのだ。そのことだけは、心の中ではっきりとわかっていた。

けれど、ここは昭和で、みんなから、小岩井さら、と思われている。

状況をシンプルに考えると、まずそういうことになりそうだった。

今も「さらちゃん」の通う学校にいるのだろう。

昨日のあの家は、八月で夏休みの様子だったけれども。

なのに今、こうして授業を受けているということは、今日は「昨日」の次の日ではないのだろうか。

見ると、黒板にちゃんと日付が書いてあった。

九月九日。月曜日。日直が川田《かわだ》と小岩井。って日直なのか。

少なくとも八月のカレンダーから、一日で進むことはない日付だった。

つまりここは昨日のつづきの日ではないのだろう。それとも昨日のつづきだけれど、美々加が一旦自宅に戻っているあいだに、ぐんと日にちが過ぎるような関係の世界なのか。

ややこしい。

泣きたい、と思ったけれど涙は出なかった。まだ昼間の明るい日の中にいるからかもしれない。または知らない教室で警戒する意識が働いているのか。

先生が分数の足し算を教えている。

もうじき小学校を卒業する美々加は、ちらっと黒板を見ただけで、それは簡単、と思った。机の上には、教科書とノート、鉛筆、消しゴム、ビニールっぽい四角い筆箱なんかが置いてある。木製の長い机の表面は、一見つやつやなのだけれど、触れると案外でこぼこしていた。左右のちょうど真ん中あたりに、白く、カッターで削ったように縦線が引かれている。隣の子との境界線になっているのかもしれない。

美々加は自分のブラウスの左胸のところに、なにか四角いものがピンで留めてあるのに気づいた。

透明ビニールのソフトケースの中に、校章っぽいマークのついた白い紙が差し込まれている。名札だった。ビニールごと引っ張って確かめると、校章と学校名の下に、予想通りの名前が、マジックで書いてあった。

小岩井さら。

四年三組という文字も見える。

「こら、そこ、よそ見しない。なに？　じっと名札なんて見て。自分の名前でもわからなくなった？」

先生からの叱られ方は、美々加が平成の学校にいるよりはいくらかきついように思ったけれど、他の児童たちが、笑ったり、がやがやしたりするのはとりあえず同じ感じだった。今日のあっちの学校はもう終わったはずだったのに。まだしばらく授業がつづくのだろうか。

掛け持ちだ。

掛け持ちきつい。

それともこれは不思議な夢なのだろうか。

「ねえねえねえ、さーちゃん、さーちゃん」

算数の授業が終わると、小柄な女の子が前から近寄って来た。

さーちゃん、というのは、さらちゃん？ やはり美々加に呼びかけているのだろう。

ショートボブの髪型をして、赤い吊りスカートをはいている。まるで、ちびまる子ちゃんみたいなファッション、と美々加はガン見しつつ、どうやって相手をしていいのかわからず身を固くしていると、ノートと鉛筆を手にしたまるちゃんは、机と机の狭い間をうまく抜けて来た。

「いつもいつもでホント悪いんだけどサ、さーちゃん、これちょっと教えて」

分数の足し算式の書かれたページを、机の上にぱさっと開いて見せた。

前の席の子が、

「カンバちゃん、ここ座っていいよ」

明るく言い置いて机から離れたので、おかっぱの女の子はさっそく椅子に横向きに腰掛け、にこにこの顔を美々加のほうへと向けた。名札によると、神林美穂《かんばやしみほ》、という名前みたいだった。

かんばやしみほ。

愛称は「カンバちゃん」なのだろう。

そういえばクラスの他の子たちもみんな、胸に名札をつけているようだったから、その点はよかったと美々加は思った。どうせあまり長い時間いないにしても、誰？　この子、名前がわからない、やばい、ノーヒント？　というひやひやの場面だけは避けられそうだった。

「わかんないのはここなんだ」

ノートの計算式を指差してカンバちゃんが言った。いかにもジャポニカっぽい学習帳に書いた、大きな文字の計算式だった。とりあえず彼女の説明を、うん、うん、うん、と聞いた美々加が、たぶん勘違いしている箇所を指摘して訂正すると、

「ん？　え？　あー、そっかー、そうだね」

カンバちゃんの中で疑問が消えたのか、にこにこ顔をもっとほころばせた。「ありがとう、さーちゃん。さすが算数大臣」

不思議な役職に任明された美々加は、いいえ、どういたしまして、とすまして言おう

として、のどをこほんと鳴らした。本当に大臣が威張っているみたいでおかしくなり、くすっと小さく笑った。それともカンバちゃんが笑っているから、自分もほっとして楽しくなったのだろうか。

小さくてにこにこしているカンバちゃんは、小柄で子供らしい美々加よりも、もっとずっと年下に見えた。

「じゃあね、さーちゃん、ありがとう」

人なつっこく言ったカンバちゃんが、ぁ、漫画博士〜っ、今月の「りぼん」、次貸してくださいませ、とべつの子のほうへ向かって行く。

「小岩井さーん、黒板」

違う列の男の子から声をかけられた。黒板になにが、と思った美々加が前を見ると、さっきの授業が終わったときのままになっていた。たぶん消すのは日直の仕事なのだろう。でも私は、日直の小岩井さんではないのだけれども。

……消すの？

席を立って前へ行き、粉だらけの黒板消しで算数の時間の板書を消した。

上の方は、教卓のところの椅子を運んで来て、そこに上履きを脱いで乗る。先生の椅子は、座る部分にビロードみたいな上品な布が張ってあって、よほどクッションがいいのだろう、足を乗せるとふかふかの感触だった。上の方も消し終えると、美々加は椅子を戻し、付近を見回した。黒板消しをきれいにするクリーナーが見当たらなかったので、じゃあいいか、と、そのまま置く。脇に貼ってある時間割によれば、今、三時間目が終わったあとみたいだった。

四時間目の国語の授業が終わると、給食の時間になった。

幸い、当番ではなかったようなので、みんなのするように机を寄せて給食用のテーブルをつくると、あとはまわりの様子を見て、うしろの配膳台まで料理をもらいに行った。白い割烹着《かっぽうぎ》に白い帽子をかぶった同級生たちから、銀色のトレイにパンをもらい、銀紙に包まれた四角いなにかをもらい、瓶の牛乳をもらい、アルミの食器にしなしなしたキャベツのサラダをもらい、もう一つのアルミ食器にメインの料理、薄い、さらさらした感じのクリームシチューをよそってもらう。プラス、半分にカットされたバナナをひとピース。

今日は洋食らしい。

美々加は自分のグループに戻って、席についた。机を四つずつ寄せ、八人でひとかたまりになった島が全部で六つか七つある。先生も教卓の上に同じ給食を置いて、係の全員が席に着くのを待ち、

「では、日直の人、号令」

と言った。

日直の人って。

また私？　とパートナーを探して見回すと、本当のところどちらの役割なのかは知らなかったけれど、

「日直の人」

と、もう一度先生に呼びかけられるのと同時くらいに、川田君らしき男子が、大きく食事をはじめる挨拶をした。よく日に焼けた、細長い顔をした子だった。クラス全員がそれにつづく。もちろん、美々加も。

先生のうしろ、黒板の上にある鳥の巣箱みたいなスピーカーから、クラシックの音楽が流れていた。グリーグのピアノ曲だ。お昼の校内放送なのだろう。

かちゃり、かちゃりと食器の音が鳴り、騒ぎすぎて叱られない程度の話し声と笑い声がする。美々加は食べ方のよくわからないところを、周囲の様子を窺うことでどうにか克服した。牛乳瓶の紙のふたを爪の先でちょっとずつ剝がし、さっと引き上げて取る。そのまま、白いプレーンな牛乳を少し飲んだ。思ったより冷たい。ずんぐりした瓶一本、一気に飲み干してしまう男の子もいたけれど、さすがにそれは真似できない。牛乳を置くと、パンにマーガリン（だった。銀色の小さなキューブは）を塗り、先の割れたスプーンひとつで、しなしなサラダとクリームシチューを食べる。

やがて余ったおかずと牛乳を賭けてのジャンケン大会がはじまったけれど、美々加は参加しなかった。

自分のぶんを食べるので精一杯、というより、まだ残っている。残してもいいのだろうか、これ、と思ってまわりを見ると、

「さらちゃん、早く食べないと休み時間なくなるよ」

阿部《あべ》さん、という眉の濃い、三つ編みの女子がおだやかに言った。四年にしては、ずいぶん落ち着いた雰囲気で、二つ年上の美々加より大人に見えそうだった。声も低くて、しっかりしている。美々加は頑張って食パンの残りを口に押し込み、デザートのバナナに取りかかった。

本当はもういらない気分だったけれど、四年生の前で、六年生があんまりぐずぐずしているのも格好悪い。

私、絶対にさらじゃないし、としつこい性格の美々加は、口に給食を押し込みながら、ずっと思っていた。

その阿部さんとさっきのカンバちゃん、それに耳の出たショートカットのキムちゃん、ポニーテールで背の高いみーさん、という二人の女子が加わって、給食のあとを一緒に過ごした。

その四人は、さらちゃんと仲良しらしい。ねえねえ、今日も新校舎のお手洗い行こうよ、やっぱ水洗で、きれいだからねー、と誘われ、美々加はついて行くことにした。もちろん、きれいなトイレは大好きだった。みしりみしりと木の床が鳴る校舎を出て、渡り廊下を通り、なんだか工事現場みたいな、小さな簡易教室のようなものが並ぶ校庭を抜けて、三階建てくらいのいかにも真新しい校舎に入った。

こちらの床は、つるつるしている。

トイレは和式だったけれど、ちゃんと水の流せるレバーがついていた。

それになんと、トイレットペーパーとホルダーがある。なんでー、あるんじゃん、昭和にも、あの四角い紙じゃなくて、と美々加は興奮し、その紙を使う。

出てから他の四人にぽつりと訊ねると、全員の家がトイレットペーパー使用だとわかった。

「四角い紙？　使わないよお、使ったことないもん」

と大柄なみーさんが笑っている。つまり、さらちゃんの家が古風なのだろう。

新しい校舎には、職員室のほか、五、六年の教室があるらしいことは、みんなの言葉の端々からわかった。

なんだか建て替えとか引っ越しとかのいろいろがあって、一、三、四年はさっきの木造校舎で授業を受けて、二年はプレハブ教室という簡易の建物で勉強しているらしい。

とにかく古い校舎や施設を、何年かかけて全部新しくするという最中にあるみたいだった。

三年の教室に用がある、と美々加がおずおず告げると、どうせ戻るところだからと全員が一緒に来た。

なんの用かと聞かれたので、まさお、と美々加が言いかけると、

「あっ、まさお君のところ？　じゃあ二組だね」

ショートカットのキムちゃんが、快活な口調で言った。

「そう、二組」

美々加は要領よくうなずいた。八歳で三年生だとは聞いたけれど、それ以上のことは知らなかった。助かった。もしこのまま放課後を迎えると、どんどんみんな帰ってしまい、自分だけ、いきなり居場所にも困るのではないかと不安になっていた。やっぱり最低限、小岩井さんの家の場所くらいは知っておきたかった。

同じ木造校舎の一階にあった三年二組の教室へ行くと、

「小岩井くーん、お姉ちゃんが会いに来てるよ～」

こちらもすぐに通じて、会うことができた。もちろん本当は、美々加は彼の姉ではないけれども。

「どうしたの、さら姉。もう一回、三年になったの？」

自分の教室に突然身内が訪ねて来たのがそんなにおかしいのか、おのれの口にした冗談に受けまくっているのか、坊ちゃん刈りのまさおはくしゃくしゃの笑い顔で、身をよじりながら現れた。それともなにか友だちとふざけているところだったのだろうか。

どちらにしろ、昨日、ほんの少し一緒の時間を過ごしただけの少年がここにいて、美々加は不思議と心強い気持ちになった。

つまりそれだけ心細かったのだろう。

授業は同じ五時間目までとわかったので、一緒に帰る約束をした。

〇

また外に出れば、なんとなく自宅に戻れるのだろうか。

それとも時間が来ると、平成に接続されるのか。

ＳＦっぽくあれこれ考えてもわからなかったから、放課後、ひとまずまさお少年について行くことにした。

美々加の見たところ、町には高いビルが少なかった。

ときどき舗装されていない土の道がある。

車が四角っぽい、古いかたちをしている。

見慣れたコンビニがなくて、かわりにパン屋さんとか、電気屋さんとか、小さなお店をよく見る。

マックもモスもない。と思ったら、ロッテリアの広告の看板発見。どこかにはあるのだろう。

お花見のときの簡易トイレみたいなかたちの、いかつい電話ボックスが道端にある。

それから商店の軒先にも、むき出しの赤い電話が台の上に載せて置かれていた。コインパーキングはない。ピザ屋さんも見ない。バス停が動かせそうなつくり、下の方が石でできている。

なんだかいやらしそうな雑誌の、大きな自動販売機があった。

男の子の半ズボンが短すぎる。髪の長い男の人が結構いる。

和服に下駄履きのおじさんもいる。おばちゃんのスカートが短い。背の低い人が多い。

空き地で野球をしている子供たちがいる。どぶ川が汚い。電柱が邪魔。バイクがノーヘル。

やがて小岩井さんの家に帰ってしまった。

どうしよう。心がざわざわする。

「あらー、一緒に帰ったの」

一日ぶりのおばちゃんが、やさしく出迎えてくれた。べつに慌ててカギをかけて、閉じ込めようとかはしないところを見ると、おばちゃんにとっての娘、つまりさらちゃんが、急に逃げ出して帰らなかったという状況ではないのだろう。

ずっと家に彼女はいたのか。

または美々加になって夜に一回飛び出したけれど、すぐに連れ戻されて、今日、九月九日までのあいだに十分仲直りしたとか。

よく仕組みはわからないけれど、そんなことになっているのかもしれない。もちろん自分にここまで不思議なことが起こっているのだから、よそにどんな出来事があると聞かされても、美々加は簡単に驚かない自信があった。

「さらちゃん、おやつなにか食べる?」

おばちゃんの猫なで声を美々加は警戒して、無言で首を横に振った。

どうにか学校でまさおを見つけて、この家に連れて来てもらったのに、このままここにいることになるのだろうかと思うと、急にまた外へ逃げ出したくなった。

「なにもいらないの? おやつ」

「……うん、いらない」

今度は口に出して答えた。

「俺はいるぜよ」

かわりにまさおが、飛び跳ねるようにして言った。「なんで母ちゃんは、さら姉ばっかりに聞くのさ」

「はいはい、まさおはわかってるから。早く手を洗ってらっしゃいよ」

「イエスサー」

「サーは男の人でしょうが」

息子に言ったおばちゃんは、

「疲れたでしょう、学校」

と娘のほうには甘く聞いた。この差はなんだろう。さらちゃんは大人しくていい子っぽいから、大切にされているのかもしれない。美々加は、それは自分ではない。自分とは違うと思った。

「なんでも言いなさい、用意するから」

「えっと、じゃあトトロのシュークリーム」

「なーにそれ？　とろとろの？」

「とろとろじゃなくて、トトロの。『となりのトトロ』っていうアニメのキャラのかたちしてるの、作ってるのは白髭のおじさん」

「それ、ママわかんないわ。なに言ってるんだか」

「そう、じゃあいらない」

意地悪を承知で美々加は言った。やさしいおばちゃんに無茶を言うことで、自分の不安をわかってほしかったのかもしれない。でもそんなことをここでして、一体なにか意味があるのだろうか。

家でさんざんやって、効果がなかったのに。

美々加はまさおと入れ替わりにお風呂場の洗面台へ向かい、大きく栓をひねると、じゃばじゃばと手を洗った。

と、ふいに大きな不安が襲って来た。

もしかして昨日、たった一度の帰れる大チャンスをものにしたのに、ふらふらとここに戻ってしまったのだろうか。

わー、どうしよう、やっちゃった。

私、バカだ。

やっちゃった、どうしよう。

もう帰れないかも。

思うと、瞬時に顔から血の気が引いた。

でも大丈夫、前と同じふうにすればきっと帰れるはず。

夜。夜になってまた家を飛び出せばいい。そう、帰り方はちゃんとわかっている。

美々加はどうにか気持ちを落ち着けた。

洗面台で跳ねた水が、パフスリーブのブラウスの裾を、ぺちゃぺちゃと小さく濡らしていた。

4　帰れない

夕食後の隙を見て、美々加は家を飛び出した。

「どこ行くの、さら、待ちなさーい」

おばちゃんの声をぶっちぎって走る。門を出て、前と同じように左へ。わーっと走ったのだけれど、なんだか加速感が「昨日」とは違っていた。

意識がいつまでもはっきりしている。

夜道の先もずっと見える。

「待ちなさい」

しかも、べたべたと男物のサンダルを鳴らしたおばちゃんに、ほどなく追いつかれた。

「ダメでしょ、こんな時間に外へ出ちゃ。戻りなさい」

「やだ、帰る。うちに帰る」

「うちはあっちでしょう」

「違う、そのうちじゃない」

「いい加減になさい」

頬をぱしん、と引っぱたかれ、美々加はわーわー声を上げて泣いた。叩かれたショックではなくて、帰り道がわからなくなったことに動揺していた。

翌朝、目を覚ましても事態は変わっていなかった。

昭和。

美々加は小岩井さらの部屋で目を覚ました。お姉ちゃんと一緒に使っているらしい二階の六畳間の、二段ベッドの下の段でだった。

ダメだ。やっぱり戻れていない。

見慣れた天井ではなく、目の前にベッドの上の段（の底）があるのを見てそう思った。アロマの加湿器は水煙を上げていない。大好きなユーカリの香りもしない。

昨夜はおばちゃんに、がっしり抱きかかえられ、この小岩井家に連れ戻されたのだった。ずっと監視つきでここに寝かしつけられ、それでも目覚めたらまたいつものマンションにいるかも、大好きなママと一緒の生活に戻っているかも、と一縷《いちる》の望みを胸に目を閉じたのだったけれど、その賭けには負けたみたいだった。

「さら、大丈夫、起きてる？」

上からお姉ちゃんの声がした。

「さらじゃない。起きてない」

美々加は小さく答えた。目尻をすっと伝わったものが、硬い枕へと落ちて行った。

「さらちゃーん、今日は学校お休みしなさいね」

今度はおばちゃんの声がした。答えずに横向きになり、目を閉じると、「さらちゃーん」と呼びかける声が少しずつ近くなっている。美々加がいよいよ目を開けると、ベッドの足元側から、小太りのおばちゃんがこちらを見ていた。

「今日は学校お休みして、ママとお出かけしようね」

「……どこに？」

ママじゃない、という言葉はぎりぎり飲み込んで聞いた。

「心配しなくていいから。ね、先生には、お電話しておくから」

「先生？」

「学校の。二階堂先生」

「ああ。はい」

昨日見た、担任の若い女の先生だった。美々加はため息をついた。どうなんだろう。学校に行ったほうがいいのか。行かないほうがいいのか。いずれにしろ、もう部屋におばちゃんの姿はなかった。さっそく学校に、欠席の連絡をしているのかもしれない。

おばちゃんが最初に連れて行ってくれたのは、電車に三駅乗って行く大きな病院だった。

大勢の人がいる広い待合室でたっぷり待たされて、内科の診察を受けた。聴診器と簡単な問診。おばちゃんと先生がごにょごにょ、ごにょごにょと話している。

つぎに連れて行ってくれたのは、家に帰る途中、大学で先生をしていたという近所のおじいさんの家だった。緑に囲まれた洋館、ガラスのテーブルがある広い洋間に通されて、紅茶と、砂糖のたっぷりかかったグレープフルーツを上品なおばあさんに出してもらった。おじいさんは痩せていて、きれいな白髪頭だった。紅茶をどうぞ、グレープフルーツをどうぞ、と何度も勧めてくれた。でも美々加はそのどちらにも手をつけなかった。

それどころか病院とおじいさんの家、美々加はどちらでもずっと無言でいて、意思表示は、首を振ったりうなずいたり。あとはぽつりと、帰りたい、と言うだけだったので、大人たちはどうしていいのかだいぶ困ったみたいだった。

もちろんその帰りたいは、美々加にとっては、大好きなママの待つあの家、ふたりで暮らすマンションに帰りたいという意味だったのだけれど、果たしてそう伝わっていたかどうか。

やはりその場を離れたい、という意味に受け取られたのではないか。病院の医師も元大学の先生だというおじいさんも、美々加に切迫したひどい問題はないと診断したのだろう。ただの子供のわがままにも思えるけれど、というようなことをどちらも言い、とりあえずしばらく様子を見て、気になるようならまたいらっしゃい、という話になったようだった。

「どうしたのかしらねえ、心配ねえ」

と言うおばちゃんは、家に帰ってから、ますます美々加にやさしくなった。

翌朝も事態は変わっていなかった。

昭和。

どうしてこんなことになっているのだろう。もしかしたら、この前、ママのところに一旦帰れたと思ったのが、ただの夢だったのかもしれない。

「どうする？　さらちゃん、今日もお休みする？」

朝、おばちゃんにやさしく訊かれたけれど、少し考えて、きょうは学校に行く、と美々加は答えた。単なるへそ曲がりや強がりではなくて、わりと前向きな理由だった。

一昨日《おととい》は、気がついたらあの教室にいたのだ。

だったら、あそこからあっちの世界に戻れるかもしれない。またぼんやりしていると、今度はいつもの自分の学校に戻れていたりするのではないだろうか。

そんな期待とともに、美々加は小学校に行く支度をしたのだった。

学校へは、近くに住む子供たちと集団で行く決まりみたいだった。

美々加はまさおと一緒に、その登校班の待ち合わせ場所に行った。縦一列になって待つ児童たちの中に、知っている男の子がいた。同じクラスで、ひとつの机をシェアしている相手、名前は石原《いしはら》君だった。

「昨日、休みだったな」

石原君は美々加の顔を見ると微笑《ほほえ》み、

「ここ、なんかついてるよ」

自分の顎を指差して言った。つんけんした感じの子ではなかったので、美々加も安心して少し気をゆるめた。

ここ、というのは彼の顎ではないのだろう。ここ？

と美々加が自分の顎に指先を当てると、

「んー、マンダム」

と石原君が不思議なねばっこい声で素早く言った。美々加が顎に指先を当てたままきょとんとしていると、

「んー、マンダム」

ともう一回言う。

「まんだむってなに」

聞くと、坊主頭の少年が、困ったように首をかしげたから、美々加も少し困った。学校のお約束か、おまじないなのかもしれない。同じ登校班の、特に小さい子たちがぎゃははと笑った。もちろん、まさおも笑っている。

◯

学校に行っても、もとの世界には戻れなかった。

家に帰っても、やっぱりまだ昭和だ。

夕方、おばちゃんと近くの市場へ買い物に行き、

「消費税は？」

と聞いて、きょとんとされた。

お札は、美々加が知っているものと全部絵柄が違っていた。五百円玉がない。ゴミは分けなくていい。外で立ち小便をしている人がいる。

それが昭和だった。

美々加はまた、じりじり焦っていた。寝ても、学校へ行っても、やっぱりもとの世界には戻れない。

道端の公衆電話が、大切なママにつながっているのではないかと思って、こっそり何度かかけてみたけれど、そういうドラマみたいなことは起こらなかった。

じゃあテレフォンカードでかけてみたら、というアイディアも、残念ながら、そういう機能のついていそうな電話機がない。そもそもカード自体がまだないのだろう。帰れない。

帰れないあいだに、家で熊田さんが、どんどん幅を利かせているのではないか。心細いママを嘘っぽい台詞《せりふ》で勇気づけて、もう再婚しているかもしれない。

その不安は、美々加をますます苦しい気持ちにさせた。

台風が来たのは土曜日だった。

風がひどくならないうちにと、小学校を二時間目までで帰されると、おばちゃんが家の戸締まりをしていた。庭にある飛ばされそうなものを隅に寄せ、家の中にしまい、分厚い木の雨戸を閉めている。おじちゃんは建築現場の様子を見に行っているということだったので、まさおと一緒におばちゃんの手伝いをした。

お昼前にはお姉ちゃんが戻り、午後になっておじちゃんも帰って来た。

あとは静かに家の中で過ごした。すぐに雨風が強くなり、大きな落雷があり、夕方に電気が消えた。

「停電だ」

美々加以外のみんなが口々に言う。おじちゃん、おばちゃん、お姉ちゃん、まさお、と居間のテーブルにロウソクを立てて集まっていると、美々加は自分がいよいよこのまま小岩井家のひとり、小岩井さらになってしまうようで怖くなった。美々加。私は大森美々加、と暗い部屋でくり返し考え、ママはどこなの、ママに会いたい、と涙ぐんでいた。

「怖くないから、大丈夫、すぐ電気つくから」

とおばちゃんが何度も言った。でもそれは復旧するまでに何時間もかかる、美々加が経験したことのない長さの「停電」だった。

ぱっ、と居間の電気がついたとき、美々加がほっとしたのはつかの間だった。明るくなった部屋の向こうまで、ずっと昭和の家だとわかって悲しかった。

そのとき、よほど暗い顔をしてしまったのだろう。

次の日、洋裁自慢のおばちゃんが、最近あまり元気のない美々加に、今度、足踏みミシンで洋服を作ってくれると言った。

じゃあ青いワンピースがいい、と美々加は答え、

「どんなの?」

訊かれたので簡単なデザイン画を描いてみせた。

「あら、半袖じゃない、それ」

とおばちゃんは言った。

美々加は小二のときに買ってもらった、そのデザインのワンピースをとても気に入っていて、当時、夏なのにほとんど毎日着ていたのだった。

「やめて、着たきり雀。もし人に聞かれたら、一枚じゃなくて、同じのいっぱい持ってるって言いなさいね」

頑固な美々加に大好きなママは呆れながら言い、それでもどうにか毎日着られるようにと、素早く洗濯をしておいてくれた。どうせだったらそれに似た服を、こっちでもおばちゃんに作ってもらおうと思ったのだった。

でも半袖は、そろそろおかしいのだろうか。

いつの間にか、九月も終わりかけていた。

◯

「奥さんと社長が甘やかしてっから。嬢ちゃん、つけあがってるんでないの」

おじちゃんの仕事、建築の現場を手伝ってくれている職人さんが、家に上がってお酒を飲んでいた。

そういうとき子供たちは、挨拶を済ませると、居間には長居しないで、それぞれ自分の部屋に引き上げることになっているのだったけれど、そつのない挨拶のできるお姉ちゃんや、お調子者のまさおに比べて、美々加は狼狽《ろうばい》や緊張が顔に出てしまうのだろう。

その点を指摘されて、よくからかわれた。今日もなんだか態度が悪いとか、ぐちぐちと。文句まじりで。親切で気っぷのいいおじちゃんはちょうど、他の職人さんと外に出ているところみたいだった。

「ほら、こっち来なって。おっちゃんが遊んでやるから」

「……いい」

どうにか首を振って逃げると、

「あんた、いっつも愛想ないな。将来、嫁に行けんぞ」

赤黒い顔をした、お酒くさい大人が意地の悪い声を出した。「それに嬢ちゃん、なんか膝が汚ねえぞ。白くなってる」

「あらあ、ヤマガタさん、今日はちょっと飲み過ぎじゃない？　男前が台無しだわ。もうそれでおしまいね」

「そんなあ、奥さん、あと一本、あと一本だけ」

おばちゃんが上手く話題を変えて、早く逃げるようにと美々加に目配せした。さらちゃんも、よくこんな思いをしたのだろうか。

美々加はお姉ちゃんと使っている二階の部屋に上がると、いつも通り、小さな棚にある宝塚の雑誌を熱心に読んだ。

ルミ、マツ、ツレちゃん、ミキちゃん、ジュンちゃん、ミッキー、カンちゃん……。

美々加の知っている人たちよりも、ちょっと前の人のようだったけれど、やっぱり素敵なジェンヌの方たち。

遅れて入って来たお姉ちゃんも一緒に雑誌を見て、今一番話題の舞台、『ベルサイユのばら』を見たいねえ、ベルばら見たい、十一月の東京公演のチケット取れないかしら、という話をした。

「あらー、あたしだって昔見たのよ、ほら、よっちゃん。春日野八千代《かすがのやちよ》さん。舞台に本物の馬が出て来たんだから、素敵だったあ」

フルーツの入ったみつ豆を運んでくれたおばちゃんも話に参加した。「まだいらっしゃるんでしょ、春日野八千代さん」

「うん、専科に」

お姉ちゃんが言い、ふーん、と美々加は情報をインプットした。よっちゃん、かすがのやちよさんは専科にいる。

それからいつもの、たからーじぇんぬの、という歌を勝手な振りつきでうたってみせると、お姉ちゃんとおばちゃんが、あら素敵、可愛らしい、と喜び、ぱちぱちと拍手をしてくれた。

小学校では、例の四人組と仲良くしていた。

珍しいことだけれど、上手く波長が合うのか、五人でぽんぽん話していると楽しく、全然疲れなかった。さらちゃんのもともとの友人関係に、感謝するべきなのかもしれない。そのさらちゃんが、今どこにいるのかはわからないけれども。もしかすると自分の意識の裏で、眠っているのだろうか……。

「みんなねえ、言葉のあとに、なうってつけてるの」

調子に乗って、美々加は平成の話もした。美々加にしてみると、思い切った打ち明け話でもあったのだけれど、当然のように四人の女子は、休み時間に、グループのひとりが面白い空想話をしているだけとしか思っていないようだった。

「やーだ、そんなん、今だってみんなやってるじゃんねえ、せんだみつおでしょう。『ぎんざNOW!』」

「NOW」

「なーうコマーシャル」

それは夕方にやっているテレビ番組のタイトルと、司会者のコメディアンが言うCMコールだった。そういえばこの前、石原君に言わされた「マンダム」が男性化粧品の名前で、チャールズ・ブロンソンというお髭の外国人スターが顎を撫でるコマーシャルが流行ったことも、そのCMのポーズを真似させる悪戯があることも美々加はもうちゃんと知っていた。まさおがおじちゃん相手に、同じことをやって遊んでいたのだ。そのときおじちゃんが、おばちゃんと話すのをしっかり聞いていた。夕方のテレビ番組のほうは、美々加もたまに見ることがある。それだけこちらの生活にも、馴染んで来ているとも言えた。

「やー、そういうのじゃなくって、ツイッターていうのがあって。スマホってわかる?」

わかんなーい、とみんなが言う。わかるわけないか、自分もうまく説明できない、まだ持ってないし、と美々加は思った。

「でも、おもしろいねえ、さーちゃんの未来予言は。いつもおもしろいよお、ＳＦ作家になるといーね、小松《こまつ》左《さ》京《きょう》先生、顔負け」

おかっぱのカンバちゃんが、おどけた調子で言う。

「さーちゃんじゃないし」

美々加が応じると、

「そうだ、みみかだ」

「そうだ、みみかだ」

すでにそこは伝えてあるので、阿部さんとみーさんが言った。それもきっと、気まぐれなさらちゃんが勝手に自分でつけた名前、くらいに思っているのだろうか。つけてくれたのはママなのに。

「ねねね、あの歌うたってよ、未来で流行ってる歌」

キムちゃんが言った。よほど好きなネタなのか、興奮して、ちょっと受け口になっている。

「どれ」

「ほら、トイレの」

「あ、いいよ。といれーにはー、それはあーそれはきれいなー、めがみさまが、いるんやでー」

「それ、月亭可朝《つきていかちょう》の『ボイン』の歌でしょ。ふっるい」

カンバちゃんが笑う。「ほら、もう一個の歌も聞かせて」

「あーいたくて、あーいたーくてふるえる」

「流行らん、それ絶対流行らんて」

「もういい」

美々加はちょっと拗《す》ねて言った。

でも、このまましばらく昭和に留まるとしたら。

どうだろう。気の合う彼女たちと、いつか未来を探しに行けないだろうかと考えていた。

5　昭和の友だち

試しに行ってみようと思う場所は、いくつかあった。

そこに行ってみれば、なにか状況が変わるかもしれない、と思えるような場所は。

例えば、平成で通っている学校。あそこは歴史が長いので、昭和のこの時期でもきっと同じ場所にあるだろう。

例えば、猫に連れて行かれた神社にも、あらためて行ってみるといい気がする。

でも、まず第一に行きたいのはM町だった。

大好きなママと住んでいるあの場所に行ってみれば、なにか新しい発見があるかもしれない。当然のようにそこにも昭和の時間が流れていて、懐かしいあのマンションがまだ建っていなくて、見慣れた景色が全然広がっていなくても。

少なくとも毎日、こうやって小岩井さんの家とこちらの小学校とをただ往復するよりは、ずっと違う影響を受けて、戻れる可能性はありそうだった。

世界がどこでどうねじれて、つながっているかもわからないわけだし。

よし。

行く。

「でもM町って、電車で結構あるよ」

「電車賃は？　お小遣いあるの？」

「ねえ、時刻表は持ってる？」

「ちゃんとひとりで行けるの？　乗り換えもあるんだよ」

クラスの友だち、カンバちゃん、キムちゃん、阿部さん、みーさんの四人にM町行きの決意をこっそり打ち明けると、まだ小学四年生だからだろうか、なんで？　なにしに行くの？という質問より先に、全員が電車で行くことへの心配を口にした。

あるいはこの時代の子たちは、子供だけであまり電車に乗らないのかもしれない。

「大丈夫。馴れてるから」

小一から六年間、電車通学をしている美々加は答えた。

もっとも昭和に来てからは、まだ三往復ほどしか電車には乗っていなかったけれども。

それも小岩井のおばちゃんに連れられて、沿線の病院とデパートに行って帰って来たのが全部で三回、というくらいの使い方で、しかも改札が見慣れた自動のものではないことにまずびびってしまい、あとはずっとおばちゃんの脇に密着していたから、あらためて美々加ひとりで切符を買ってM町のあるM駅まで行けるという保証はないのだけれど、それでもだいたいの電車の様子や速さ、停まる駅の雰囲気なんかがわかっているのは、ずいぶん心強いものだった。

乗り換えに関しては、出発する前に駅でしっかり調べれば、きっと大丈夫だろう。

「あ。でも、まだPASMOがつかえないんだよねえ。こっち。どうやって乗り換えるんだろう」

ぽつり、ひとりごとのように口にすると、

「ぱすも？」

不思議そうな四人の声が揃った。

おばちゃんにくっついてこわごわ通ったこちらの改札では、駅員さんがいちいち切符を受け取って、ぱちんと鉄のペンチみたいなハサミで切れ目を入れ、降りて来た人のぶんも、一枚一枚、金額が足りているのかをチェックしている様子だった。

人力だ、とそのたび美々加はずいぶん感心したのだけれど、逆にその改札に馴れている四人に、平成の仕組みを説明して、どれほど理解してもらえるのだろう。これくらいの大きさのカードで機械の改札にタッチすると、駅に出入りができて、料金はそこから自動的に支払われるよ、とか。

心配だけれど言ってみると、

「へえ、それは便利ね。カードがお金のかわりにもなるのね」

優等生の阿部さんが、わかりやすくまとめてくれた。「未来だから、やっぱりいろいろ機械が発明されてるんでしょ」

「うーん、動く歩道なら、私も万博で見たんだけどなあ」

大阪に親戚がいるみーさんが言う。

「そういうの、想像しただけで楽しくなるね」

陽気なカンバちゃんが言い、ね、と同意を求めると、ショートカットのキムちゃんもうなずいていた。

相変わらず四人が面白がってくれたようで美々加は安心した。

べつにそういった未来を、自分だけが知っていると自慢したいわけではない。それよりは四人が楽しそうに未来の話を聞いてくれるのが、美々加にはずっと嬉しかったし、大事だった。そうやって話を聞いてもらうことで、今はどうにか精神のバランスを保っていられるのかもしれなかった。

それに、まるきりの空想話だと思われていたはじめのころよりは、ちょっとずつ、ちょっとずつ話の積み重ねができて、四人とも、美々加の話す未来をイメージしやすくはなっているようだった。大人びた優等生の阿部さんより、もっと勉強ができるのが美々加だったから、そういう点での信頼もいくらかはあったのだろう。

床に両手をつき、への字になるようにお尻を上げ、教室の端から端、廊下の端から端を、何往復も雑巾がけする修行のような掃除のあと、担任、二階堂《にかいどう》先生の話を聞く短いお別れの会があり、それでクラスの時間割は終わりだった。

校舎の出口で上履きから運動靴に履き替え、プレハブ校舎を横目に、砂埃の立つ校庭を五人で突っ切って学校を出る。

「ね、みみかちゃん。少し未来のこと訊いていい？」

やがてキムちゃんがおずおずと言った。彼女はどうしても前の癖で、さーちゃん、と呼んでくることが多いのだけれど、未来について質問するときは、しっかり美々加の名前を呼ぶ。用件で使い分けているのかもしれない。

「一九九九年の七の月のことなんだけど」

「まただ」

「出た。恐怖の大王だ」

カンバちゃんとみーさんが、混ぜ返すように言う。それほど最近、キムちゃんの関心がその大予言に向かっているのだけれど、人類の滅亡を示したというその予言についての本はすでに大ヒットして、映画にもなっているみたいだった。中学生のお姉さんの影響で、キムちゃんはその予言本を読み込んだらしい。いかにも真剣なので、周囲の余計な発言は耳に入らないようだった。

「本当に世界は滅ばないの？」

「うん、滅ばないよ」

美々加は答えた。キムちゃんにその質問をされるのは、これで三回目だった。世界が滅ぶと言われている一九九九年は、美々加が生まれる前の年だ。滅ばないのはちゃんとわかっていた。

「でも、ヒトラーとか日本の江戸のこととかもちゃんと予言してるんだって、ノストラダムス。それでも外れるのかな」

前よりもっと本を読み込んで情報が増えたらしいキムちゃんの言葉に、

「それ本当？」

「ヒトラーも？」

「そうなんだ、こわいね」

あっさり不安を煽《あお》られたらしい昭和の少女三人が、美々加の出方を窺うような視線を向けた。

「でも私、二〇一〇年も一一年も一二年もちゃんと知ってるから」

「そっか。ずっと未来だ」

勝ち、というふうに、みーさんが美々加を指さした。

「じゃあよかった、世界はなくならないんだね」

やっと安心したのか、キムちゃんが笑顔で言う。

「ということは、一九九九年七月に、みんなが三十五歳で死ぬことはないのね」

阿部さんはおっとりと落ち着いた声で、案外おそろしいことを言う。計算すると、そうなるのだろう。「よかった。安心した」

「さすが、頼れるぅ、みみかちゃん」

カンバちゃんは、いつも通り陽気にはしゃいで盛り上げてくれる。そのままの勢いで、道草コースの小さな空き地に足を踏み入れた。

向こうの広い空き地と違って、そこには野球や缶蹴りをしに集まって来る男子たちはいない。

その小さな空き地で美々加はサルビアの花を摘み、昭和の友だちに、甘い蜜の吸い方を教えてもらった。

6　未来探し

M町に行く日を、美々加は次の土曜日に決めた。

平日だと放課後すぐに暗くなってしまうし、日曜日だと朝からおじちゃんもおばちゃんも家にいて、一体どこに行くのかとしつこく訊かれるかもしれない。その点、土曜日なら学校はお昼までだ。

クラスの仲良し四人組は、とりあえず今回は誘わないことにした。

電車で行く、と聞いて驚いていた様子を思い出すと、無理に頼んで一緒に来てもらうのも悪い気がした。

電車賃のかかる話だったし、もし途中で平成に道がつながっていたら、今度は彼女たちが知らない世界に迷い込むことになってしまうのかもしれない。もちろんそうなったら、今度は美々加が精一杯四人の面倒をみるつもりだったけれど、馴れない未来に行って、帰りたい、帰りたい、と四人が泣くことになるのは可哀想だった。

美々加は、もともと強がるタイプだった。

弱虫のくせに、できれば自分で、自分ひとりで問題を解決しようとするところがある。まず問題を頭の中で整理し、考え、理屈の上で解決すると、よし、平気、とつい判断を下してしまう。でもその考えに、なかなか体がついていかなかった。

例えば母親と熊田さんとの交際のことでも、本当に嫌なら嫌で、もっと反対すればよかったのかもしれない。それが母親の顔色を窺い、どうにか自分の中で折り合いをつけて、わかった、と納得したつもりが、実際には受け入れられないものがある。

そのせいで、すっかり日々が楽しくなくなってしまった。

もっとも今思えば、その楽しくない日々にでも、早く帰りたくて仕方がないのだけれども。

美々加は小岩井のおばちゃんに頼んで、これまで何度か特別なおやつを作ってもらっていた。

鶏の唐揚げを三つ、割り箸に刺したものだ。

「うーん、やっぱり、お行儀悪いわね、それ」

最初、おばちゃんは美々加の食べている様子を見て、ずいぶん険しい表情をしたのだけれど、

「美味しい。からあげ棒」

美々加がそう呼んで嬉しそうに食べ、まさおも同じく喜んでいるのを知ると、堅苦しいことを言うのはやめにしたみたいだった。それが将来、セブンイレブンをはじめ、コンビニの揚げ物ヒット惣菜、定番メニューになるとは知らずに、子供たちのおやつとして、進んで作ってくれるようになった。

M町へ行く土曜日の午後、美々加はその自家製からあげ棒を食べた。本当は学校からそのまま出かけるつもりだったけれど、午前中の授業を受けたら、とにかくお腹が空いてしまったのだ。それに最寄り駅は学校から家を通った先にあるから、一回立ち寄ったほうが、ランドセルを背負ったままうろうろするよりも目立たないだろうという考えもあった。

「俺、さーねえに五分勝ったぜよ」

家にはまさおが先に帰っていて、どうでもいいことを得意げに言う。

さーねえ、というのは、さら姉、さら姉、としつこく呼んで美々加に嫌がられたのを、まさおなりに改良したつもりらしい。でも美々加にしてみれば、さーねえ、も、さら姉、も大差はなかった。それに本当は、前歯が一本抜けて、今だけそういう発音になっているのかもしれない。

高校生のお姉ちゃんは、まだ帰っていなかった。土曜日はダンス部の練習があって遅いのだ。

そしておじちゃんも夕方まで現場で仕事、と思っていたら、

「ただいまー、おーい、ひろこ、あんまり時間ないから、ご飯急いでくれ」

いきなり帰って来たので美々加は緊張した。勢いよく居間に入って来たおじちゃんは流しのほうへ行き、いいからいいから、と昼食の支度をしているおばちゃんに言いながら自分で冷蔵庫を開け、やがて麦茶のコップを手に戻って来た。

「ん？　どうした？　さら。じっとこっち見て」

小岩井建設、と胸に赤く刺繍されたユニフォームを着たおじちゃんが、どっしりと食卓についた。「なんだ、また、チビ太のおでんみたいなの食べてんのか、さらとまさおは」

「……さらじゃないし」

美々加が小声で言うのを、麦茶を飲みはじめたおじちゃんは聞き逃さなかったようだ

った。ごく、がっ、ごく、がっ、と一気にコップの半分ほどを飲んでから、

「さらだろう。まーだそんなこと言ってんのか」

と呆れたように言った。

「さらじゃない」

我慢できずに、美々加は強めに反論した。あまりおかしな子だと思われてもいけない、名前の件ではぎゃあぎゃあ騒ぎすぎないよう、最近は少し注意していたのだけれど、それでも相手がしつこかったり、わざと攻撃してくるようなときはべつだった。

いくら夢みたいな世界でも、自分が「さら」と呼ばれることに、美々加はもちろん馴れなかった。馴れる気はなかったし、認める気はもっとなかった。大森美々加という名前を忘れたら、もう平成には戻れない気がした。

「私、さらじゃないから」

「さらだろう」

「美々加」

「違う」

「違わない」

美々加が歯をむいて抵抗すると、小岩井建設の社長さんは長いため息をついた。こういうときの美々加はとにかく頑固だった。大人しくて頑固。おじちゃんもそのことがわ

かっているのだろう。

希望がかなうまで、大きな声でうるさく騒ぎつづける、というタイプではないのだけれど、いよいよ自分が思っているのと状況が違うと、ぴたりと黙ってしまう。でも考えは絶対に曲げない。美々加はずっとそういう子供だった。

歯抜けのまさおが、からあげ棒をそーっと口に運ぶ。いきなり父親と美々加が口論をはじめたので、なるべく存在感を消すようにしたのだろうか。小さく口を尖らせて、肩をすくめている。

「なあ、沙羅《さら》の木ってあるだろ、あるんだよ、うちの実家の裏にも。あれから取った名前なんだぞ、おやじ……おまえのじいちゃんが」

少し間を置くと、おじちゃんは諭すように言った。「だからな、みみかとかいう、そのおかしな名前じゃなくて」

「美々加を悪く言うな」

大切なママにつけてもらった名前を悪く言われて、美々加はきつく言い返した。

「なに？　親にそういう口きくな」

おじちゃんもめずらしく声を本気で荒らげた。いつもはお説教でちょっと怖ぶっても、すぐ、にやりと笑って冗談とわからせてくれる人だったから、そういった遊びのない怒り声に、美々加と、ついでにまさおが身を硬くした。

「お父さん、今はいいじゃないですか、それ」

丁寧語で止めに入ってくれたのは、おばちゃんだった。

大きなお盆に載せて、焼きそばのお皿を三つ運んで来ている。山盛りの一つをおじちゃんの前に、小盛りの二つを美々加とまさおの前に置く。

「今はって、だいたいお前だって悪いんだろ、おかしな甘やかし方するから。こんな、親に歯向かうような娘になって」

「あら、私のせいなんですか」

「そういう面もあるだろう」

「でも、お父さんだって、いつも甘いじゃないですか。さらにも、まさおにも」

「いいや、俺は絶対にそんなことない」

おじちゃんが八つ当たり気味のきつい声を上げるのをうまくかわすように、おばちゃんは一旦台所へ引き揚げると、今度は人数分のお味噌汁のお椀とお箸を持って戻った。つづいて自分用の焼きそば。あとはからあげ棒の残りらしい、鶏唐揚げを盛ったお皿を取って来る。それを全部並べ終えるころには、おじちゃんの怒りもすっかり鎮まったようだった。

「まあいいか」

ひとりごとのように言うと、食事の号令をかけた。

すでにからあげ棒を食べていた美々加とまさおも、いただきます、とあらためて唱和をする。うなずいてお味噌汁に口をつけたおじちゃんは、お椀を置き、左右を見て少し不思議そうにすると、

「なあ、俺にはないのか」

と、おばちゃんに言った。

「なにがですか」

「あれ。あの棒」

美々加とまさおの座っているほうを、曖昧に顎でしゃくった。

「はい？　からあげ棒？」

「それ」

「唐揚げはそこにありますけど。棒にしたほうがよろしい？」

「おお。刺してくれ」

重々しくうなずいたのが逆におかしいようで、おばちゃんは目を大きく見開き、おどけた表情をした。唐揚げのお皿を手に台所へ行くと、それを割り箸に刺して戻って来る。

「はい。からあげ棒」

さっそくお皿からその棒を取ったおじちゃんは、美々加やまさおと同じく、棒を横に引いて唐揚げをひとつ口に入れた。

「なぬ。父ちゃんも、からあげ棒を食べてるぞなもし」

おかしな言葉遣いをしたまさおが、また自分ウケしたのか、本当に可笑《おか》しくてたまらないといったふうに歯抜け顔で笑う。

「バカだねえ、この子は」

そのまさおの顔を見て、おばちゃんが笑い、美々加も焼きそばを食べながら、つられて小さく笑った。


おじちゃんが行って来るよと言い、大きく玄関の引き戸の開く音がした。

おばちゃんは門のところまで送ったのだろうか。しばらく戻って来る気配がない。

美々加は自分たちの食器を流しに持って行き、ちゃぽん、と洗い桶の水につけた。

「あら、ありがとう」

戻ったおばちゃんに、

「……これから出かける」

美々加は言った。

「どこに?」

「カンバちゃんのうち」

嘘をついた。嘘をついたあとの、判定待ちのきついどきどきが襲って来る。

「八百屋の神林さん？」

「そう」

「あら、めずらしい」

おばちゃんはじっと美々加の目を見て言ったけれど、

「今日は、みんなでマスコット作るから」

小嘘を追加すると、判定はＯＫのほうに上がったようだった。

「じゃあ、あんまり長くお邪魔しちゃダメよ」

「うん」

「どんなマスコット作るの？」

「キティちゃん」

「へえ、そうなの。よく知らないけど、それ。お小遣いは？」

「ある」

ほしい、と正直に答えるよりも、自然にこの場を離れられるほうがいい。今日の電車賃くらいは、さらちゃんの机の引き出しを探して見つけてあった。

「俺、小遣いいる」

超合金のおもちゃを手にしたまさおが参加して来たので、美々加は入れ替わりに、その場を離れることにした。

「いくらいるの？」

「千円くれ」

「そんなの。あげるわけないでしょ。十円」

「ケチ。どケチばばあ」

「ひどい、どこでそんな言葉覚えたの。お父さんに言うからね」

母と息子の愛情あふれるやり取りを背に、美々加は居間を出た。階段を上って、お姉ちゃんと使う二階の部屋へ入る。ランドセルを開け、さらちゃんの貯めていたお小遣いの入った、こけしの絵がついたがま口をデニムの手提げカバンに入れ替えた。

お姉ちゃんの机の脇、マーガレットの付録だったベルばらのオスカル様ピンナップにしばらく視線をやる。

「行ってきます」

おばちゃんに門のところまで見送ってもらって、あとは駅までひとりで歩く。

少しでも早く、と気が急いて、途中でほんの数メートルの近道、まったく舗装されていない砂利道をがくがくと歩いた。

美々加の運動靴では、足の裏が痛いくらいの砂利と石の道だ。そのガタガタの道を抜け、四角い車が雑然と走っている印象のある大通りの向こうに、目指す私鉄の駅はある。

駅で切符を買うのに、ずいぶん長い間、美々加は路線図を見上げていた。

M駅までの運賃と、どこの駅で乗り換えるのかはわかったのだけれど、その金額をただ自動券売機に投入すればいいのか、乗り換え用の切符みたいなものがあるのか、どういうふうに買えばいいのかがよくわからない。

改札の駅員さんに聞きに行こうとすると、よほど決心のタイミングが悪いのか、ちょうど乗り降りのお客さんに阻《はば》まれてしまう。

行きかけて尻込み。行きかけて尻込み。このままではなにも変わらないと思い切って行くと、突然の人波にはね返されて後ずさり。すぐ定位置の柱の陰に逃げ戻って、また尻込み。

行きたいのに。

M町に。

どうしよう、同級生か誰か、知った子でもいないだろうか。

券売機の横にある、定期券売り場の人に聞けばいいのだろうか。聞いてもいいのだろうか。それもわからなくてこちらも尻込みをする。

どうしてこんなことができないのだろう。

本当はあと少しで中学生なのに。こんなに貧しいコミュニケーション能力しか持たないことが惨めで泣きたくなった。平成でいつも、足手まといみたいな目に遭うのは仕方がないのかもしれない。

今の学校の仲良し四人とは、毎日あんなに楽しく話せるのに。

やっぱり誘えばよかった。

美々加はため息をつき、デニムのバッグに手を差し入れると、こけしの絵のついたがま口を、かちりかちりと何度も開け閉めする。中には、さらちゃんが貯めた小銭が入っている。

急行と各駅停車、どちらも肌色っぽいボディに赤いラインの入った電車が行くのを、美々加は改札の外から見送っていた。ようやく覚悟を決めたのは、券売機の前が一気にすいたからだ。

ちょうどなのか、たまたまなのか、急に四台ともすっかり人の列がはけて、正面からの姿を美々加の前にさらしている。いかにも昭和の最新機器、なんだかすごくシンプルな機械に見える長方形の券売機は、コインの投入口が思ったより上のほうにあるようだったけれど、美々加が手を伸ばしても届かない、というほどでもなさそうだった。

横から来た誰かに突き飛ばされないよう、気にしながら歩き、爪先立って投入口にコインを入れると、買える金額のボタンが黄色く点灯した。

どれを押せばいいのかじっくり見るうち、子供料金への切り替えボタンを発見した。おーそうだ、あっぶない、と安堵しながらそれを押すと、買える切符のボタンが右側へとずいぶん増える。

その一番遠くへ行けるものを押せば大丈夫だろう。美々加は人差し指を伸ばし、四角いボタンを押すと、小、と赤く印字された薄い切符を一枚手に入れた。

〇

写真もイラストもない、筆書きの地味な広告看板が、美々加には逆に目立って見える。外の大木が枝を伸ばしているホームで電車を待つと、ほどなく六両くらいの各駅停車が到着した。

急行を使ったほうが早く着くのかもしれないけれど、待ち合わせや乗り継ぎがやっぱりよくわからない。その点、各駅停車を利用して、目的地に着かないことはないはずだった。

方向も間違いない。

ホームと車両との広い隙間にちょっと怯《ひる》みながら、大きく跨《また》いで乗る。年輩らしい男女の乗客が、車内の横長のシートに向かい、中腰になってなにか作業をしていた。

窓の両端あたりをそれぞれに摑み、

「せーの」

と三十センチほど持ち上げているようだ。そうやって窓を開けると、今度はそれを覆い隠すように、一番上から灰色のシェードを下げ、お互いに会釈をして、こちら向きに座る。べつに知り合いではなかったみたいだ。

美々加はその正面の空いた席に腰を下ろした。

ドアの上に液晶の画面とかはない。中吊りの紙の広告が、何メートルかおきにぺらり、ぺらりと垂れ下がっている。

ホームでうるさくベルの音が鳴り、ドアが閉まった。シェードの下がっていない窓から外の景色を見ると、ゆっくり電車が動き始める。

美々加がこれまでM町を訪れなかったのは、きっと臆病なせいだった。そこまで行って、帰る家がない、とはっきり知るのが怖かったのだ。今もその怖さはある。心細い。でも行かないと、もう二度と帰れないのかもしれない。

懐かしいものはたくさんあった。

昭和のものではない。美々加にとって懐かしいのは、コンビニやファミレスやシャワートイレ、薄型の液晶テレビやＤＶＤ、今、ここにはないものばかりだった。果たして各停の電車で、そういった未来へたどり着けるのだろうか。

乗り換えの駅に降り立つと、そこはまだ昭和のようだった。

のんびりした、田舎めいた景色に囲まれ、短いホームのあちらこちらには、煙草を吸い、白い煙を立ち上らせている人たちがいる。各停の電車は、しばらくここで急行待ちをするらしい。柱に据え付けられた、小さな銀色の灰皿からも、消しそびれた吸い殻のものなのか、白煙がもわもわと上がっている。

くさい、煙い、と美々加はその脇を急いで通り過ぎると、案内板に書かれた、乗り換え、の文字を頼りに狭い階段を上った。

同じ電車で来た何人かが、切符や定期を見せて、連絡口の改札を抜けていく。美々加も自分の子供切符を見せて通り過ぎた。

乗り換えた線では、ますます時代をさかのぼった気分になった。

緑色の電車の中は、なんと床が木だった。このままM駅を目指すと、もっと昔にタイムスリップするのではないだろうか。今度は昭和三十年代とか二十年代とか、戦争中とか。本気でそんな不安に駆られながら、がくん、と動き出した電車に揺られると、ほどなくよく知った駅名がつづくようになり、美々加は心臓の高鳴りを抑えられなくなった。

M駅に着く。

M町に着く。

あと三つ。

二つ。

一つ。

ただし窓の外の景色は、まだどこまでも知らない表情をしている。

○

マンションがない。

ママと一緒に住んでいるマンションがない。

美々加の家がない。

いつも買い物をしている隣のスーパーもない。

美々加にはその衝撃がすべてだった。

もちろんそんなことははじめからわかりきった上で訪れたつもりだったけれど、実際にその光景を目にしてしまうと、やはり違う。

言葉を失った。

M駅からの道に、思いのほか記憶に近い場所があったせいで、なおさら自分の家がないことに打ちのめされた。

一番探しているマンションがない。

そこには杭と針金で囲まれた、広い空き地があるだけだった。

どうせなら周りが全部違う景色で、マンションだけがあったらいいのに。

美々加は自分が泣いているのに気づき、ハンカチで何度も目をこすった。国道を走るトラックの排気ガスのせいだろうか。それとも光化学スモッグの警報でも出ているのか。

おんぶ紐《ひも》で赤ちゃんを背負い、二、三歳の子の手を引いたおばさんが、じっとこちらを見ていた。空き地の前で泣いている女の子を見て、へんに思ったのかもしれない。

美々加は無理に笑顔を作ったけれど、

「どうしたの」

とやっぱり声をかけられた。「どこの子？　あんた、このへんの子じゃないでしょ。道に迷った？」

「大丈夫です、どうもしないです」

お巡りさんを呼ばれたりしないよう、慌てて答えた。

「でも、泣いてたでしょ」

「さっき転んだんです」

「どこか怪我した？」

「してません」

「よかったら、ちょっとうちおいでよ。すぐそこだし、手当てすっから」

「大丈夫です、本当に大丈夫です」

答えると、美々加は頭を下げた。「もう、そろそろうちに帰ります」

「そう？　うちはどこ」

そこの空き地、と言うわけにもいかない。仕方なく、美々加は小岩井さんの家がある駅を伝えた。

「電車だね。本当に帰れる？　何年生？」

「六年生……」

答える美々加の胸にある名札を、おばさんはどこか納得しかねる表情で見ていた。けれど、自分の子供たちが同時にぐずりはじめると、さすがにそれ以上、小学生の相手をしている余裕はなくなったのだろう。

「じゃあ、平気ね」

「はい」

「気をつけて。困ったら、誰でもいいから、すぐ大人に相談すんだよ。わかったね？」

平成とはちょっと違う教えをくれると、半分叱るように子供たちをあやしながら、国道沿いを向こうに歩いて行った。

広い空き地の向こうには、美々加も知っている公園が見えた。

駅へ向かうかわりにその公園を目指して歩き、美々加の知っているのとは違う遊具に腰をかけて、やっぱり空き地のほうをぼんやり見ていた。

マンションがない。

ママと一緒に住んでいるマンションがない。

美々加の家がない。

だいたい今年、ママは何歳になっているのだろう。一九七二年生まれだから、まだ二歳だろうか。転勤族だったというおじいちゃんたちが、東京に引っ越してくる前かもしれない。

年下の熊田さんなんて、まだ生まれてもいないのだろう。だっせ、熊田。

日が傾くくらいまで、そんなふうにしていた。

このままでは平成に帰れない、ということをしっかり確認しに来たような気がした。

古びたつくりのM駅に戻り、残り少ないお小遣いで切符を買う。電車は座れないほど混んでいて、美々加はドアに寄りかかるように立つと、小、の赤い文字が印刷された切符を、指先でぴーん、ぴーんと何度も弾いていた。

第三章　さらみみ会

1　さらみみ会

小岩井のおじちゃんとおばちゃんのことを、なんと呼べばいいのか。

一緒にいる時間が長くなると、美々加は徐々に悩むようになった。

もちろん、お姉ちゃんのことは「お姉ちゃん」、まさおは「まさお」と呼べば大丈夫だった。相手はおかしな顔をしないし、美々加の方も、それを無理に口にしているような気分にはならない。

でも、おじちゃんとおばちゃんの場合、そう簡単にはいかなかった。ふたりとも美々加のことを、娘のさらちゃんだと信じているのだ。なのに「おじちゃん」「おばちゃん」といったよそよそしい呼び方をされれば、嬉しくないのは当然だろう。

やっぱりこの子は頭がおかしくなった、と疑われて、また病院に連れて行かれるかもしれない（おばちゃんに）。いい加減にしろ、このチビすけ、ちょっとこっちへ来い、といきなり乱暴にほっぺたを引っぱられるかもしれない(おじちゃんに)。本当に嫌な子だよ、と呆れられて、以後ひどく冷たく扱われるかもしれない(ふたりに)。最悪、この家にいられなくなることも覚悟しなくてはいけないだろう。

だから美々加もなるべく気をつかって、おじちゃんとおばちゃんには、ねえねえ、と声をかけるか、あとは直接呼びかけなくても済むような状況や距離感、つまり相手がこちらに注意を向けてくれているときを狙って話すようにしていたのだけれど、それにしたって限界はある。ちょっと込み入った話になれば、どうしても誰のことを言っているのかを示す語が必要になって来るし、無理にぼかすと、途端に不自然な空気が流れた。

それに相手は大人だ。

美々加が相変わらずふたりをよその家のおじちゃんやおばちゃんのように見ていることくらい十分に承知している様子で、そのよそよそしさの加減が今はどれほどなのか、ときどき確かめるように、自分たちのことをきちんと呼ばせようとするのだった。

「誰? 誰が呼んでるって? なあ、さら。台所で誰が呼んでるって?」

といった具合に。

無言。そんなときの美々加は、相手の思惑がわかるぶん、口をきつく真一文字に結んで無言の抵抗を試みるのだったけれど、そういったキテレツすれすれの行動を、子供だからと大目に見てもらえるのも一体いつまでなのか。

ただ、だからといって、ふたりが望むような「パパ」「ママ」や、かわりに「お父さん」「お母さん」といった呼び方をするのは難しかった。だってふたりは、自分の両親ではないのだから。美々加はそういう点、本当に意固地で融通のきかない子供だった。特に「ママ」はダメだ。大好きな「ママ」は、平成のあの懐かしい家にいる。あそこにしかいないのだから、いくらこの家のおばちゃんが親切でやさしい人でも、そんなふうに呼ぶわけにはいかなかった。

昭和四十九年。

一九七四年。

季節はもう冬になりかけていた。

美々加はしばらく悩んだ末、とりあえずふたりを「パパさん」「ママさん」と呼んでみることにした。さん、をつけることで、なんとなくよその家の「パパ」や「ママ」みたいに感じられて、美々加の心の中では一応の距離感を保つことができる。そのわりには、言われたほうの違和感は小さいのではないだろうか。

それは今の美々加にできる、精一杯の世渡りだった。

「パパ……さん……」

試してみると、実際、小岩井家のおじちゃんは途端に嬉しそうに顔を輝かせた。

「ママ……さん」

おばちゃんの反応も同様だった。ふたりとも余分なことを口にしないで、目を細め、満足げに笑っている。本当は「さらちゃん」の様子がおかしいことを、だいぶ心配していたのだろう。そうやって少しずつ、もとの状態に戻るのを待っているのかもしれない。

かつん、と下駄で踏み石を鳴らして、美々加は朝の前庭を歩いた。

早起きをすると、まずパジャマから着替え、顔を洗い、家のお手伝いをするのだ。平成では、夜更かしで朝寝坊な美々加だったけれど、ここでは頼み込んで見せてもらうような夜のテレビ番組も特別にないし、仕事柄、深夜まで起きていて、誰かと電話で楽しそうに話しているママもいない。わりと早寝をしているせいで、自然と早起きになった。

「まず新聞です」

玄関と門を往復して、今朝もきちんと配達された品を自分の手柄みたいにして届ける。

「つぎは牛乳です」

門に備え付けの黄色い木箱を開け、人数分の牛乳瓶のうち、まず二本を手に取って戻ると、先に置いた新聞はもうパパさんが持って行ったあとみたいだった。

ぴん、と縦長に折ってあった新聞紙のきついインクの匂いが、つるつるの上がりかまちに、まだかすかに残っている気がする。そこに牛乳瓶二本を置き、また門のところへ行って二本。さらに取って返して一本を手にして戻ると、きちんと引き戸を閉め、そこらに足を引っ掛けないように気をつけて家に上がった。

水滴のついた牛乳瓶は冷たくてすべるので、いつも二本、二本、一本、と三回で慎重に運ぶ。こういった家のお手伝いも、いつか平成に戻るための手助けになるのではないか。美々加は勝手にそう思っていた。

今度は玄関から居間へ、牛乳瓶を持って行く。居間では予想通り、おじちゃんが新聞を広げて読んでいた。

あ、しまった。おじちゃんじゃなくてパパさんだった、と美々加は心の中で訂正する。二本のうち一本をパパさんの前に届けた。

「牛乳です」

「おう、ありがと」

あと一本をママさんの席の前に置く。また玄関へ行って、次の二本は、お姉ちゃんとまさおの席に。最後の一本は、自分の席に置いた。パパさん以外は、まだ誰も定位置についていなかったけれども。

パパさんは建築の仕事をしているから、朝はいつも早いのだけれど、ここのところは向かう現場が近いようで、どちらかといえばゆっくり支度をしていた。そのぶんママさんは近所にある事務所での手伝いの他にも、ちょっとした連絡や頼まれごとなんかで現場まで行かされることが多いらしい。

忙しい、大変なのよ、そういうの、疲れちゃう、ホント、人使い荒くて、とよく愚痴っていたけれど、これはお父さんに内緒ね、と釘をさされたので美々加はちゃんと黙っている。

置いた牛乳瓶のうち、やっぱり一本を手に取って、流しのほうにいるママさんのもとへ行く。

「ありがとう、ご苦労さま」

ネギを刻む手を少し止めたママさんが、やさしくこちらを見た。

「これ」

美々加は牛乳を差し出す。こういう場面では、相変わらず言葉がうまく出ない。それは平成にいるときから変わらなかった。

「あら。私のぶん？　いいわよ、あとで飲むから。置いといて、あっちに」

「ではなくて」

「ではなくて？　なに？　その喋り方。おかしな子ねえ」

笑ったママさんは、すぐに美々加の意図に気づいたようだった。「あ、また？　飲みたくないの？」

「はい」

美々加は大きくうなずいた。

「ダメでしょう、飲まないと。大きくなれないよ」

「でも、給食にも牛乳は出るので……」

一日二本も飲みたくない、というアピールを弱々しくする。「お腹もちょっと痛くなることがあって……」

牛乳のせいなのか、それとも気持ちのせいなのかわからないけれど、事実そうなので伝えておく。ママさんは、ふっ、と小さく笑うと、短いエプロンを巻いた腰を一回大きく揺すった。

「じゃあ冷蔵庫に入れときなさいな。お昼に私が飲むから」

さばさばと言い、またリズミカルにネギを刻み始めた。

とととん、とととととん、と。その小気味いい音を聞きながら、美々加は指示通り、牛乳瓶を細長い冷蔵庫のドアポケットにしまい、よかった、と安堵しながら食卓に戻った。

でも本当は、一日に牛乳を二本飲まないと平成には戻れない決まりなのかもしれない。美々加が平成でわがままを言いすぎて、そういう教育的な世界にやって来てしまったとか。

美々加は眉間に小さく皺を寄せた。

そんな童話やアニメみたいな想像ならいくらでもできたけれど、答えがわからないぶん、いくら想像してもきりがなかった。ただもやもやして、胸が苦しくなるだけだ。

それよりは自分にできることを、今は一つでもしたほうがいい。
美々加はそう考えていた。

高校の制服に着替えたお姉ちゃんが、ママさんに頼まれて、美々加の髪をささささとブラシでとかしてくれる。それは毎朝の嬉しい時間だった。

いつも鼻歌が宝塚レビューの曲なので美々加は嬉しくなった。

今日の歌はこれだ。

うるわしのおもいーで、もんぱりー、わがぱりー。

一緒に歌おうとして、

「はい、おわり」

お姉ちゃんが、美々加の肩をぽんと叩いた。短い。歌もブラッシングも、超短い。口を尖らせて不満を言うと、

「だって髪切ったじゃない」

先週、近所のトキ美容室に連れて行かれた美々加は、これから冬に向かうというのに、

「これが流行りよ」

トキ先生に勧められ、ずいぶん髪を短くされたのだった。前髪も、サイドもうしろも短い。全体に、丸くお椀をかぶせられたような髪型になってしまった。

「今日、タカラヅカごっこしようか」

髪型のことを考え、鼻息を荒くした美々加をなだめるように、お姉ちゃんが甘く言った。

「うん」

「じゃあ、ちゃんと待っててね。夕方、四時には帰って来るから」

「うん」

「いい？　約束だよ。雪組、大森美々加ちゃん」

「はい」

タカラジェンヌを気取って、いい返事をした。

小岩井家の中で、「さら」という名前に一番こだわっているのは、やっぱりパパさんだった。

ママさんのほうは、内心はどうあれ、表面上は、あらあら、どうしたのかしら、と不思議がりながらも、もう少しさっぱりしていた。「さらでも美々加でも、私はどっちでもいいわよ」と、どーんとしている。いつも、ではないけれど、ときどきは美々加寄りの呼び方だってしてくれたし。夜、美々加がベッドでしくしく泣いているのをよく知っているからかもしれない。

やさしいのはお姉ちゃんだ。みみちゃんとか、みーちゃんとか、美々加の希望をくんで、すぐに呼んでくれた。大森美々加ちゃん、とフルネームで声をかけてくれることもある。あくまで芸名のように扱っているのがいくらか不満だったけれど、もちろんそれくらいは仕方がないのだろう。まさおは相変わらず、さーねえ、と呼ぶ。

ママさんからお弁当を受け取って、まで見送った。


「いってらっしゃーい、いってらっしゃーい」

笑顔で言うと、

「あんたは本当にお姉ちゃん好きねえ」

とママさんが可笑しそうに言った。

もともとの「さらちゃん」の性格がどんなふうだったか、美々加には正確にわからなかったけれど、普段の家族の気づかいからすると、たぶんあまり活発なタイプではなかったのだろう。

わがままに甘い、すぐに病気を疑う、薬や栄養補助食品が常備されている、といったことも合わせて考えると、はっきり病弱だったのかもしれない。

美々加がここに現れて、ずいぶんおかしなことを口にしたり行動したりしたせいばかりではなくて、そもそも「さらちゃん」は心配されるタイプの子供だったのではないか。

美々加はそんなふうに推測していた。

そういえば最初にこの家に来たときも、熱を出して、客間に寝かされていたし。

クラスの四人の友だちとは、さらみみ会というグループを作っていた。

さらを美々加に戻す会、というのが正式な名称だったけれど、大体は普通に集まって遊んでいるだけだった。放課後寄り道をしたり、一度家に帰ってから、学校裏の駄菓子屋に集合したり。

大量のひじきと食パンと牛乳、という、謎すぎるメニューの給食のあと、美々加はさらみみ会の四人とゲームをした。教室のうしろの小さな黒板に、チョークでイラストを描いて、なんの絵か当ててもらう。

美々加は描き馴れたキティちゃんの絵を描くことにした。

まず顔の輪郭を描く。横長の楕円に、三角の耳が二つ。ちょっと離れ気味の、縦長の目は黒豆。

「うさこちゃん」

カンバちゃんが答えた。美々加は首を横に振った。

鼻は白いまん丸。左耳には可愛いリボン。両方の頬からは、ヒゲが三本ずつぴんと伸びている。

「猫?」

「でも、ちょっとうさこちゃんにも似てない？」

「猫」

「猫だ」

四人は口々に答えた。

嘘、もう完全にわかるはずなのに。美々加は、正解してもらえないことにちょっと焦った。

チョークで描いたから線が硬くて、中国の遊園地にいるニセモノのやつみたいに見えたのかもしれない。慌てて顔の下に、半袖のワンピースを着た体をつけ足すと、あ、可愛い、とみんなが言った。

「ぬいぐるみ？」

と阿部さん。

「キティちゃん」

美々加が正解を伝えると、四人は、へー、と不思議そうな反応をした。その様子からすると、キティちゃんはまだ生まれる前なのかもしれない。

そのことに気づかなかった自分は、ずいぶんうっかりしていたと美々加は思った。そういえばこちらに来てから、この白猫のグッズは、まだ見ていない気がする。

「なんて？　なんていう名前って？」

みーさんがあらためて訊いた。

「キティちゃん」

美々加はもう一度、ゆっくりと言った。ただ、キャラクターに着せたワンピースは、自分が小二のころに大好きだった青いやつに似せた。「これ、私が考えたの……」

2　一九七四年

「これ、私が考えたの」

美々加は、そう口にしたことをすぐに後悔した。

やばい、嘘ついちゃった。どうしよう。意味ないのに。ばれたら困る。ばれたら格好悪い。落ち着かない。もう泣きそう。

教室の床に一旦視線を落とし、すっと自分の上履きのつま先から、友人たちのつま先へとうつす。

そしておそるおそる顔を上げると、

「それも未来の猫？　人気があるの？」

グループで一番のチビ、おかっぱ頭のカンバちゃんがいつも通りの軽い調子で訊いた。

えっ、と瞬間固まってから、美々加はゆっくりと首を横に振った。私が考えた、と今言ったのに、カンバちゃん、聞いていなかったのだろうか。

「違うの？」

真っ直ぐな目で、カンバちゃんがこちらを見返している。

「……違う。これは未来の猫じゃないよ」

美々加はどうしようかと迷いながら、おずおずと答えた。「これ、私が考えたの」

心臓の鼓動が、どくん、と高鳴った。本当はこの際、カンバちゃんの言うように、未来で有名な猫、という正しい答えのほうに乗り換えればよかったのかもしれない。

もちろん美々加にとって、キティちゃんは物心ついてからずっと、自然と身の回りにある有名なキャラクターだった。お菓子や健康飲料や食品、洗剤や乗用車や携帯電話など、とにかくいろんな商品の広告やパッケージに使われていたし、どこか観光地に行けば、必ずと言っていいくらい、その土地の名産品とコラボした可愛いご当地キティのチャームを目にすることができた。オリジナルの玩具《おもちゃ》や文房具も数多くあって、小学生が普通に生活していれば、教科書を開かない日はあってもキティちゃんを見ない日はない、と言い切れるほどの存在だった。あまりに身近すぎて、それがいつ生まれたかなんて、美々加はこれまでほとんど考えたこともないくらいだった。

一体、キティちゃんは何年に生まれたのだろう。

確か母親が小学生のころにも、そのキャラクターの文房具を使っていたと聞かされたことがある。

「ママが小学生っていつの話？　何十年前？　五十年？　百年前？」

あのときはそう訊ねたから、

「あーそういうこと言うんだ？　こいつめ」

と脇腹に指先攻撃をされた記憶ばかりが強く残ってしまった。

母親の年齢から計算すると、小学校に「上がった」のは昭和四十九年よりもずっとあと。つまり今からすると、「まだ先」ということになるはずだったけれど、それにしたって、今この時点でキティちゃんが生まれていない証拠にはならない。ママが小学生のときに、もうキティちゃんは人気があった、とわかるだけだ。

つまり今はまだそんなに有名じゃなくても、キャラクター自体はどこかでもう誕生しているのかもしれない。

だったら困る。

新しいキャラクターやグッズに詳しい子が近くにいるかもしれない。またはデザイナーの知り合いとか。サンリオピューロランドの関係者の子供とかも（それともピューロランドはまだないだろうか）。

「なにそれ。へんな絵」

大きな声で言ったのは、げっ、まずい、仲のよい「さらみみ会」のメンバーではなかった。

いつの間にか、お絵描きクイズの解答者の向こうから、大中小、女子三人組が覗き込むようにこちらを見ている。それもちょっと意地悪なグループだ。感想を述べたのは、そのうちの「中」。リーダー格の高島妙子《たかしまたえこ》だった。女子たちから、妙ちゃん、と呼ばれている彼女は、つんと上を向いた鼻と、広いおでこが可愛らしいとは言えるものの、勉強でも運動でも遊びでも、とにかく負けず嫌いで性格がきつい。いつも自分が話の中心にいないと気が済まない。頭の回転が速く、口が達者、なのはべつに構わないのだけれど、誰かと敵対すると、すぐに味方を集めて相手をつぶそうとする。昭和へ来てからの短い付き合いで決めつけるのも悪いのだけれど、これまでの様子から判断すれば、そういう厄介なタイプだった。

「さらちゃんが描いたの？　その絵」

「……うん」

「きつね？　マシュマロ人間？　それとも、チューリップの妖精？」

「……猫。キティちゃん」

「なにちゃんって？　猫？　これが？」

「そう。猫。キティちゃん」

うなずいた美々加は口の中で小さく、さらじゃないし、と遅まきながらつぶやいたけ

れど、

「なんの猫？　漫画？」

あらためて訊ねられると、いよいよ落ち着かない気分になった。

どうしよう。

さらみみ会のメンバー内に話が留まっている間は、どんな無茶な主張をしても、あとで訂正や修正ができそうだったけれど、いよいよクラスの他の子にまで広まってしまうと、どんどん引っ込みのつかない方向に行く気がする。

「違うよ、漫画じゃないよ」

美々加のかわりにしっかり答えてくれたのは、陽気なカンバちゃんだった。とりあえず誰に対しても愛想がいいのは、本人の分析によれば、家が客商売をしているかららしい。「みみ……さーちゃんが考えたんだよ、それ。凄いでしょ、可愛いでしょ、私びっくりしちゃった。とっても絵の才能があると思う」

「ふーん」

赤いパッチンドメで前髪を上げた高島妙子は、面白くなさそうに言った。人の才能の話は、あまり好きではないのかもしれない。

「ねえ。可愛いから、これ、消さないでとっておこうよ」

明らかに調子に乗ったカンバちゃんの提案に、

「え、いいよいいよ。消す。またすぐ同じの描けるから」

美々加は慌てて答えたけれど、さらみみ会の他のメンバーが即座に保存に同意したから、一気に消し去ることもできなくなった。

友だちにつまらない嘘をついた証拠が、しばらくここ、教室のうしろに残ってしまう。

「ほら、名前書いて。なんだっけ？　この猫。キティー、ちゃん？」

はしゃぐ昭和の友人たちに勧められるまま、絵の下に、キティちゃん、とチョークで書く。

「作者、作者も」

促されては仕方がない。もうここでは、とりあえずキティちゃんは自分が考えたことにしよう。美々加は鼻息も荒く、ｂｙみみかとチョークで付け足した。

「これ、なに？」

ｂｙを指差したのがカンバちゃんで、ほぼ同時に高島妙子が、

「みみかって誰」

と訊く。わからないことが多くて苛《いら》ついたのか、それともどうにか話の中心になりたいのか、声が少し刺々《とげとげ》しくなっている。「さらちゃんのこと？　なんでみみかっていうの。もしかして名前変わったの？」

「それは……、さらちゃんが、絵を描くときのペンネーム」

今度はさらみみ会の知恵袋、いつもおっとり、大人びた雰囲気の阿部さんが機転を利かせて言う。美々加が未来から来た少女だという話は、案外教室でも平気で口にしているわりには、今のところ、公式にはタブー、親しい四人との秘密だった。

「そう、そうだよ、ペンネーム」

他の三人も話を合わせて守ってくれた。

「じゃあ、次、私が描く。これなーんだ」

お絵描きクイズの出題者が、カンバちゃんに替わった。美々加たちと高島妙子グループが固まっているのを見て、なになに、と近寄って来た数人が解答者として加わっている。かわりに高島妙子たちは、もっと他の面白いことをしよう、と黒板の前を離れて行った。

美々加の描いたキティちゃんは、ここまで十人ほどの目に触れたことになるだろうか。今のところ、誰もそれを既存のキャラクターだとは指摘しなかったから、美々加もひとまずほっとした。やっぱりまだ生まれる前だろうか。だとしたら、このまま問題なく乗り切れるかもしれない。

それどころかキティちゃんのおかげで、美々加が昭和の大きなビジネスチャンスを摑む可能性だってあった。周囲に目利きか野心家がいれば、だけれども。

カンバちゃんの絵は、美々加のキティちゃんのすぐ横に描かれている。動物だろうか。おむすびみたいな三角形の顔に丸い耳がついて、四本足の胴体に、ひょろ長い、上向きの尻尾がある。

「犬?」

「ワンサくん」

「ちびくろサンボの虎」

みんなが口にした答えはどれも違うようで、カンバちゃんは、

「違う。ハズレ」

とそのたび嬉しそうに言うと、首を大きく横に振った。三角形の顔の中に、携帯の顔文字みたいな細い線で、笑っているような目と口を描く。そして仕上げに、左右の丸い耳に小さな円の模様を三つ、四つ……。

なんだ。なんだ。

なに?

「ぶー。時間切れ。正解は、ニカニカでした」

「ニカニカ?」

「そう。ニカニカ。私が考えたの」

カンバちゃんの答えに、美々加を含めたさらみみ会のメンバーは、へえ、そうなんだ、

と感心したのだけれど、新しい解答者たちは、

「そんなの、誰もわかんないよ」

「クイズなのに」

「そうだよ、ひどい」

揃って口をとがらせた。言われてみれば確かにそうだ。昭和の小学四年生の教室でも、美々加とその仲間たちは、ただの呑気な集まりなのかもしれない。

緊急会議の末、これから先、自分で考えた絵の出題は禁止、という新しいルールができた。

○

ぱらぱら、ぱらぱら、と画面が剝がれ落ちるように変わって行く。

美々加の母親が仕事で使うパソコンには、その名も「タイムマシン」というバックアップ機能が備わっていた。

外付けのハードディスクでパソコン内の情報を定期的に保存しているらしいのだけれど、その機能を使ってバックアップを呼び出そうとすると、「今」のパソコン画面から、指定した日付の画面までが、日めくりカレンダーが剝がれ落ちるみたいに、ぱらりぱらりと移り変わって行く。古い日付を指定すれば、距離が遠いぶん、加速がついて高速度

で。

そうやって現れた「過去」の画面から、必要な情報を選んで呼び戻したり、場合によってはパソコンの中身すべてを復元して、そのままその日の機械に置き換えたりもできるということだった。

「ほら〜、美々加、見て。タイムマシンよ。時間が戻って行くよ〜」

母親がその機能を使うのは、当然パソコンに大きなトラブルがあったか、間違ってなにかのファイルを消し去ってしまったようなときのはずなのだけれど、多感な娘にあまり深刻な顔を見せたくないのか、単に普段からお調子者だからなのか、それともバックアップがあるというのは基本的に大丈夫ということなのか、とにかく陽気に声をかけてくれたから、家にいるのが好きな美々加は慌てて母親の仕事部屋に走って行き、オレンジ色のビニールクロスが張られたパイプ椅子を広げ、ちょこんと横に座ってその様子を見せてもらうのだった。そんなことが過去に何度かあった。

当然SFを意識しているのだろう、タイムマシン機能を使うときの壁紙は、無数の小さな光が輝く青黒い宇宙のピクチャーになっていて、その絵に囲まれた中央の小画面だけが、加速しながら、ぱらぱらと時間を遡って行く。注視していると、モニターの中に吸い込まれて行くような妙な気分にもなった。

「うぐぐ、目が回る、うぐぐぐぐ」

子供らしく大げさに喜び、笑ったのは、いつだっただろう。今よりまだ二歳は幼くて、家の中で熊田さんの存在がそれほど大きくなかったころだっただろうか。

今、教室のうしろの黒板には、美々加の描いたキティちゃんと、カンバちゃんの描いたニカニカが並んで残されている。

ふたつの絵を黄色いチョークで囲い、消さないで！　と書いたのもカンバちゃんだ。美々加がこの時代にやって来たことで、まだいるはずのないキティちゃんを教室に印すことになったのだろうか。それとももうどこかで生まれたキャラクターを、自分が考えたと嘘をつきながら、いち早く紹介している立場なのか。

もしかすると、ここで仲よくなった四人のために、なにかひとつくらい、自分がこの時代にいた証拠を残しておきたいと思ったのかもしれない。

間違って未来から来た女の子が、しばらく昭和にいた証拠を。

でもそれなら本当は、トイレの神様の歌や、ツイッターや、ＰＡＳＭＯなんかについて教えたときみたいに、きちんと未来のこととして伝え、いつかこれ流行るよ、とこっそり四人に教えておけばよかっただけだろう。

なのにキティちゃんのことは、自分が考えたと嘘をついた。

たぶんちょっとだけ、未来を自分の手柄にしてみたい気持ちはあったのだ。

それは美々加の中の、子供っぽい部分がそうさせたのかもしれなかった。

五時間目の授業中、美々加はノートに絵を描いていて咎められた。

教卓に向かっていたはずの先生が、いつの間にか、すっと自分の脇に立っていたのだ。

「小岩井さん。なあに、それ？」

明らかに落書きとわかっている口ぶりで、先生は言った。それくらいの質問で黙ってしまうようでは、美々加も平成にいたころとなにも変わっていない。昭和で、しかも四年生からやり直して、ぽんぽん楽しく話せる友だちだってできたのに。

でも、やっぱり大勢の人前や、大人を相手に話すのは苦手だったし、なによりここで何の絵を描いていたかを口にするのは嫌だった。

ママの顔を描いていたからだ。

忘れないように。

忘れないうちに。

もし忘れそうになったら、その絵を見て思い出せるように。

でも、思ったように上手くは描けなかった。描き馴れたキティちゃんをほめられて内心少し調子づいていたのだけれど、もともとそんなに絵が上手いわけではなかった。脳裏に浮かぶ顔を再現しようとすると、途端に記憶に白く靄《もや》がかかってしまう。これがママの顔、と頭で思うぶんには、すんなりと「顔」になっているはずだったのに、あらためて細部まで思い描くのは難しい。本当は最初から、記憶の細かいところがぼんやりしているのかもしれない。

「べつに泣かなくてもいいけど……」

脇に立つ二階堂先生が、困ったように見下ろしていた。

○

「おーい、小岩井農場、バイバーイ」

帰り道で、クラスの男子グループにからかわれた。中心になっているのは、前に一緒に日直をした川田君だ。ただし勝手な呼び方をして笑ったあとは、その場の男子全員、六人ばかりで、バイバーイ、とこちらに手を振っているから、べつに大したいじりでもないのかもしれない。でも、不満、と美々加は無言で見返し、すーっ、と長く息を吸い込んだ。

「違うよ。小岩井建設だよ、パパさんの仕事。農場じゃないよ」

精一杯の勇気を振り絞って、真っ直ぐに言い返した。思ったよりもきんきんした声になってしまい、相手には聞き取りづらかったかもしれないけれど、砂埃の立つ校庭の五メートルほど向こう、揃って野球のキャップをかぶった半ズボンの少年たちは、一緒にいるカンバちゃんたちはともかく、美々加本人に言い返されるとはあまり思っていなかったのだろう。半笑いのまま驚いたふうに顔を見合わせると、誰からともなく走り出し、騒がしく行ってしまった。

「こらー、ちゃんと謝れ」

カンバちゃんが大きな声で言い、

「あした、先生に言いつけるからね」

キムちゃんも歯をむいて、きつく抗議してくれた。阿部さんとみーさんが、興奮ぎみの美々加を見て、

「大丈夫？」

心配げに同時に訊く。

「大丈夫」

うっすら涙目になった美々加はうなずくと、

「行こう」

とみんなに声をかけた。「アホなやつは相手にしない」

「うん」

「そうだね」

「いいこと言う」

「アホは放っておこう」

勇気を振り絞った結果、野蛮な男子たちをやっつけて追い払ったようにも、単にうまく逃げられたようにも思えたけれど、とりあえず言い返すことができたのは進歩だろう。だいぶ見慣れてきた昭和の殺風景な校庭を抜けて、本当は二つ年下の同級生四人と、仲よくコンクリートの塀沿いに歩く。

大柄なみーさんが最近お気に入りの、ずうとるびの話をしている。日曜夕方の演芸番組『笑点』のちびっこ大喜利のメンバーが結成した四人組のアイドルグループなのだけれど、それぞれ誰が好きかという定番の話をひとしきり済ませ（みーさんがひょうきんな山田《やまだ》君、キムちゃんがかっこいい江藤《えとう》君、阿部さんがのっぽの新《あら》井《い》君のファンなのは変わらず。カンバちゃんが、山田君のファンから江藤君のファンに変わった。美々加はこれまでと同じ、小柄で可愛らしい、機転の利く今村《いまむら》君が一番、と答えた）、それから新曲「みかん色の恋」をみーさんが歌いはじめると、カンバちゃんとキムちゃんが調子よくユニゾンで加わり、美々加と阿部さんは、ちゃちゃちゃ、ちゃちゃちゃ、と小気味よく手拍子を入れた。

3　ショータイム

「じゃあね、バイバーイ。また明日」

一番最後にカンバちゃんと別れると、美々加は小岩井の家を急いで目指した。

いつ帰れるかわからない。

本当に帰れるのかもわからない平成だったけれど、いつか帰れる、いつか帰れるまで、と美々加はやっぱり信じて毎日を過ごしていた。

早く帰りたい、一秒でも早く帰って安心したい。のんびりしたい。思う存分、ママに甘えてべたべたしたい。

それはこちらに来てから毎晩、美々加が二段ベッドの下の段に潜り込んで、ぐずぐずと泣きながら願っていることだった。本当に毎晩、一日も欠かさないで。

そのせいで、「泣き虫さらちゃん」と小岩井家ではこそこそと言われているようなのだけれど、それほど思い詰めて帰りたい未来なのに、あの四人の友だちと会えなくなるのも、今はちょっと寂しい気がするのだった。

四人の友だちと、平成。

どちらかを選べと迫られれば、一秒も迷わず平成に帰るほうを選ぶに決まっているのに。それでも。

ここでみんなと一緒にいて楽しかったと、きっとあとで思い出すのだろう。

もし平成に帰れたら。

美々加は帰る前から、そんな寂しさについて考えてしまう子供だった。

「ただいま〜」

玄関の戸をがらりと開けて、美々加は明るく言った。待っているのはママではなくて、ママさんだけれども。

ちくり、とはっきり感じた胸の小さな痛みに顔をしかめながら、口を結んで、運動靴を脱ぐ。赤い鼻緒の下駄に足をのせて、靴を揃えてから家に上がった。ランドセルを下ろし、階段に置く。

大丈夫。今日は楽しい日だ。

大好きなお姉ちゃんと、タカラヅカごっこをして遊ぶ約束をしている。

お風呂場でまず手を洗い、居間に行くと、ママさんがおやつを用意してくれた。今日のおやつは豪華、銀の紙にくるまれたぽんぽこだぬきのおまんじゅうだった。よくテレビでコマーシャルをやっているたぬきのかたちのおまんじゅうには二種類あって、白い和紙にくるまれたのがプレーン。ちょっと焦げ気味の小麦色の皮に、しっとり白餡が包まれたタイプだ。そして銀の紙のほうは、さらにそのおまんじゅうにチョコレートがかかっているのだった。美々加はこっちに来てから知ったそのお気に入りのお菓子を食べ、小さなコップに注いでもらったバヤリースのオレンジジュースを飲んだ。すぐになくならないように、どちらもちょびっとずつ、ちょびっとずつ。ママさんは自分用に日本茶を淹れ、テレビをつけないで、雑音まじりの大きなラジオを聴いている。

そうやって高校生のお姉ちゃんの帰りを待っていると、

「ただいまー」

やがて騒がしく入って来たのは、いつも通り、腿ぎりぎりの、超短パンをはいたまさおだった。野球のキャップをかぶっている。

「おかえり。あんた、帽子とりなさい。おやつあるよ」

ママさんが、廊下のところまで出迎えに行きかけて、先に入って来たまさおに気づいて足を止めた。なつかしいわー、とラジオから流れる曲を一緒に口ずさんでいたから、ちょっと反応が遅れたみたいだった。ずいぶん古そうな、この時代よりもっと前のものらしい歌謡曲だった。

「おやつってなに？　からあげ棒？」

ふざけたように言いながら、まさおは美々加の食べているおやつを確認すると、

「お、ぽんぽこだ」

と喜びの声を上げた。クラスの子たちに聞くと、虫歯になるから、と厳しく制限されている家もあるようだったけれど、甘いものに関しては、食べ物でも飲み物でも、小岩井家はゆるゆるだった。夜寝る前に、しっかり歯磨きをすればいいという考えみたいだ。おかげで気にせず食べられる甘いおまんじゅうとジュースを、まさおがもの凄い早さで体内におさめている。口の中にまだおやつの入った状態で、まさおはもごもごとごちそ

うさまを言った。

「はやい」

「じゃあ俺、一本松で野球してくる」

帽子をまたかぶると、まさおは立ち上がった。もともとあんまり得意ではないようなのに、近所の空き地で野球をするらしい。

「なんだろうね、あれは。騒がしい」

落ち着きなく出て行ったまさおを見送ったママさんが、呆れた顔をして言った。それから、またラジオの歌に耳をかたむけ、目を細めた。今度はもう少し新しいけれど、やっぱり懐かしくて、好きな曲らしい。アナウンサーの紹介によれば、シューベルツの「風」という曲らしかった。美々加も一緒にその曲を聴く。フォークソングというのだろうか。若い男の声が、少ししゃくり上げるような不思議な歌い方をしている。

ちょっぴりさみしくて振り返っても
そこにはただ風が吹いているだけ
そして、いよいよお姉ちゃんが帰って来た。

慌てて立ち上がり、玄関へ走って行こうとすると、そんな美々加を見て、あらあら、とママさんが笑っていた。

○

二階の奥、ママさんの衣装部屋に入り、赤いスツールのふたを開けて、使っていいと言われた化粧道具を取り出すと、お姉ちゃんが美々加にもしっかりとメイクをしてくれた。

ぽんぽんおしろいにチーク、ブルーのアイシャドウと赤い口紅。アイラインもばっちりと。

「はい、できた」

タオルのケープを取ると、洋服はもうちゃんと、手持ちの中で一番それらしいお姉ちゃんのお古、スパンコールの星模様がいくつもついた、水色のTシャツに着がえてある。美々加にはまだ、だぼっと大きい。

細長いドレッサーの鏡を見て、美々加は自分を点検した。ぎゃはは。メイクが派手。でもちょっと嬉しい。ボトムは、さらちゃんのよそ行きらしい白いパンタロン。プラス、ママさんの黄色い大きなスカーフを、お姉ちゃんが腰にまいてくれた。結び目は横。よし。

お姉ちゃんも髪をうしろで束ねると、ばっちりメイクをし、男の人っぽい白いジャケットを着ている。

「はーい、じゃあ雪組、大森美々加ちゃん。行くよ」

廊下に出ると、ふたりともすっかり気取った足取りで歩く。お姉ちゃんは高校の部活でダンスを習っているから、美々加もそのきびきびした動きを真似る。

「あ、音楽忘れた」

お姉ちゃんが、いっけない、というふうに笑ってから、ふたりの部屋に入り、レコードプレーヤーにのせてあるLP盤をかけた。ぼつっ、とレコード針の乗った独特の音が聞こえてから、しばらく小さな雑音が聞こえ、やがてオーケストラの演奏が鳴り始めた。

「やっぱり私もジャケット着る」

美々加が言うと、

「えー、ジャケット?」

言いながら、お姉ちゃんが、クリーム色の可愛いのを選んで出してくれた。それから美々加はせっかく用意した「シャンシャン」をママさんの衣装部屋に忘れたのを思い出して、急いで取りに行く。布の花とリボンで飾りつけた、手持ちの小さなアイテムだった。

「いい?」

とお姉ちゃん。

「はい」

と美々加。

両手を挙げ、ふたり、気取ったポーズで階段を下りる。それだけの遊びをお姉ちゃんと繰り返した。

楽しい。

ひとりでタカラヅカにはまっていた美々加には、楽しすぎる遊びだった。

階段を下りたところ、玄関前の広間ではママさんが待っていて、お姉ちゃんのうしろについて下りる美々加に、ぱちぱちと手を叩いてくれる。

「素敵、さらちゃん。じゃなくてみみか。私、ご贔屓《ひいき》さんになっちゃう。でも、ほら、足元にはよく気をつけなさい」

嬉しくなってもう一回、お姉ちゃんと階段を上って下りる。また下で拍手。

「ねえ。ママさん」

美々加はすっと一歩近寄ると、おずおずと、でも勇気を出してお願いをした。「今度は背中に羽根を背負いたい」

これまで見たレビューの映像や、雑誌の写真を思い出していた。大きな羽根を背負って大階段を下りてくる男役さんたちの雄姿を。

「羽根ね、羽根。わかった」

シャンシャンも作ってくれた洋裁自慢のママさんは、拍子抜けするくらい簡単に、頷を分厚くしてうなずいた。「祐子、あんた写真持ってる？」

「うん、雑誌のグラビアにあるよ」

とお姉ちゃん。

やった。次は羽根も背負って遊べる。

「アンコール」

観客に早変わりしたお姉ちゃんの声がかかったので、美々加はもう一度、階段を下りるために、二階へと上って行った。


パパさんが嬉しいお土産を持って来てくれたのは、その夜だった。

おーい、みんな来い、と玄関に呼び集められて、そういうときはだいたい、ケーキとかモナカとかあんこ玉とか、なにか美味しいお土産があるものだったけれど、なんだろう、今日は、と二階で漫画『美季とアップルパイ』を読んでいた美々加がお姉ちゃんと一緒に階段を下りて行くと、たぶんはじめから出迎えていたママさんと、靴脱ぎから上がったパパさんのところに、

「父ちゃん、お帰りなさい」

居間でテレビにかじりついていたに違いないまさおが、すーっと滑るように近寄って行く。

「パパ、お帰りなさい」

「……お帰りなさい。パパさん」

美々加たちも到着するのを待って、はい、とパパさんが差し出したのは、事務用の茶色い封筒だった。

「あら、なに？」

不思議そうに受け取ったママさんが中を確かめ、

「わっ、素敵」

と目を輝かせた。

「ほら」

封筒から半分ほど引き出したそれを見せてもらった美々加は、横からのぞき込んだお姉ちゃんと一緒に大きな歓声を上げた。

観たい観たい、どうしても観たい、絶対観たいよね、と前からふたりで話していた宝塚歌劇団月組の大ヒット演目、『ベルサイユのばら』東京公演の鑑賞チケットがそこにあった。

どの日にする？　どの日に行こうか、やっぱり日曜日がいいかな、ママさんにも予定を訊いてみよう、なんて呑気に相談しているうちに、日曜日どころか全日程のぶんがとっくに売り切れていたと聞き、再演か、せめてテレビの劇場中継でもあればいいのに、とあきらめていたのだった。

一体どんな方法で手に入れたのだろう。小岩井家の玄関ホールで、お宝チケットが天井からの黄色い光に照らされている。

「本当に？　本物なの？」

目を見開いて訊くお姉ちゃんに、ママさんが封筒ごと渡す。お姉ちゃんが丁寧にチケットを引き出すと、

「何枚あるのかしら？」

パパさんとお姉ちゃんの、どちらにともなくママさんが訊き、こほん、と咳払いだけしたパパさんにかわって、お姉ちゃんが枚数を確かめた。

一、二、三枚。

三枚ある。

「オスカル様」

思わず、といったふうにヒロインの名前を呼んで、お姉ちゃんはその場で小さく飛び跳ねた。

「オスカル様」

美々加も顔の前で手を組むと、同じように飛び跳ねた。部屋でお姉ちゃんの持っているコミックス、全十巻をしっかり読んでいるから、フランス革命に向かう込み入った話

だって、ちゃんと頭に入っている。

「三人で行けるだろ」

作業着姿のパパさんは、ぶっきらぼうに言ってから、やっぱりみんなの反応には満足したのだろう、にんまりと笑った。

「ねえ。俺は？　俺には、なんもないの？」

ここまですっかり出番のなかったまさおが、おずおずと言った。確かに玄関まで呼ばれたにしては、ひとりだけ、なにもお土産がない。

「は？　まさおはこの前、日米野球に連れてっただろ」

そうだった。まさおは今月のはじめ、パパさんとふたりでプロ野球の日米対決を観に行って、カレー、アメリカンドッグ、フライドポテト、おでん……と、とにかく球場でいろんなものを食べ過ぎて、お腹をこわしたのだった。試合中から何度もトイレに行き、結局は途中で切り上げて帰ることになったそうで、帰宅後もトイレにこもって、ずいぶん苦しんでいた。

市販の薬を飲み、やがてどうにか腹痛はおさまったようだったけれど、次の日も大事をとって、学校を休まされた。いつもはさらちゃんが休むのに、今日はまさおがお休みだね、弱いね～、とあのときママさんがからかっていたから、やっぱり普段はさらちゃんが休むんだ、弱いのか、と美々加はあらためて知ったのだった。

「ちぇっ、俺はあれか」

と、まさお。

「ちぇっ、じゃないだろ。もう連れていかないぞ」

「うそ。うそです」

「よし、じゃあ、またまさおには野球の券をもらってやるな。ほら。今はこれを向こうに持って行け」

「はい」

集金用みたいな、小さな黒革の手提げバッグを渡された少年が、やけにいい返事をすると、それを抱えて、バタバタと先に歩いて行く。パパさんも一歩、居間のほうに向かった。あのときの野球のチケットは、仕事関係の人に譲ってもらったとパパさんが言っていたから、今回のタカラヅカのチケットもそうなのかもしれない。

「パパさん、すごい」

美々加がぽつり、思わず口にすると、

「そうか?」

奥に向かいかけたパパさんが、聞き逃さずに、足を止めて振り返った。「嬉しいか、タカラヅカの券」

うん、と美々加はうなずいた。ただし、なじんだとはいえ、やっぱりパパさんと直接たくさん話すのは苦手だったから、今度はほとんど声に出していない。

「じゃあ、そのかわり……またスドウ先生のところに行くか？」

「スドウ……先生？」

二度目にこっちに来てすぐに連れて行かれた、近所に住むおじいさんのことだった。あのとき美々加は、帰りたい、と呟くほかはずっと黙っていたから、結局なんの解決にもならなかったと思うのだけれど、大学の先生だったということで、近所の人からの信頼は篤《あつ》いのかもしれない。

「お父さん、それは」

ダメ、というふうにママさんが首を振る。美々加はその様子も見逃さなかった。警戒して一歩下がると、お姉ちゃんがやさしく背中を支えてくれた。

それを見たパパさんが、ふっ、と残念そうなため息をついた。

「まあ、いいや。それよりふたりとも、ちゃんと家の手伝いするんだぞ」

「はーい」

明るく答えるお姉ちゃんに、ぽん、と肩を叩かれたので、美々加もようやく同じ返事をした。

4　小公子みみか

ごらんなさい、ごらんなさい、ベルサイユのばーら。

ごらんなさい、ごらんなさい、ベルサイユのばーら。

はじめてのタカラヅカ観劇、十一月ながらお気に入りのきつねの襟巻きをしてめかし込んだ美々加の席は、だいぶ端っこのほうとはいえ、なんと前から五列目という好位置だったから、うー、なんだかどきどきする、どうしよう、やっぱりもう一回トイレに行く、とあまりの緊張に開演前、何度もお手洗いに立つことになったのだけれど、それは神経質になった美々加の、平成からの変わらない癖だった。学校や近所へのお買い物といった、普段行き馴れた場所に出かけるだけでも、ときに気持ちがそわそわ、ざわざわしてしまう。当然、もっと馴れないところに出向くとなれば、出発間際や家を出てすぐ、途中や目的地に到着してからでも、繰り返しトイレに行くのが決まりごとのようになっていたから、昭和のママさんやお姉ちゃんだって、その対応にはすっかり馴れたものだった。

「ほら、もう大丈夫？　じゃあ中に行きなさいな」

「はーい」

はじめは通路側に近い席を美々加にあてがい、気の済むまで出入りさせておいてから、いよいよ開演のアナウンスが流れると、席を一つずつずれて、ちびの娘を一番見やすい真ん中寄りの席に送り込み、座らせてくれた。

おめかしした若いお姉さんたち。美々加と同じくらいの女の子たち。ママさんくらいのおばちゃんたち。もっと年上の和装の奥様たち。誰かの連れなのか、熱心なファンなのか、ぽつりぽつりとまじる男性客。

とにかくざわついていた場内が一瞬、しん、と静まりかえったのを合図のように、オーケストラが軽やかな演奏をはじめ、緞帳《どんちょう》が上がる。

これが今、話題の舞台。

人気少女漫画の原作を、一体どんなふうに歌劇に仕上げているのか。

そんな期待の高まる満員の観客からの視線を集め、きらきら、きらきらと輝くステージでは、金色の長い髪にピンクのドレスをまとった小公女たち、そして同じく金髪のおかっぱに紺色のチュニック、白いタイツの小公子が踊り、うたいはじめる。

ごらんなさい、ごらんなさい、ベルサイユのばーら。

ごらんなさい、ごらんなさい、ベルサイユのばーら。

○

その華やかで可愛らしいオープニングから、美々加はがっちり心をつかまれた。

つかまれて、ぐっと中に引きずり込まれる。

しかも小公子、小公女たちの口上の歌につづいては、奥に立つ書き割りの板に三つ、ぽん、ぽん、ぽんと、見馴れた原作タッチのイラストが描かれているのが目に入った。

中央の高い位置に、フランスの王妃マリー・アントワネット。その右下にスウェーデンの貴公子・フェルゼン。そして左下に描かれているのは、多くの「ベルばら」ファンの憧れ、男装の麗人、近衛《このえ》隊長・オスカルだった。

わあ、とそれだけで美々加は半分口を開けてしまったのだけれど、その原作タッチのイラストのうち、中央の高い位置にあるマリー・アントワネットの絵の部分が、すっと抜け落ちるように開くと、そこにきれいなピンクのドレスを着て、頭にティアラをのせ、ピンクと白の羽根で髪を飾った王妃様が立っている、という素敵な仕掛けがなされていた。

そのマリーが、切なげに、よく通る高い声をふるわせて、青きドナウの岸辺に、とうたうと、つづいて右下にある絵が開き、そこからイラスト通りにフェルゼンがあらわれた。そして、愛、それは、と「愛あればこそ」をうたいながら舞台に歩み出るのだった。

さらに左下の絵が開くと、白い軍服に白いマント、ブロンドの巻き毛を揺らした男役トップスターがあらわれる。きゃあ、と悲鳴のような歓声がいくつも上がった。

「オスカル！」

美々加の視線はもちろん、その男装の麗人、近衛隊長に釘付けになった。女に生まれながら、男として育てられ、王妃を護る美しい人。愛あればこそ、のつづきをうたうそのオスカルの動きやせりふ、そのひとつひとつに、美々加は全神経を集中させた。

宮殿を舞台にマリーとフェルゼンが愛を語れば、オスカルはフェルゼンへの秘めた思いに胸を焦がし、それを見つめる美々加も、きゅっ、と胸苦しくなる。舞台装置は豪華、衣装は美しく、歌はとにかく流麗で繊細、スケールが大きくて切なくなる物語。

華やかな宮廷でのやり取りから、やがてパリに革命の火が上がる激動の展開にわくわくする。

幼なじみ、アンドレの思いに応えるオスカルには、美々加は完全に目をふさぎたい気持ちになった。目の端にはきっと、小さく涙がにじんでいただろう。

アンドレ嫌い。

許さない、とさえ思ったものだったが、その彼も銃火を浴びて倒れ、いよいよオスカ

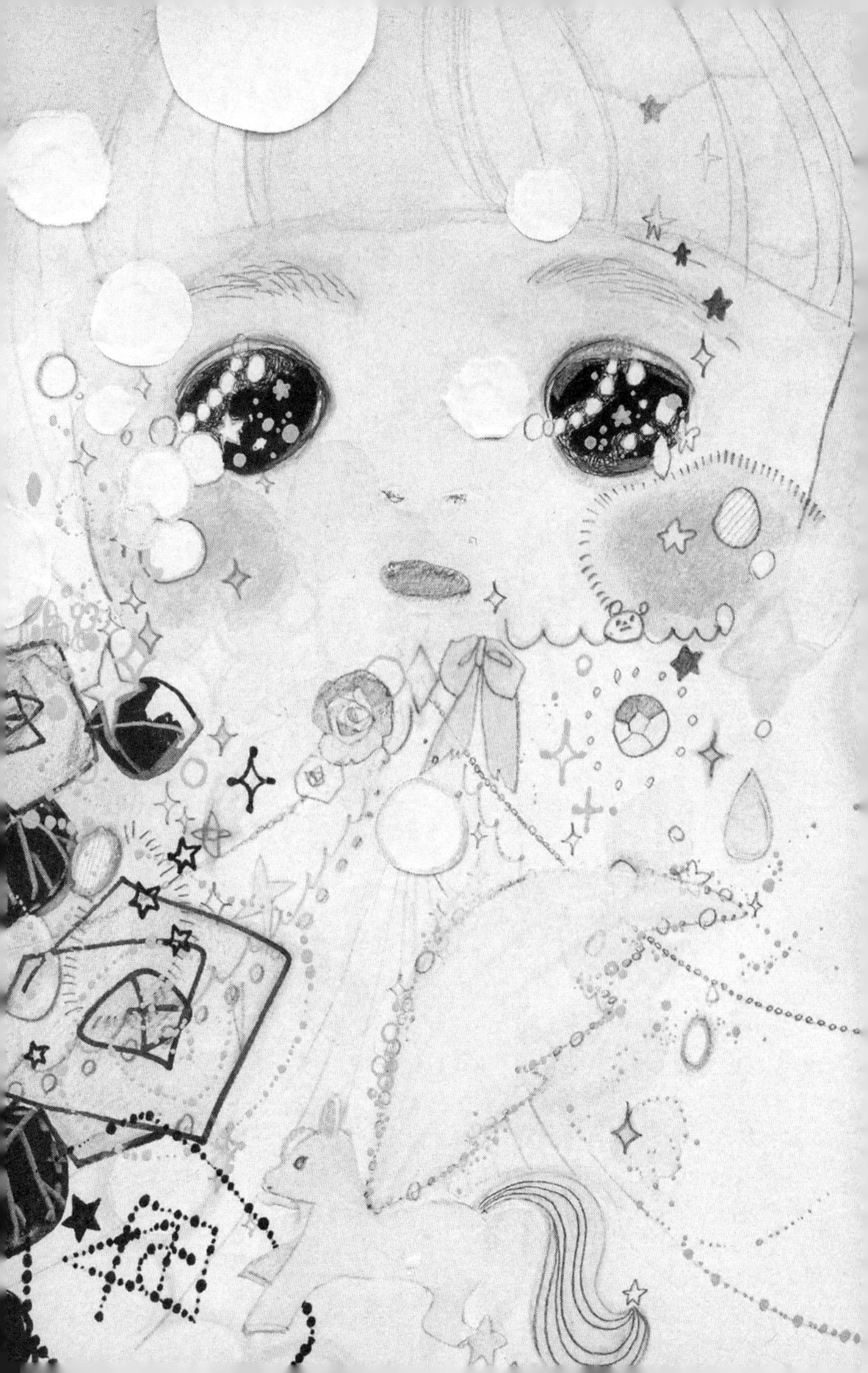

ルが市民のためにと、剣を手に、隊列を組んでバスティーユへ向かう場面の、胸が苦しいのに不思議なほど高揚する感覚は、これまで味わったことがないものだった。

原作を読んでいる美々加は、そのあとオスカルがどうなるか知っているはずなのに、やがて市民たちと交じって跳ねるように踊るその姿に、うっとりと熱い視線を送り、ぱん、と胸に銃弾を受けた途端、わっ、と泣いた。

〈アンドレ、手を貸してくれ。おまえが耐えた苦しみなら、私も耐えてみせよう〉。

バスティーユに白旗が上がり、フランス万歳、とオスカルが息絶えるのを見つめ、美々加はわーわー、わーわーと泣いた。

「素敵だったあ」

小岩井家に戻ってからも、美々加たち、女三人の話題はタカラヅカ観劇の件でもちきりだった。

オスカルが息絶えたあとの舞台では、フェルゼンが馬車を走らせる名シーンがあり、エンディングの大階段にマリー、フェルゼン、オスカルが現れると、満員の観客から拍手、歓声、悲鳴まで上がった。

居間のテーブルに向かって、公演パンフレットを開けば、そんな劇の興奮が、今も目の前にあるくらいによみがえる。

写真を眺め、活字を読み、うっとり話をする。

ママさんとお姉ちゃんにも、ひとり遊びが好きな美々加に似た素質があるのかもしれない。

それとも昭和のスタイルでは、ひとつの娯楽をたっぷり味わいつくす習慣があるのだろうか。

ともあれ、まったく話についていけないまさおとパパさんが、よし、俺たちは男子同盟だ、行くぞ、と勝手なユニットを組んで、どこかへ出かけてしまう。

「じゃあ、あらためて、ゆっくりしましょ」

ママさんがお茶をいれ、お土産の甘いものを開けた。

「しょーちゃん、かっこいい」

オスカル役を演じた月組トップスター、榛名由梨《はるなゆり》、愛称しょーちゃんに魅せられたお姉ちゃんが言うと、美々加もうんうんうんと大きくうなずいた。

「しょーちゃん、かっこいい」

くるくるのブロンドの巻き毛をなびかせ、男装の麗人を演じる男役のスターさんには、信じる者のために戦う力強さと、真実の愛を胸に秘めて生きる切なさが同居していて、なにしろ魅力的だった。

バスティーユの戦いへ向かう雄姿と躍動感は、今、ちょっと思い出しても目に涙が浮かぶ。

「また観に行きたいね」

というママさんの言葉にも、うん、うんうん、うんうんうん、と美々加は何度もうなずいた。

「また行きたい」

ベルばらをふたたび、という意味でも、タカラヅカの生観劇をまた、という意味でも、どちらでもイエス。大イエスだった。

「演出の長谷川一夫《はせがわかずお》さんって、むかし、きれいな女形さんだったのよ。前は林長二郎《はやしちょうじろう》って言ってね」

とママさんがパンフレットに視線を落としながら言った。

「それは知らない」

と美々加。

「おのおのがた」

喉をしぼったおかしな声でお姉ちゃんが言い、

「でも、本当は私もよく知らない」

とつづけた。

「おのおのだた、ってなに」

と美々加。

「おのおのがた」

お姉ちゃんはもう一度、喉をしぼった声を出した。「物真似の人がよくやるの、長谷川一夫さんの真似って。忠臣蔵？　ね、ママ」

「うん」

気のない感じでうなずいたママさんは、パンフレットをしっかり読み込んでいる様子だった。「いい曲が多かったわね、今日の舞台」

「寺田《てらだ》先生」

と美々加は言った。

「寺田先生？」

不思議そうなママさんに、今日の曲は、だいたい寺田先生の作曲だよと美々加は教えた。もちろんそれは、平成の保健室で得た知識だった。ベルばらの舞台映像を見せてもらうときに、よく出る名前なのだ。その寺田先生はタカラヅカの有名な作曲家で、ベルばら以外にも名曲がたくさん。記念コンサートも開かれていると神田先生が教えてくれた。

「あ、本当ね。寺田瀧雄《たきお》っていう名前が書いてあるわね」

ママさんがちらりちらりパンフに視線を落としながら言った。「よく知ってたわね」

「うん、まあね」

と美々加は得意になって言った。

「なんていうの、こう、じんわり胸にしみるような曲よね」

とママさん。

「どの曲が先生の曲?」

お姉ちゃんが訊いた。

愛、それは、とうたう「愛あればこそ」も、プロローグで初風諄《はつかぜじゅん》演じるマリー・アントワネットが熱唱し、ぐっと観客の心を引き寄せた「青きドナウの岸辺」もそうだったはずだから、美々加がその二曲を簡単にうたうと、

「ああ、うん」

お姉ちゃんが記憶を呼び覚まして、いかにもうろ覚えの、さぐりさぐりの鼻唄なのに、ところどころきらっと光る、きれいなソプラノでうたってくれる。

「本当だ。寺田先生の曲って、心にしみる」

ほとんどお姉ちゃんの歌声にうっとりしながら、美々加はママさんと同じようなことを言った。

「もう。調子いいのね、うちの小公子は」

お椀型のおかっぱ、トキ美容室で切ってもらって日の浅い美々加の今の髪型を、ママ

さんが舞台の男の子役になぞらえてからかったけれど、切りすぎた、勝手に短く切られてしまった、とずいぶん神経質になっている問題とはいえ、一方がお気に入りの歌劇の役のことだからだろう。美々加はめずらしく嫌な気持ちにはならずに、それどころか確かに調子よく立ち上がると、

たんたんたんたん、たらたらら。

たんたんたんたん、たらたらら。

ところどころリズムと音程があやしいながらも、前奏まで再現し、得意のお遊戯ステップで、可愛い小公子を演じてみせた。

ごらんなさい、ごらんなさい、ベルサイユのばーら。

ごらんなさい、ごらんなさい、ベルサイユのばーら……。

○

「あと、寺田先生の曲が素敵なの」

もちろん小学校でも、美々加はタカラヅカ版『ベルサイユのばら』の魅力を語ってきかせた。マリーとフェルゼンの道ならぬ恋。オスカルの秘めた心。そのオスカルを慕う幼なじみアンドレの深い愛と献身、執念。荒くれ衛兵隊とのいざこざ。突入するバスティーユの戦い。王妃を助けようと馬車を走らせるフェルゼン……。

いくら語っても語り尽くせない劇場での興奮を伝える相手は、いつも通り、さらみみ会の四人だった。

美々加自身は、ずいぶんコミュニケーション能力が上がり、いろんな人と話せるつもりになっていたけれど、基本的に内気な性格に変化はないのかもしれない。

とはいえ、こんなシーンがあったの、こんなシーンも、と身振りつきで伝えると、美々加が思った以上に四人は興味を持ってくれたから、なお熱心に教えたくもなるのだった。

「寺田先生って?」

太い三つ編みを揺らし、阿部さんが不思議そうに訊いた。成績優秀、物知りな彼女でも、宝塚歌劇の作曲家のことは知らないみたいだった。それにまだ、伝説の名作曲家というわけではないのだろうし。

「作曲の寺田先生。心にしみるの、どの曲も」

美々加は顔の前に両手を組み、目を細めて言った。心にしみる、という感想はママさんのほぼ受け売りだったけれど、そのことは言わなかった。

給食の片づけも終わったお昼休みの廊下は、男子たちがなぜかダッシュで追いかけ合う音で、ばたばた、ばたばたとうるさかった。テレビの特撮ものを真似しているらしい。きー、きー、奇声を発している子もいる。「なにあれ」「ショッカー?」「アホだね」と見送ってから、またタカラヅカの話に戻った。

「どんな曲？　あの曲もそう？　愛、それは〜っていうやつ」

さらみみ会のにぎやか担当、カンバちゃんが言った。『ベルサイユのばら』の舞台が大ヒットという話題は、宝塚にある大劇場の本公演の時点で評判になっていたから、今回の東京での公演に合わせて、テレビや雑誌にもずいぶん取り上げられていた。話題とともに一番流れている曲が、その「愛あればこそ」だった。

「そう、それも寺田先生」

美々加が答えるのと、

「あー、知ってる、愛〜」

とボーイッシュなキムちゃんが笑顔でうたうのと、隅をバタバタと走って行く男子のひとりが、通りすがりの聞きかじりで、

「あ〜い〜〜」

とからかうようにうたうのが微かに重なった。

「うるさい、アホ」

大柄なみーさんはじめ、さらみみ会の五人全員が男子に文句を言う。上履きが床を蹴って行く音につづき、木枠にはまった窓ガラスまで、振動でかたかたと揺れた。

「お静かになさい」

美々加はマリー・アントワネットの口調で言いたくなった。

小岩井のママさんからは、小公子の役を振られる美々加だったけれど、もちろん、自分で一番演じたいのはオスカルだった。

なので廊下に留まり、大好きなバスティーユの戦いに向かうシーンを友だち四人の前で披露していると、通りかかった音楽担当の女性教諭が、足を止め、ぱちぱちと拍手をした。

「タカラヅカね」

「(はい)」

見えない剣を天に突き上げていた美々加オスカルは、ゆっくり腕を下ろし、声にならない返事をしてうなずいた。

「好きなのね」

「(はい)」

たぶん六十歳近い、小柄な先生だった。細い眼鏡を鼻にずり落ちるようにかけ、うしろを刈り上げたおかっぱにしている。他の授業は体育でも図工でも、全部担任の二階堂先生が教えてくれるのだけれど、音楽だけはべつ。グランドピアノのある音楽室に行って、この田島《たじま》先生に教わるのだった。

いつも怒っているというわけでもないのに、こわい、という印象が確実にあるのは、見た目がきつそうなのが二割。あとは実際、忘れ物に厳しく、笛や楽譜や教科書を忘れると、それじゃあ今、ここにいてもすることないわね、といきなり自宅に取りに帰らされるからだった。

どんな言い訳も抗議もお願いも通用しない。ほら、行きなさい、早く、と音楽室から追い立てられる同級生たちを何度も見て、美々加は絶対、音楽の授業の忘れ物はしないと心に誓ったのだった。公立校でみんな近所とはいえ、勝手に校外に出して、もしなにか事件や事故があったら、という配慮もないみたいだった。そういう時代なのだろう。

「あなた、小岩井さんね」

と先生は言った。名前をしっかり覚えられているのか、それとも名札を読まれたのか。

「そんなに好きなら、将来はタカラヅカに入りなさいな」

「(?.)」

こわくてきっちり目を合わせられなかった先生のことを、美々加はようやく上目づかいで見た。田島先生は授業のときとは違い、機嫌良さそうに、顔をしわくちゃにして笑っている。平成の保健室の、神田先生のことを思い出した。

「タカラヅカに……入る?」

「そう」

「どうやって……ですか?」

美々加はもっと声を出しやすいように、こほん、と咳払いをした。

「あら知らない？　学校があるのよ。タカラヅカは」

「学校？」

「そう。宝塚音楽学校。そこを受けて合格したら、二年間お勉強して、舞台に立つの。中学校を卒業してすぐ入る人もいれば、高校を卒業してから入る人もいるのね。受けられるのは、その年のあいだ……」

「あいだ？」

「つまり中学卒業から、高校卒業まで、その年齢のあいだは、毎年受験できるっていうことね」

今日はずいぶん親切な田島先生が、丁寧に説明してくれたので美々加は納得してうなずいた。

一緒に聞いていた友だち四人と、知らなかったね、学校はどこにあるの？　東京？じゃなくて関西のほうじゃないの、と話していると、

「そう。学校は宝塚市、兵庫県」

茶色いシンプルなカーディガンにグレイのスカート、首回りをきれいなブルーのスカーフで覆った先生は教えてくれた。「歌と踊りの試験だから。小岩井さん。がんばってね」

おそらく子供相手の、軽い冗談のつもりでもあったのだろう。

それでもかなり夢のある情報を与えてくれた先生が笑顔で立ち去ると、こわい先生がこわくなかったことにもほっとした美々加たちは、まだよく知らない音楽学校について、わいわいと話をつづけた。

「どうする美々加ちゃん、タカラヅカの試験受ける？」

「えー、むりむり、私は」

「受けなよ、タカラヅカの試験」

「えー、むりむり、私は」

「えっ。さらちゃん、タカラヅカ受験するの？」

いきなり話に割り込んできたのは、またた。大中小、ちょっと意地悪な三人組のリーダー、中くらいの高島妙子だった。うしろに大と小も控えている。「あと、みみかって誰。それ、さらちゃんが絵を描くときのペンネームじゃなかったの」

「……美々加は美々加」

またコミュニケーション能力の急低下した応答を美々加本人がすると、

「えっと、ペンネームだけど、いろんな場面で使うの」

賢い阿部さんが、まるきり大人みたいな言葉遣いでフォローしてくれた。

「ふーん、そう」

自分が訊いたくせに、高島妙子は、そんな情報はどうでもいいといったふうな答え方をした。「それより私の従姉妹《いとこ》ね、神戸に住んでるんだけど、お姉ちゃんも妹も、ふたりとも、タカラヅカ受けて落ちてるから」

落ちた、という話だから、さすがに自慢ではないのだろう。

で？ と小さく首を傾げて美々加がつづきを待っていると、察しが悪くてイライラする、といったふうに、高島妙子はつるんときれいな広いおでこの下、薄い眉と眉の間に小さく皺を寄せ、

「それくらい、入るの難しいから。さらちゃんじゃ絶対に受からないと思う」

はっきりと言った。

美々加はべつに、自分がタカラヅカの音楽学校に受かるとは全然思っていなかった。そんな学校があると知ったのも今だし、どちらかと言えば、どんくさいほうだし。それに本当に受験するかどうか、というより、そんな年齢まで果たしてここでこんなふうにしているのかどうか……。むしろ、していないと信じたい立場だった。

でも高島妙子の冷たい言い方には、かちんと来た。

攻撃されている、という感じがしたからだろう。

心細い、この場所で。

だから精一杯、口を開いて言い返すことにした。

「受からない？　私」

「うん、無理だと思う」

「なんで」

「勉強のテストじゃないし」

「なんのテストがあるの？」

「えー、そんなことも知らないのに受けるつもりなの？」

美々加はちょっと考えてから、

「歌と踊り、だ」

とひとりごちた。

「それだけじゃないよ」

「じゃあなに」

「面接。苦手でしょ」

「うぐ。苦手だけど」

「ほら」

勝ち誇ったように高島妙子は言うと、

「じゃあ行こう」

と仲間ふたりに声をかけてから、「あ、さらちゃん、幸福《こうふく》行きの切符見たい？」と美々加に訊いた。

「幸福行き?」

「愛国《あいこく》から幸福行きの切符。私、持ってるんだけど」

それは最近流行っている、北海道の鉄道の切符だろう。愛国も幸福も実際の駅名で、その両方が印字された切符がお守りとして人気なのだ。

「……見たい」

美々加が素直に答えると、

「やだ、見せない」

なにが気に障ったのか、今日はいつもよりも意地悪く言うと、高島妙子は高く笑い、仲間のふたり、大と小を連れて教室に入って行った。

「なに、あれ、感じ悪い」

カンバちゃんは言うと、美々加の怒りを代弁するみたいに、おかっぱの頭を、きーっ、とかきむしった。まるきりサルみたいに。でもそんなふうにしてくれる友だちのいることが、美々加のここでの救いだろう。

「美々加、気にしないほうがいいよ」

「そう。気にしない気にしない」

「誰かが話してると、あの子、絶対余計な口はさんでくるんだから」

阿部さん、みーさん、キムちゃんも口々に元気づけてくれる。ありがとう、と美々加は答えると、ふーと息を吐いた。

仕方がない。今、自分は小学四年をやり直しているのだった。

しかも、なぜか昭和で。

幼い意地悪をされたことよりも、今日はタカラヅカの学校について知ったのを喜ぼう。それは確かに、いい情報だった。

ただいま、と家に入り、まず手を洗ってから、ママさんとまさおのいる居間に進むと、

「タカラヅカの学校があるんだって」

さっそくママさんに報告した。「二年間通ったら、舞台に出られるって」

「あら、行きたいの？」

おやつを用意してくれながらママさんが言う。今日のおやつは筒状のクッキーにバニラやストロベリーのクリームが入った千鳥屋《ちどりや》のチロリアン。ころころん、とお皿にのせてある。ジュースはリボンシトロンだった。「タカラヅカの学校。入る？」

「え、それは」

美々加はいきなり答えに詰まった。やっぱりその年まで、この家のお世話になっていると考えるのはつらい。「それより、お姉ちゃんに」

「祐子に？」

「うん。まずお姉ちゃんに入ってもらって、それから考えようかな」

咄嗟の答えだったものの、いい判断だという気がした。お姉ちゃんはダンスもできるし、明るくはきはきしているから面接にも向いているだろう。高校生だから、もう受験の資格もある。それにもし自分が平成に帰ってしまっても、タカラヅカにお姉ちゃんがいたら、見つけやすい。そんな壮大な、SF的なイメージも浮かんだ。

「あら、へんな子ね。自分じゃなくて、お姉ちゃんって」

「受けてくれるかな」

「さあねえ。あとで訊いてみなさい」

いつも通り急いでお菓子をたいらげたまさおが出かけ、美々加が二階の部屋で静かに漫画を読んでいると、やがてお姉ちゃんの帰る物音がした。慌てて玄関へ向かうと、まだ夕方のはずなのに、外はもうほとんど日が落ちて、暗くなっている。

制服にコートを着たお姉ちゃんは、がらりと引き戸を開けて入って来た。

階段を下りて来る美々加に、

「ただいま、どうしたの。慌てて」

と言う。

「お姉ちゃん、タカラヅカに入って」

美々加はいきなり言うと、上がりかまちまで行き、ちょうど靴脱ぎのところに立ったお姉ちゃんに抱きついた。

「わたし？」

頰を少し赤くしたお姉ちゃんは、不思議そうに自分の顔を指差した。

「学校があるの。タカラヅカの」

「音楽学校でしょ？　それなら知ってるけど」

「入って」

「入って、って言われても」

首をひねりながら、お姉ちゃんは靴が脱げなくて困っているようだった。「上がれないよ」

仕方なく美々加が手をほどいて体を離すと、お姉ちゃんはローファーを脱ぎ、家に上がった。

いつも通り、お風呂場に手を洗いに行くのだろう、そっちに歩くのに美々加もまた抱きつき、くっついて行く。居間のほうから、ママさんが来る気配がした。

「お姉ちゃんなら、きれいだし、歌もうまいし、ダンスもうまいから」

美々加は急いで、お願いするように言った。「お願い。入って、タカラヅカに」

「えー、なんで」

お姉ちゃんがだいぶ困った顔でこちらを見た。「そんなに褒めないでよ」

「入ってくれないと離れないよ」

「お帰り。あら、どうしたのよ」

相変わらず呑気に現れたママさんが、お姉ちゃんにへばりついている美々加を見て、可笑しそうに言った。

「タカラヅカの、音楽学校に入ってほしいって」

「うん、聞いたわ。さっき。だったら訊いてみなさいって」

「やめてよ、ママ」

「あら、だって、あんたも好きでしょ、そういうこと。やっぱり、バレエやめなければよかったね」

「バレエ？」

美々加はお姉ちゃんに抱きついたまま、顔を上げた。

「むかーし、習ってたのよ、ちょっとだけ。あら、あんた知らなかったの」

ママさんの言葉に、

「知らない」

美々加は言い、お姉ちゃんに抱きつく力をさらに強めた。「お願い。タカラヅカの学校に入って」

「なんでよ」

「だって、お姉ちゃんが、舞台に立つの見たいから」

「そうなの?」

「そう」

「うーん、じゃあ、考えておくね」

「お姉ちゃんが入ったら、そのあとで私も入るかもしれないから」

まだしばらくここにいて、平成に帰れない場合のことも、美々加はちょっと考えていた。もちろんそれは怖いことなのだけれど、ならばせめて自分の前を、やさしいお姉ちゃんに力強く歩いていてほしい。

もしそうしてくれたら、それはずいぶん心強いだろう。

「あら、素敵ね。じゃあ、うちは娘ふたりとも、将来はタカラジェンヌだわ」

ママさんはさばさばと言うと、お姉ちゃんを手洗い場に行かせるためだろうか、

「もういいでしょ」

美々加を自分のほうへ呼ぶ。

夕刻の道から、まだ遠く、石焼きいも、の売り声が聞こえた。きっと石窯のリヤカーを引いて回っているのだろう。

「あら、石焼きいもですって。さら、食べたいでしょ」

「いや、べつに……さらじゃないし」

「遠慮しなくていいのよ。買っておいで。ほら、大好きでしょ。三つ？　三本？」

「ママさん買って来てよ」

「嫌よ、私は」

急に色めき立ったママさんが、なぜか自分で買うのだけは恥ずかしがったから、結局、美々加ががま口を渡され、外の石焼きいも屋さんに向かって走って行った。

5　自転車に乗って

あとひと月ちょっとで終わる昭和四十九年について、美々加は少しずつだけれど詳しくなった。

ジュースやコーラ、清涼飲料水は細いビンか缶に入っていて、ペットボトルのものはない。ペットボトルそのものをまだ見かけたことがない。

洗濯機に入れる粉末洗剤「ザブ」の箱が、やけに大きい。

電卓も商店のレジくらいに大きい。

ゴミ出しのポリ袋は、みんなつやつやな黒。粗大ゴミも決められた収集日に、勝手にゴミ捨て場に運べばいい。

日本の前総理大臣が、ノーベル平和賞を受賞した。確か平成の俳優に、似た名前の人がいる。もしかしたら俳優は総理から名前を取ったのかもしれない。

「ねえ、ママさん。アボカドを巻いたお寿司を作ってみたら」

晩のメニューに悩むおばちゃんにこっそりアドバイスをしてみたけれど、

「アボカドってなに？」

と聞き返された。

カップヌードルの商品ラインナップに天そばがあり、小さな海老天だか卵だかわからないトッピングの具は、あとのせサクサクの天ぷらになじんだ平成っ子、美々加の口には不思議な味わいだった。

というか、どん兵衛《べえ》はまだないみたいだ。

ミシンは学校の家庭科では電動のを使うようだったけれど、小岩井のママさんは大きな足踏み式のを愛用していた。楽器でも奏でるように、優雅に両足を足踏みペダルに乗せ、ゆっくりスピードを上げると、カタカタ、カタカタと小気味よく布を縫う。秋口に約束したワンピースは、デザインも半袖なのであとまわしにして、タカラヅカごっこ用にお願いした「羽根」を、そのミシンで縫ってもらった。

「はい、小公子さん」

大階段のイメージからは、まだだいぶ小さな羽根だったけれど、ちゃんと両腕を通すように、平たいゴムのストラップがついている。普段着のまま背負ってみると、それだけで楽しくてうきうきした。

前に作ってもらった「シャンシャン」も持って来て、家の中を歩き回る。

「さーねえ、かっこいいぜよ」

学校から帰ったまさおが、さっそく褒めてくれた。早くお姉ちゃんと、次のタカラヅカごっこをしたい。

この前、『ベルサイユのばら』の東京初演を見たことは、美々加に不思議な勇気をもたらしてくれた。

平成の保健室にある小さなノートパソコンで見せてもらうだけでも、じゅうぶんうっとり、夢見ることのできる舞台なのだった。

その生《なま》を、ここ、昭和で味わうことができた。

楽しかった、素敵だった、オスカル様最高！　といった感激はもちろん今もつづいている。と同時に、ひとつ大きな喜びを得たことで、美々加はここでの体験を、だいぶ前向きに捉える気持ちにもなったのだった。

大好きなママと離れて暮らし、毎日、身がちぎれるほど切ない思いはしていても、こちらに来てしまったこと自体は、決して悪い結末にばかり向かう出来事ではないのかもしれない。

もちろんいつか時が来れば、きちんと平成に帰れるとはやっぱり信じていたし。ならばせっかくのチャンスだ。本来見られるはずのない舞台を、できるだけ生で見よう。そんな気持ちにもなった。

平成の保健室で見せてもらった、神田先生お気に入りの舞台を、つぎつぎ生で見ておくなんてどうだろう。

オスカル役が素敵だった榛名由梨（しょーちゃん）がはじめて口ひげをつけたという『風と共に去りぬ』や、鳳《おおとり》蘭《らん》（ツレちゃん）の迫力満点な歌が耳に残るレビュー『セ・マニフィーク』。可愛らしい涼風《すずかぜ》真《ま》世《よ》（かなめさん）がシェークスピアの妖精を演じる『PUCK』。演出、正塚《まさつか》先生の不思議なSF、大浦《おおうら》みづき（なつめさん）が魅力的な『テンダー・グリーン』……なんて考えていると、時代がどんどん先へ進む。

さらに格好いい男役トップ、まみさんやちかちゃんの舞台も生でちゃんと見たい、と思えば、それはもう美々加が生まれたあとどころか、いよいよ平成も二十年くらいになってしまうのだから、適当に切り上げないと大変なことになりそうだった。

もっと見る、もっと見る、もっと見る、とこの世界に留まっていては、やがて元の時代を迎え、その時点で母親より年上になってしまいそうだった。

「ねえ、さらちゃん。あなた最近、ちっとも自転車に乗らないね。あちこち錆《さ》びちゃうし、タイヤの空気も抜けちゃうよ」

学校から帰り、おやつを食べたあとでママさんに言われ、美々加はうーんと考えた。

「さらじゃないし」と小さく言う。

小岩井の家には大人用の自転車が二台、子供用の自転車が二台あって、そのうち子供用のひとつ、タイヤが小さくて、ボディがピンクのものが、さらちゃんの自転車だった。

「錆びちゃう?」

「うん。たまに乗らないと」

「でも」

「前は好きだったじゃない、この近くを走るの」

「この前、転んだから」

美々加は唇をちょっと噛んで言った。平成ではずっと電車通学をしていたから、もともと、あまり自転車に馴染みのある生活はしていなかった。

マンションの自転車置き場が雨ざらしで狭かったせいもあって、低学年のときに乗っていた一台が錆びついてしまってからは、べつに新しいものも買ってもらわなかった。

こっちに来て、さらちゃんの自転車を使わせてもらったのが久しぶりだ。

はじめはちょっとよろけたけれど、徐々に勘を取り戻して、ぐい、ぐい、ぐい、とペダルを力強く踏み、すーっと滑るように走らせたところで、砂利道に入って転倒。肘と膝をすりむいてずいぶん痛い思いをした。しかもつづけて二度。

それからは自転車を使っていない。もう二ヵ月ほどになるだろうか。

「どんどん寒くなるから、今のうちに一度乗っておけばいいんじゃない？」

とママさんが言う。

「……今日？」

「べつに今日じゃなくても」

うん、と美々加は小さくうなずいた。


夜、べつにお酒を飲んだわけでもないパパさんが、ずいぶん上機嫌に夕食を終えると、『スター千一夜』というテレビの対談トーク番組をのんびり見ている家族に、

「よーし、今日はアメリカデーだぞ。みんなと仲良くする」

突然そんな謎の宣言をした。

「なんですか、それ」

不思議そうに近寄り、日本茶のおかわりを注ごうとしたママさんは、恰幅のいいパパさんにいきなり抱きしめられ、

「きゃあ」

と嬉しそうな悲鳴を上げた。「なんですか、急に。子供たちの前で」

「父ちゃん、なにしてんの」

もうすでに可笑しくてたまらない、といった顔をして立ち上がり、ふらふら、ふらふらとそばに寄ったまさおも、ママさんから素早く離れたパパさんに、そのままの勢いで抱きつかれた。

「わーっ」

と驚きの声を上げる。「ギブアップ。父ちゃん、俺、ギブアップ」

「なに？　パパ、なにしてるの」

きつく警戒するように言ったお姉ちゃんも、弟につづいてあっさりハグされて、やだ、やめて、と鋭く声を上げた。

となると、次に狙われるのは自分しかいない。

それは困る。

それはない。

しつこいアンドレに狙われたオスカルくらいのピンチ。

びびりの美々加は、早くも「いやーっ」と叫んで食卓を離れ、急いで居間を飛び出したのだけれど、その頑なな態度がパパさんのアメリカ魂に火をつけたのだろうか。

「待てえ、さら」

まさかのスピードで追いかけて来たから、なんとか廊下までは出たものの、あまりの恐怖についお風呂場のほうへ逃げてしまった。

すぐ脱衣場に追い詰められる。

「つかまえたぞ、さら」

両手を広げたパパさんが、にこやかに近寄って来た。

どうしよう。

無駄とわかっていても、最後のぎりぎりまで抵抗。ガラス戸を開け、洗面台と湯船のほうまで逃げてみようか。

でもとりあえず、相手の動きを睨みながら、その場で身を固くしていると、

「さら。おまえには特別、チューもしてやる」

とんでもない宣言をされたから、

「嫌っ」

美々加は体当たりするような勢いでガラス戸を開けて風呂場に突入、濡れた簀の子の上で足を滑らせて、お尻と頭を打った。

「お父さん、いい加減にしてくださいよ、大人げない。可愛い娘が怪我するじゃないですか」

食卓のほうから、ママさんのたしなめる声が聞こえた。

「なんでさ。親子なのに。楽しいスキンシップじゃないか」

「ダメですよ。……もう、そういう年頃ですよ」

「うん、私だって、本当は走って逃げたかったからね」

お姉ちゃんもきつい声で言った。「もう絶対やめてね。今度やったら、二度と口きかないから。一生」

「わかったよ。もうしないよ」

パパさんが情けない声で言うと、まさおが、けけけと笑う。

「あの子にもちゃんと謝ってくださいな」

とママさん。

「さら、ごめんな」

パパさんが謝る声を、美々加は次の間にあるこたつに肩まで入り、顔だけ出した状態で聞いた。

まず大きく尻餅をついたおかげか、どこかに大層な怪我をしたというわけではなかったけれど、服が濡れて着替えたのと、精神的なショックを受けたのを理由に、狭い和室に出したこたつに寝かせてもらった。

温かくて気持ちがいい。

「お姉ちゃん、お願いします」

こたつから顔だけ出したまま、美々加は居間にいるお姉ちゃんに声をかけた。

「なに？」

敷居をまたぎ、お姉ちゃんが入って来た。

「カルピスください」

「カルピスね」

「ホットで」

「ホット？」

「ホットカルピスを」

「ああ、お湯で割ればいい？」

「はい」

美々加が答えるとお姉ちゃんが離れ、かわりにママさんが顔を覗かせた。

「こら、あんたもいい加減になさい。お姉ちゃんは、あんたのお世話するためにいるんじゃないのよ」

と小言めかして言う。

「え、違うんですか？」

「こら」

とママさん。声の調子から、もちろん本気で叱っているわけではないことはすぐわかった。

「さーねえ、大丈夫か」

ほどなくまさおが入って来て、こたつのすぐそばを歩く。顔を踏まれるんじゃないかとひやひやしていると、わざとよろけたふりをしたから、

「やめて」

美々加は叫んだ。くくく、と笑ったまさおがそのまましゃがんで、

「俺もこたつ入る」

と足を入れてくる。

「蹴るな」

と美々加。

「お姉ちゃん、俺もカルピス」

まさおはちゃっかりこたつにおさまると、居間のほうに向かって言った。

平成を離れ昭和に暮らす美々加にとって、せめてもの救いとなっていたのは、小岩井家の人たちが、のんきでやさしい、ずいぶん親切な人たちだったということなのだろう。たまたま運よくそういう家の子として暮らすことができたのか。それともこの時代では、家族は仲よく、あたたかでいるのが普通だったのか。

たぶん前者だろう。近所の人たちの暮らしぶりをちらちらと覗き見ても、建物の雰囲

気が違うほかは、平成の住宅街となにかがそんなに違うわけでもなかった。アパートがあり、一軒家があり、ひとり暮らしや若い夫婦の家庭があり、もう少し大人数の家があり、つまりいろんな家族がいる。クラスの子たちだって、聞けばそれぞれ家庭の事情は異なる様子だったし、中には家の用を手伝わされたり、きつく叱られてばかりで、親を嫌がっている子もいた。

「はーい、みみか、ホットカルピス。あったかいよ」

「ありがとう、お姉ちゃん」

美々加はようやくこたつから上半身を出して起き上がると、マグカップに入ったそれを受け取り、ゆっくり口をつけた。

「姉ちゃん、俺のは」

「え、まさおも？」

「うん」

「ホット？」

「それ」

「そう。待ってて」

お姉ちゃんが笑顔を一旦置いて行くと、

「あのね、お姉ちゃんはまさおの面倒見るためにいるんじゃないから」

美々加はさっきママさんに言われたことを真似した。こうやって、小岩井家の人たちと家族みたいに仲よく暮らすことで、なおさら元の世界に帰りづらくなっているようなことはないだろうか。

相変わらず恐怖の根っこにあるのは、昭和に迷いこんですぐと同じようなものだったけれど、美々加としては、やさしいお姉ちゃんといつも同じ部屋で、漫画を読み、タカラヅカの雑誌を眺め、きれいなピンナップを飾り、レコードを聴き、お話をし、二段ベッドの上下で眠るのは、やっぱりずいぶん安心できる生活だった。

もしその安心がなければ、もっと早く、とっくに精神的に参っていただろう。

○

「へえ。テレビの名画座みたいので、いろいろ見て知ってるんだね。タカラヅカの古い劇も、いっぱい。それをもう一回、今度は〈生〉で見ることができるわけか。こないだのベルばらみたいに。なるほどね」

いつも通り、美々加の突っ走った説明を、さらみみ会の知恵袋、阿部さんが上手くかみ砕いてから、あらためてまとめてくれた。例によって、小学校のお昼休みだった。

「美々加には古くても、それはこれから先の公演なんだもんね」

「そう。そういうこと」

と美々加は言った。さらみみ会の四人と話すのは、いつも本当に楽しかった。「見たのはテレビじゃなくてパソコン……コンピュータだけどね」

「コンピューターって計算機のことじゃないの？」

とキムちゃん。

「計算より、もっとなんでもできるよ。映画見たり、音楽聴いたり、テレビ見たり」

「へえええ」

と四人が感心してくれた。

「ＹｏｕＴｕｂｅだってあるし」

「ゆうちゅう？」

「あ、なんでもない、それはダメなんだ」

「なにが」

「著作権の問題があって。よそで言っちゃダメって先生が」

「ふーん、とにかくそういうので劇見るのかあ。未来は凄いね」

とカンバちゃんが言った。「美々加の話聞いて、そのまま書いたら、私、将来は小説家か、憧れの漫画家になれるかもしれない」

「なって。なってほしい」

美々加は素早く言った。

教室の前のほうには、十二月に入ったら使うらしい煙突つきの石油ストーブが、もうきちんとセットされていた。

うしろの黒板には、相変わらず美々加の描いたキティちゃんと、カンバちゃんのオリジナルキャラ・ニカニカがきちんと残されている。そこにもうひとつ、美々加が最近になって描き足した「チョッパー」の絵も並んでいた。


学校から帰ると、美々加は少し自転車に乗ることにした。

今日はだいぶ日差しが暖かく、風もほとんどなかった。ママさんは事務所へ経理の手伝いに出かけてしまっていたし、まさおはおやつを食べると、いつもの野球に行った。ドアにカギをかけ、子供用のピンクの自転車を押して門を抜ける。体の弱いさらちゃんも、この自転車にはよく乗っていたらしい。

カンバちゃんの家のほうに行ってみよう、と思ったのはなんとなくだった。距離がほどよかったし、商売をしている家で、ご両親の愛想もいい。

前に遊びに行ったときは、ごめんね、なんにも用意できなくて、とおばちゃんがふたりにお小遣いをくれて、カンバちゃんのオススメ、近くのたい焼きを買って来て食べたのだった。そのあと今度はしょっぱいものがほしいねと、これもやっぱりカンバちゃんのオススメで、うす焼きのサラダせんべいにちょっとマヨネーズをつけて食べると、お菓子というより食事っぽくなって美味しかった。

カンバちゃんはオリジナルのキャラクター、ニカニカの他にも、「ウメ子とマルハ組」というヤクザもののギャグ漫画をノートに描いていて、それを部屋で美々加に読ませてくれた。面白かった。将来漫画家になるといいのに、と美々加はそれから本当に思っていた。

今日は自転車でコケないよう慎重に漕ぎ、五分ほどで神林青果店に着いた。

ザルに盛った色とりどりの野菜が並ぶ間口の広い店先に、ちょうどカンバちゃんの姿を見つけ、ちりちりりん、とハンドルのところのベルを鳴らして呼ぼうとすると、カンバちゃんにそっくりな顔をしたお母さんが、店の奥から出て来て、娘になにか話しかけた。

胸当てつきのショートパンツと茶色いタイツ、もこもこの黄色いジャンパーを着たカンバちゃんが、にこにことそれに応じているのを見て、美々加はベルにかけた指を外した。

いつもいるおじちゃんの姿が見えないし、おばちゃんとふたりでお店番をしているのかもしれない。

見ていると、カンバちゃんがみかんを一つむいて、忙しそうに立ち働くおばちゃんの口に、あーん、と入れてあげた。

おばちゃんはそれを食べると、

「うちのみかんはおいしいね」

嬉しそうに言い、お礼なのだろう、カンバちゃんのおでこに、自分のおでこをこすりつけている。

美々加はそっと自転車のハンドルを動かして、向きを変えた。

ママ。

ママ。

ママ。

繰り返して、がむしゃらに自転車を漕ぎ、気がつくと、すでにどこを走っているのかわからなくなっていた。

◯

自転車だから簡単に戻れるだろうとタカをくっているうちに、車通りの多い、大きな道路に出た。

カンバちゃんちの八百屋さんを離れて、もう十分ほど走っただろうか。

国道の標識と、行き先の表示がある。

そこに「新宿」の文字を見つけ、美々加は自転車で行ってみたくなった。

新宿まで行けば、M町は近い。M町にはママと住んでいるマンションがあった。でも一度電車で行ったきり、そこへ帰る努力をしていないと美々加は思った。

新宿に行こう。

新宿には、ママと何度も行ったことがある。

M町はまだ無理でも、とりあえず今日は新宿まで。そう思ったのに、その新宿にさえ、なかなか辿り着く気配がなかった。

自転車でそこに入ってもいいのか、いけないのか。よくわからないトンネルをおそるおそる進む。

やはりダメだったのか、荒い運転のトラックにクラクションをつづけて鳴らされ、もわっとした風を浴びせかけられる。

心の中では、タカラヅカの歌をエンドレスで繰り返した。

フォーエバー、

タカラヅカ、

フォーエバー。

『ベルサイユのばら』、やっぱりお気に入りのオスカルの台詞もひとつ。

「おまえが耐えた苦しみなら、私も耐えてみせよう」

そんなふうにして、どうにかトンネルを抜け、しばらくずっと直進。つづく高架はさすがに危険そうなので、先でつながるのを確認して側道を走った。

排気ガスに満ちた道路は、ときどきごほごほと咳き込むほど息苦しく、そうまでして走っても、自転車が目的地に着く様子はなかった。

かといって、今から来た方向に戻る決断もできないまま、一時間から一時間半ほど走っただろうか。

それとも二時間。

あるいはそれくらい長く感じただけなのか。ともかく、やがて足は疲れ、日が暮れ始めた。

もちろん道には、ずっと迷っている。

帰れないかもしれない。

しかも小雨が降り始めた。

それでも十分ほどまだ新宿を目指して走り、ようやく断念して、大きくUターンをした。

少し漕ぐと、いよいよ足の疲れも限界だった。一日自転車を降り、よろよろと押す。

やがて先に、小さな交番が見えた。

本当は苦手だったけれど、道を聞き、電話を借りることができるかもしれない。カンバちゃんに会うだけのつもりだったので、今日はお小遣いも一切持たなかった。

「……あのう」

覚悟を決めて交番の中に声をかけると、ひとりデスクに向かっていた制服姿の若い巡査が、

「どうしたの」

と聞いた。

自転車に乗って来て、家に帰れなくなった、道に迷ったみたいです、と濡れた髪、疲れた顔で伝えると、自転車を置き、そこのパイプ椅子に座るようにと勧めてくれた。座ると、お巡りさんはタオルを一枚出して、軽く頭を拭いてくれた。

つづけて住所を聞かれたので教えると、

「だいぶ走ったね」

と言う。「お名前は？」

たっぷり五秒は迷ってから、

「小岩井」

と、今ここで身を寄せている家の名前を美々加は告げた。とりあえずそこに連絡を取ってもらわないと、今日の眠る場所に困るのかもしれなかった。

「こいわいさん、ね。なにちゃん？」

「……美々加」

これも葛藤の末、答えた。ここで「さら」になるわけにはいかなかった。

「こいわい、みみかちゃんね。この時間、家に誰かいる？」

まさおやお姉ちゃんはもちろん、事務所に手伝いに行ったママさんも、現場に出ているパパさんだって、とっくに帰っているような時刻だった。

美々加が戻らないことで、そろそろ本格的にみんなで心配しはじめている頃かもしれない。

「います」

美々加は答え、小岩井家の電話番号を伝えた。素早くメモした巡査が、黒い受話器を取り上げ、じーじー、じーじーとダイヤルを回す。

小岩井家の電話には、ママさんが出たみたいだった。巡査が耳に当てた受話器から、声が漏れ聞こえている。

「N町の交番ですが。こいわいさん……そちらにみみかちゃん、っていうお子さんいらっしゃいますね……」

若くて親切なお巡りさんの声に、ママさんがはいと答えている。その子がここで休んでいるので、誰か交番まで迎えに来てほしいと巡査は伝え、それで話はまとまったようだった。

三十分ほど待つと、軽トラックが、きいっと交番の前に停まり、小岩井建設の作業着を着たパパさんと、紺色のハーフコートを着て、大きなタオルを持ったママさんが姿を見せた。ママさんは美々加のそばに来ると、すぐにタオルで頭をよく拭いてくれる。あんなに苦労して自転車を漕ぎ、遠くまで来たつもりだったのに。それくらいの時間で連れ戻されてしまう。

美々加はそんなことをちらりと思いながら、お巡りさんにしっかりお礼を言って交番を出た。

パパさんが子供用の自転車を抱え、軽トラックの荷台に、ひょい、と載せた。ママさんが助手席のドアを開けてくれる。

真ん中の座席に腰を下ろした美々加が、こほんと咳するのを心配したように、

「大丈夫か？」

「ごめんね、私が自転車に乗れ乗れ言ったからだね」

さらちゃんの両親はやさしく言った。

「お腹すいたろ」

車の合流を済ませると、運転席のパパさんはほっとしたように言った。

「早く帰ってご飯食べようね、お腹すいたでしょ？」

とママさん。それ以上の質問は、ふたりからはないみたいだった。

「うん、お腹すいた」

はっきり答えてから、美々加は言った。「ママさん、パパさん。……ありがとう」

「うん」

ママさんは声に出して言い、パパさんは運転席で小さくうなずくのが見えた。

あじのひらき、焼きたらこ、しらす、たまご。

いか、えび、たこ。

美々加は心の中で好きな食べ物を挙げ、その絵をひとり勝手に思い浮かべていた。

みみか、帰って来なさい。

みみか、早く帰って来なさい。

なぜか大好きなママに呼びかけられた気がして、美々加はこっそりコートの袖で目元を拭った。

第四章　十二月の客

1　赤いシロップ

唾を飲み込むと、喉が痛い。

美々加は家に帰ると、おずおずと告げた。自転車で新宿を目指して果たせなかった、その夜のことだ。

「あら？　風邪ひいた？　雨にも降られちゃったからねえ」

急いで食事の支度をしてくれていたママさんが心配そうに言うと、流しにある小さなガス湯沸かし器のお湯を止めて、美々加を手招きした。タオルで拭った指先を娘の顎に添えて、あーん、と大きく口を開けさせる。

「あらら、扁桃腺《へんとうせん》が腫れてるじゃないの」

「ホントだ」

お手伝いに入っていたお姉ちゃんも、一緒に覗き込んだ。「赤いよ」

「今日はお風呂やめなさいね」

汚れてるけどガマン、とママさんのずいぶんきっぱりした判断に、美々加は無言でうなずいた。

小さく唾を飲み込むと、喉のところに、熱いような異物感が残る。排気ガスと砂埃の立つ大きな道路を自転車で走っているときから、息がしづらい、苦しい、とは感じていたけれど、そこを離れれば、自然と元に戻るのだろうと思っていた。ここの空気が悪いだけだろうと。

でも自転車を漕ぎ疲れ、交番に助けを求め、中で休ませてもらっていても、様子は変わらない。それどころか、どんどん痛みが大きくなる気もする。小岩井建設の軽トラックに乗せられて、家に帰っても同じだった。

ん、ん、と短く喉の奥を鳴らして、ダメだ、全然声が出ない、とばかりに首を振る。わざわざ迎えに来てもらって、余計な心配をかけてもいけないと、まだしばらく様子を見て黙っていたけれど、口にしてみると、痛みのせいですっかり声を出せなくなった気がした。

「お熱も、はかりなさい」

「(はい)」

もう一度うなずいて台所を出た。食卓に向かって晩酌をはじめたパパさんが、台所で

のやり取りを聞いていたのだろう、

「なんだ、風邪ひいたのか。さら」

顔を上げて言った。さらじゃないし、と心の中で言い返し、いつもの不満顔でつい見返すと、

「ん?」

パパさんもなにか言いたそうな視線をくれたけれど、さすがに遠い交番から連れ帰ったばかりの娘と、揉めたくはなかったのだろうか。それ以上、刺激するようなことは言わなかった。あるいはスキンシップを求めて、思い切りお風呂場に逃げられたのが応えているのかもしれない。

「食欲はどう? お腹は空いてるのよね?」

追いかけて来たママさんが、やんわり訊ねながら、物入れから体温計を取ってくれる。ケースのオレンジ色のふたを外して、中の細長い体温計を大きく二回……三回振る。あれはまだ夏だっただろうか。ここに来てすぐにも、同じ水銀式の体温計を手渡されたのを思い出した。

「今から三分ね。いい?」

「(はい)」

「三分間、待つのだぞ」

テレビの前に座って、レトルトカレーのCMのせりふをおかしそうに真似するまさおを、美々加はちらりと見てから、言われるままに熱を計る。

三十七度四分あった。

熱いタオルでママさんに顔を拭いてもらい、それから首に、つん、とにおいのきつい手ぬぐいを巻かれた。

「これは」

「ネギ」

その手ぬぐいには、焼いたネギをくるんであるという話だった。

くさくて嫌、眠れなくなる、外して、と強く言えなかったから、美々加の使う二段ベッドの下の段には、こんがり焼きネギの香りがしみつくことになった。

ぷしゅ、と口先で息を吐く。

それは平成でママの恋人、熊田剛のそばにいるとき、美々加がこっそり不満をあらわす方法だった。

ぷしゅ。

あとは横でつまらなそうな顔をするのが定番だったけれど、それは誓ってわざとやっているのではなくて、美々加自身、知らないうちにそういう顔をしているのだった。写真を見せられて気づいたことが何度もある。小四から小六のはじめまでは、ずっとそんな感じだった。よっぽど彼の存在が疎《うと》ましかったのだろう。

ただ、母親はそんな娘の無言のアピールにもよく気づいて、

「ほら、顔がおかしいよ」

「また、ぷしゅって言った。美々加」

などとたしなめるので、そのたび熊田さんも、恋人の娘の不満げな表情を知ることになるのだったけれど、ははは、いいよいいよ、ごめんね、といつも大らかに笑っていた。

それは大人の余裕なのか、案外やさしい、いい人だったのか。

ぽかぽかの暖房便座のシャワートイレ。ノーパソ。ブルーレイ。

回転寿司の特急レーン。ファミマ。セブン。ローソン。ガスト……。

熱っぽい美々加の瞼《まぶた》の裏に、懐かしい平成の景色がつぎつぎと浮かぶ。

翌朝、パパさん、お姉ちゃん、まさおの順に出かけると、家の中は一気に静かになった。

カーテンがほの白く光る部屋の中でひとり寝ていると、不思議なくらい穏やかで心地よかった。朝一番にお願いして持って行ってもらった、あのネギの残り香《が》にもいい加減馴れたみたいだ。

うとうと、うとうとしていると、もうここがどこでも大丈夫。関係ない、といった気分になる。平成の保健室にいるときと、似た感じかもしれない。このまま眠って、ふっと目覚めると、もう平成に戻っているのではないだろうか。

「気分どう?」

やがてママさんが、湯たんぽに新しくお湯を入れて持って来てくれた。ダメだ、戻れていない、と美々加は「現実」に引き戻されながら、

「……だいじょうぶ」

少し顔を上げて声に出した。

「ひどい声だね。客間で寝る?」

「(いい)」

美々加はまた無言になって、首を横に振った。

「いいの?」

「(いい)」

夏に美々加が寝かされていたあの客間には、秋に一週間ほど、夏目《なつめ》さんや岩井《いわい》ちゃんといった、若い大工さんたちが泊まっていた。今は誰も泊まっていないけれど、地方からの職人さんに現場を手伝ってもらうときは、そんなふうに客間を使うことも多いらしい。

もし自分がでーんとそこにいて、パパさんの仕事の邪魔になったら悪いと、美々加は子供らしくもない、無用な遠慮をしていた。

口を噤《つぐ》み、なにも声に出さず、すぐに顔をしかめる美々加の様子を、相変わらず心配そうにじっと見ていたママさんが、

「起きられる？　大丈夫なら朝ご飯たべて、南野《みなみの》さんに行きましょうね。お薬もらえるから」

まるではじめからそう決まっていたふうに言うと、大きなお尻を揺らして、子供部屋を出て行く。

南野さんとは、地元の内科医院のことだった。

「風邪ですね」

というのが、南野医院、白衣のおばあさん先生の診断だった。まず銀色の冷たい聴診器を、ぺたんぺたんとはだけた胸に当てられ、つづいて背中を指先で探るようにとんとんと叩かれ、それから銀色のへらみたいなもので口の中をいじくられて、喉に苦い薬を塗られておえっとなった診察だった。「暖かくして、お大事にね」

ママさんが院内の窓口で精算を済ませ、風邪薬と咳止めのシロップをもらって帰る。風邪の子を置いて長居はできないからと、ママさんは途中、事務所に立ち寄って書類を

自宅に持ち帰り、居間の食卓で働きはじめた。

ずいぶん忙しそうに、そろばんと計算機の両方使いで。

「こら、寝てなさいな」

何度めかの注意を受けて、美々加は二階に上がることにした。それまで十分くらいは、横に座って、ママさんの仕事ぶりを見ていた。家で、M町の家でずっとそうしていたことを思い出していた。

「目が疲れるから、眠れなくても漫画は読まないようにしなさいね」

廊下へ向かおうとする美々加に、ママさんが休息の心得を伝えた。

「……ぐらふは?」

「え?」

「宝塚グラフ」

痛い喉を振り絞って訊くと、

「宝塚グラフは、そうね。写真を見るだけならいいわ」

「(はい)」

美々加は笑顔でうなずいて、二階に上がった。

「ねえ。出前、取っちゃおうかしら。お昼」

しばらくして、そーっと入って来たママさんは、こっそり、いたずらっぽく言った。

ベッドの中でグラフ雑誌を眺めるうちに、もうそんな時刻になったみたいだった。人が大勢集まるときによく使うお蕎麦屋さんに注文するということで、美々加はママさんの挙げたオススメメニューのうち、おかめうどんを頼むことにした。

「……あの」

出て行こうとするところをおそるおそる呼び止めると、

「あ、違うのにする？　おかめじゃなくて、力うどん？」

振り返ったママさんは勢い込んで言い、首を振る美々加を見て、やさしく笑った。

「違うの？　注文の話じゃないの？」

「……はい」

美々加は答えると、小さくうなずき、宝塚グラフのグラビア写真を指差した。男役スターさんの着ている、きらきらのつるんとしたトップスが、どうなっているのか気になっていた。

うすい素材でできているようなのに、胸のふくらみが全然気にならない。ぺたんとしている。なぜ、というのが疑問だった。

けれど覗いたママさんは、

「そういうの作る？　スパンコールね。いいわよ」

ずいぶんあっさり言うので、まずは作ってもらうのもいいなと美々加は思った。

「さらちゃん、あのね、家族にはそんなふうに気をつかわなくていいのよ」

そのましゃがんで美々加と目の高さを合わせたママさんは、ずいぶんやさしい声で言った。「あなた、まだ子供なんだから、なんでも思うことを言いなさい」

「……はい」

「それに、言葉づかいも。そんなに丁寧じゃなくていいからね」

うん、というかわりにうなずく。

少し待たされた出前のお昼のあと、風邪薬と、ママさんが透明キャップにひと目盛りぶん、慎重に注いでくれた咳止めのシロップを飲んだ。

赤い、お菓子みたいな甘さのシロップだった。

美味しい、と予想外の味に感激した美々加は、

「もう少し、もう少しこれほしい」

思わずママさんにおねだりして笑われた。

「さっそく気持ちを言ってくれたのは嬉しいんだけど、それはちょっと無理だわ。お薬だから」

ほのぼのと明るいママさんの笑い声を聞きながら、美々加は、ぷしゅっ、と短く息を吐いた。

2　十二月の客

　あのネギや風邪薬、咳止めシロップの効果はどれほどだったのだろう。熱はそれからほどなく引いたのだけれど、美々加にはときどきごほごほと、おかしな咳をする癖が残った。

「美々加ちゃん、大丈夫？」

　さらみみ会のみんなにもよく心配された。寒いせいもあったのだろうか。気をつけないと、これから冬の咳は治りづらいかもしれないよ、と知恵袋の阿部さんは何度も親切に言った。

　そして十二月に入ると、小岩井家の客間はお正月をここで迎えるという、ひとりの老人の居場所になった。

　その人は、パパさん、小岩井敦夫《あつお》の父親だった。

「誰、ですか」

　最初、ふらっと訪れた老人を玄関に出迎えたのは美々加だったから、引き戸を開けたあたりから、すぐ後ずさり、しばらく警戒することになった。

「誰って、俺はあんたのじいさんだろ。さら。忘れたのか。お母さんはいないのか、事務所か」

頼りになるはずのママさんは、また事務所に詰めて仕事をしていた。パパさんはもちろん、お姉ちゃんも、まさおも帰っていない。

「さらじゃないし」

「さらじゃない？」

引き戸から一歩足を踏み入れ、たたきにどんと茶色い革バッグを置き、ヘリンボーンの中折れ帽子を取ったきれいな白髪の老人は、

「じゃあ誰だ？」

ほんのり語尾がうわずったような東京とは違うイントネーションでおかしそうに言った。パパさんは長男だけれど、二十歳《はたち》前に郷里を出て、東京で会社を興したという話だった。小岩井建設という社名の、町の工務店。事務所はこの自宅から、歩いて五分ほどのところにある。

「大森美々加」

美々加はあまり聞き返されないように、さらりと言った。そのスピードが逆効果だったのか、

「おおもり、みみが？」

老人が嫌な聞き間違いをしたので、ゆっくり訂正する。

「大森美々加。みみが、じゃなくて、みみか」

「はあ？　頭どうかしちまったか？　お前の名前は小岩井さらだろう」

玄関ホールに響く、ずいぶん大きな声で言い返された。「小さい岩の井戸、ひらがなでさら。おめえは、小岩井敦夫とひろこの次女だろうが。それ、俺がつけた名前だよ。そんなおかしなこと言うなら、今から区役所に行って、じいちゃんが戸籍取って来っぞ」

敵。

いきなり敵、と美々加が警戒し、めらめらと対峙しているところに、

「おっ、じーちゃんだ」

どこかで寄り道をしていたらしいまさおが、相変わらずの半ズボン姿で嬉しそうにあらわれた。むき出しの足が、ところどころ赤くなっている。「じーちゃん、どうしたの急に」

「おー、まさおか。じーちゃん、今日からしばらく泊まるよ」

老人が笑顔で言う。「あるぞ、おみやげ」

「やった」

と短パン少年が両手を挙げて喜ぶ様子からすると、とりあえず家に招き入れてまずい相手ではないらしかった。

夜、帰って来たお姉ちゃんが、あ、おじいちゃんがいる、と喜んでから、美々加と一緒に二階に上がり、白いタンスの脇、勉強机の椅子に腰を下ろすと、今日は放課後、学校の友だちとターミナル駅のマクドナルドへ行ったと、こっそり教えてくれた。

「ま、マクドナルド」

味なことやる、というコマーシャルはテレビでよく見ていたけれど、やはり近くに店舗はないのだった。

マックだけじゃなくて、モスもドムドムもない。

ロッテリアが、沿線三つ向こうの駅にあるという噂は聞くけれど、近所でハンバーガーを売っているのは、自家製パンの長田《ながた》ベーカリーだけだった。

「食べたい。お姉ちゃん、なに食べたの」

「ハンバーガーとマックフライポテト、あとはストロベリーのマックシェイク」

メニューを聞くと、思い切り懐かしくなった。

「におい。においだけでも」

ふざけた美々加が顔を近づけると、お姉ちゃんはくすぐったそうに笑った。

「じゃあお土産買ってくればよかったね」

少し頬を赤らめたお姉ちゃんが言う。「なにがよかった?　ハンバーガー?」

「うん、あとフィレオフィッシュ。チキンタツタ」

「たつた、って竜田揚げ？　やだ、それは給食でしょ」

「くじらの竜田は嫌い。あれ、固いの。でも一緒に入ってるじゃがいもは、なんだかとってもおいしいから複雑」

美々加はマックのハンバーガーより、今はずっと身近な小学校の給食メニューを思い描いて言う。

好きなのは定番のソフト麺と揚げパン。嫌いなのは牛乳とマーガリン。あとはとにかく固いお肉。

「ねえ、お姉ちゃん、マック、誰と一緒に行ったの」

美々加はまたお姉ちゃんにへばりついて訊いた。

「誰ってクラスの子よ。よし子ちゃん」

「よし子ちゃん、本当？」

美々加は完全に甘えていた。この部屋でお姉ちゃんにひっついていれば、昭和でも安心だった。「熊田じゃないの？」

「熊田って誰」

「熊田剛。大きくてへんな服着てるの」

「へんな服って」

「なんかパジャマみたいなズボンとか、おかしな模様のシャツとか。そういうのを着て会社に行くの。髪の毛はもじゃもじゃ」

「会社員? いやだ、そんな人と遊ばないよ」

お姉ちゃんは笑った。

「お姉ちゃん、美々加もマックに行きたいな。今日、行きたかった」

「うん、お土産より、そっちがいいね。わかった。今度は一緒に行こうね」

「うん」

壁に留めた週刊マーガレット付録、紫色のバックのオスカル様ピンナップが、じゃれるように話す美々加とお姉ちゃんをずっと見下ろしていた。

○

ママさんとは南野医院にもう一度行って、赤い咳止めシロップをもらって来た。

「俺も。俺も飲む」

甘い、美味しい、と聞いたまさおが、一口でもいいから、としつこくほしがっている。

「だーめ、お薬」

もちろんママさんに断られた。

「そんな。一ミリ、一滴でもいいから」

「だめ」

「頼む。頼みます」

手まで合わせてしつこく食い下がって、

「だめ」

再度断られると、それで作戦変更のつもりなのだろうか、

「俺もちょっと喉が痛い」

まさおは自分の首を両手で押さえ、わざと苦しそうな声で言った。

「バカねえ、やめなさい」

「ホント、ホントに」

ごほん、ごほん、とあからさまな嘘咳をする。

「いい加減にしないと怒るわよ」

ママさんがきつく言うと、間違って唾でも飲みこんだのか、まさおはごほ、ごほ、と咳込み、

「ほら、ふざけるから」

とママさんに強く背中を叩かれた。ばん、と叩かれてようやく顔を上げる。

「じゃあ、口開けて」

あーん、と大口を開けたまさおの喉を覗き見たママさんは、

「あんたは健康」

きっぱり断じたけれど、さすがにちょっと可哀想と思ったのか、もちろん味見するものではないにしても、子ども用だからほんの少しならお薬を与えても大丈夫と考えたのか、

「ひとなめだけね」

と計量カップにシロップをわずかひと垂らし、髪の毛の先ほど垂らして渡す。まさおはそれを急いでなめると、

「甘い。美味しい」

その場で飛び跳ねそうな勢いで大騒ぎした。「母ちゃん。これ、美味しいね。あと少しちょうだい。もうちょっとだけ」

「あげるわけないでしょ」

「頼む。頼みます」

「薬よ。健康な人がお薬飲むと本当によくないのよ」

ママさんはまさおが指先でつまんだ透明なカップを素早く取り上げた。「もうおしまい。このお薬は金庫にしまうからね」

「うちに金庫なんかないぜよ」

と、まさおが笑いながら言う。

「あら。知らないの。あるのに」

「どこ」

訊いてももちろん教えてもらえないので、

「俺も風邪ひきてえ」

まさおは口を尖らせ、

「バカ。いい加減にしないと、本当に怒るよ。健康第一でしょ。あと風邪ひきの人に謝りなさい」

ママさんにいよいよきつい声でたしなめられた。そしてとにかくまさおがしつこくほしがったせいで、生半可な仕舞い方では危険と思われたのだろう。そのシロップは白いボトルごと、本当にすぐどこかに隠されてしまった。

次の間の和箪笥《わだんす》の上、フランス人形の入ったガラスケースのあたりが怪しいとまさおは睨み、居間から椅子をこっそり運んでは、何度も乗って探していたようだったけれど、結局そこには見当たらず、あると言われた金庫もどこにも見つけられず、やがて飽きたのか、美々加がシロップを飲んでいるときにもほとんど気に留めないし、ほしいともずるいとも、なにも言わなくなった。

かわりにミリンダというジュースのグレープを、美味しい美味しいと飲み、一日のんびりしているおじいちゃんと、テレビを見たり、相撲を取ったり、まさおのほうはただ動かし方を知っているというだけの将棋を指したりしている。

年末に向けてママさんが週の大半、仕事の手伝いに行くようになったぶん、おじいちゃんが留守番に来てくれているのかもしれなかった。

「散歩に出かけっか、さら」

翌週、学校から帰ると、おじいちゃんが美々加を誘った。

帰ったばっかりですぐ？　と面食らいつつ、やっぱり道がよくわからないのかもしれないと心配して付いて行くと、しばらくぷらぷら歩いたあと、おじいちゃんは大きな音楽の鳴る、駅前のパチンコ屋さんにすっと入り、美々加を横に座らせた。

ぴよーん、ぴよーんとゆっくりバネで打つ台でおじいちゃんが遊び始めたので、美々加は釘ではね返された玉がどこに行くか、チューリップと呼ばれるプラスチックの羽根のところに上手く入るか、入るとどれほど玉が出るか、あちらとこちらで出方は違うのか、ほとんど同時に両方入ると倍出るのか、慌ただしく目で追い、チンチン、じゃらじゃらというけたたましい音を聞き、それからおじいちゃんのそば二メートルからは絶対離れないよう気をつけながら、お皿から落ちて転がったような玉を素早く拾い、おじいちゃんに渡し、小一時間ほど付き合って、景品のチョコとキャラメルを一つずつ取ってもらった。森永のハイクラウンとハイソフトだった。

「お母さんには内緒だぞ」

と約束させられて帰ったけれど、

「今日はなにしてたの」

と訊かれたときのふたりの慌てた様子と、いかにも景品ぽいお菓子がいろいろ増えていること（ハイクラウンとハイソフトの他にも、おじいちゃんがバタービスケットなんかと交換していた）、家では誰も吸わないはずの煙草の匂いが漂っていることなんかからあっさりママさんにばれ、

「おとうさん、空気悪いですよ、パチンコは。この子、あんまり具合よくないんですから。気をつけてください」

とおじいちゃんは叱られていた。

○

朝、道に霜が降りるようになると、学校へ行く途中、美々加はそれを踏んで歩いた。同じ登校班のみんなでそんなふうにしていたから、真似をするようになったのだった。でもとにかく調子に乗りやすいまさおや、じゃがいも頭の石原君、ほか男子たちの多くが、わざわざ脇道にまで走って行き、ざくざくと霜柱や、水たまりを覆う薄い氷を踏んで割って歩いてから、急いで戻って来るのには、さすがに付き合いきれないものを感じ

た。

しかも運動靴の中にまで氷水がしみたとか、冷たい、とか、靴下ぬれた、とか、はしゃぐように言うのを聞くと、朝から野蛮というかなんというか、もう呆れるしかない。

でも知らないうちに、美々加は自分がどんどん昭和の子になっているのを感じていた。

特に熱心ではないし不器用だったけれど、さらみみ会のメンバーに教わるまま、クラスの女子たちの平均的なたしなみ、あやとりもゴムだんもリリアンも、ここ数ヵ月で、それなりにはできるようになっていた。

3　昭和の遊び

こっくりさんをしようと言い出したのは、キムちゃんだった。

さらみみ会で一番のオカルト好き、最近は守護霊や超常現象に詳しい、つのだじろう先生のこわい心霊漫画『うしろの百太郎』を愛読していた。

「どうやって？　どこでやるの」

好奇心の強いカンバちゃんが、まず目を丸くして訊くと、

「学校でやるのは禁止だよ」

大人びた阿部さんが、太い三つ編みの髪を揺らし、やんわり釘を刺した。

たぶんもう少し年長の人のほうが中心だったけれど、小学校でもそんな決まりができるくらい、紙と十円玉一枚でできる手軽な降霊実験は、あちこちでブームになっていた。

「やったことあるの？」

と大柄でポニーテールのみーさんが明るく訊く。

「もちろん、あるよ。お姉ちゃんが教えてくれた」

ショートカットのキムちゃんが得意げに、少し顎をあげて応じた。

そこに来てようやくトキ美容室で切られたマッシュルームカット、『ベルサイユのばら』の小公子ふうの髪型をした美々加は、

「こっくりさん？」

と反応したのだったけれど、その素っ頓狂な声を、ちょっと意地悪な高島妙子たちのグループに聞かれてしまったみたいだ。ストーブの上のやかんがシューシューと蒸気音を立てる暖かな場所「一等地」のほうから、うしろの黒板のところまで、大中小の三人が微笑みながら、ゆっくり近寄って来る。

「やるの？　こっくりさん」

と「大」の倉持《くらもち》さんが言う。

「なに訊くの」

と「小」の石井《いしい》さんだ。倉持さんとの身長差は、ゆうに三十センチはありそうだった。

「まさか男子のこと？」

そのふたりの間、「中」の高島妙子が本当に嬉しそうに、にんまり笑って言う。さらみみ会の五人には、恋愛の話はまだ早い、全然似合わないと言いたいのだろう。

きらきらの目と広いおでこをして、ずいぶん成績も優秀なのだから、もう少し人にやさしければ、きっとクラスの人気者、憧れのヒロインにだってなれるのに。美々加はしみじみ残念に思ったけれど、それはきっと余計なお世話だろう。

「やらない、やらない、やらないって」

とにかく人あたりのいい青果店の娘、カンバちゃんが、高島妙子に負けない輝く笑顔で答えると、

「ね、みみか……さーちゃん」

と明るく同意を求めてきたから、

「うん、やらないよぉ、こっくりさん、むりむり」

美々加も精一杯、愛想よく応えた。この友人たちの中にいれば、不思議とそういった調子よさも上手く発揮することができた。それをちょっとずつ、ちょっとずつでも、外に向けて出せるようになればいいのだろう。「私たちにはまだ早いよぉ」

「うん、やらない」

「やらない」

「やらない、やらない」

残りのメンバーが揃って笑顔で言うと、

「やらないって」

仕方なさそうにキムちゃんも笑った。

大中小の三人組は、いかにもつまらない様子だった。たぶん予想していたものとは、美々加たちの反応が違ったのだろう。せっかくからかいに来たのに、自分たちで勝手に盛り上がって、やらないやらない、なんて、なんだか楽しそうにしている……。

「へえ、そう」

「なら、いいけど」

「へんなの。言っとくけど、こっくりさん、校内で禁止だから」

締めに高島妙子が思いきりつんけんして言うと、またストーブのほうに戻って行く。いつも意地悪な三人組を、ただの愛想のよさで撃退したようなのが妙におかしくて、美々加は笑い出しそうになるのをどうにか堪えると、ほら、と笑顔の阿部さんに手招きされるまま、みんなと一緒に廊下に出た。

「でもやっぱりやろうよ、こっくりさん」

放課後、さらみみ会のみんなで教室を出たあとの話題もそれだったから、どこまでもキムちゃんは本気みたいだった。

「なにを訊くの、こっくりさんに」

美々加は質問した。こっくりさんがどんなものかぐらいは、平成の小学生の知識にも、うっすらとはあった。でもさっき大中小の三人組に笑われたとおり、小四（本当は小六だけれど）にして異性への関心がほとんどゼロ、という奥手な自分には、恋愛のことをあれこれ訊くのはまだ不似合いだろうし、だったらなにを訊くのがふさわしいかわからない。

「なんでも答えてくれるよ」

「なんでも？」

「うん、なんでも」

なんでも、と美々加は口の中で小さく繰り返す。階段を下りて一階の玄関を目指すと、木造校舎特有のすきま風がどこからともなく吹いて来る。

「道具なんかは、全部あるの？」

とカンバちゃんが訊いた。「道具っていうか、こっくりさん、やるのに必要なの」

「うん、紙だけど、書いたのがうちにある」

「じゃあ、もうキムちゃんちでやる？」

「オッケー。おいでよ、今から」

昇降口でみんなべたべたと運動靴に履き替えた。

「このまますぐ？」

真面目な阿部さんが訊く。

「うん、みんな一回荷物置きに帰ってからだと、大変だから。それに早くしないと、夕方、すぐ暗くなっちゃうよ」

「でも、ちょっとだけ怖いな」

人懐っこいカンバちゃんが、めずらしく尻込みをした表情になった。

「怖い？　なにが？」

と不思議そうにキムちゃんが言う。

「だって、こっくりさんって。よく知らないけど、帰らなくなったりするんでしょ、霊が」

カンバちゃんの心配を聞いた美々加は、ふいに、じめっとした恐怖に襲われて背筋を寒くした。

木造の校舎を出るとき、建物がぎしりと鳴いたように聞こえたせいもあっただろうか。

オカルト好きなキムちゃんの家へは、結局そのまま、さらみみ会の全員で寄ることになった。

どうせなら明るいうちに十分から十五分くらい、試しにやってみようよ、ということになったのだった。

美々加は寄るのがはじめてだったけれど、南向きの、よく日の当たるマンションの一室だった。でーんと広いリビングに、小岩井家の居間と同じような大きな食卓があり、その食卓の透明なビニールクロスの下に、こっくりさん用の紙がもう仕込んであった。

カレンダーの裏みたいな白い紙に、マジックで鳥居のマークや、はい、いいえ、0から9までの数字、あいうえお順に、ひらがなの文字が書いてある。

「こうしておいたらすぐに使えるでしょ」

キムちゃんが得意そうに言った。「今日のこっくりさん」

「うちもお蕎麦屋さんのメニューがこうやって入ってる」

とカンバちゃん。

「そういうのとは違うけど」

キムちゃんはちょっと不満そうに言った。

「ビニールの上に十円置いて大丈夫なの？」

と、首を傾げたみーさん。

「うん、前にもやって、それでちゃんとできた」

お米屋さんの配達してくれるオレンジジュースを人数分用意して、銀色の栓抜きですぽんすぽんと開けると、キムちゃんが言った。「冷えてないけどいい？」

「いい」

ジュースにストローを挿して一本ずつ渡すと、みんなに丸椅子に座るよう言う。家でもあまりコップは使わない派みたいだった。

「お姉ちゃんとは、最近なんでもこれで決めるから、どうせならすぐできたほうがいいよねって」

「なんでも？」

阿部さんがおっとりと聞き返した。「例えばどんなことを？」

「おやつ、どれ食べる？とか、テレビのチャンネルも、６？８？とか。あと将来のこともいろいろ」

「へえ、そんなの決められるの」

「うん、訊いたらなんでも答えてくれるよ」

両親とも働いている家で、同じくオカルト好きな中学生のお姉ちゃんがいるということだった。今日は塾で帰りが遅いらしい。

立派なサイドボードの一コーナーに、ＵＦＯや超能力、心霊写真なんかのオカルト本が並んでいる。湖に浮かぶ、ぼやけた恐竜みたいな写真のパネルもあった。

じゃあさっそくやってみよう、と透明ビニールごしではあったけれど、鳥居のマーク

の上にキムちゃんが十円玉を置き、五人でその一枚に指をふれようとすると、

「でも、ちょっと人数が多いかもしれない」

キムちゃんが言い、

「じゃあ、私、今日は見てる」

美々加は指を引っ込め、最初に言った。

あの高島妙子だって、こっくりさんに男子のことを相談するのかと訊いたし、なんとなく甘い、素人のトランプ占いと大して変わらないものみたいに思っていたのだけれど、霊が降りて来て十円玉を動かす、という設定を真剣に考えると、カンバちゃんじゃないけれどちょっと怖い。もうびびっていた。せめて一回は参加せずに、見学しておきたい。

「なんで、美々加ちゃん、やったら？」

とカンバちゃん。

「いい。いいから」

美々加はオレンジジュースのストローをくわえ、頑なにひとり見学者になった。

こっくりさん、こっくりさん……。

こっくりさん、こっくりさん……。

いらっしゃいましたら、はい、のところにおすすみください……。

キムちゃんが中心になって、霊を呼ぶ儀式をしている。やがて四人の指先の触れた十円玉が、鳥居マークの上から、はい、へとゆっくり移動し、キムちゃんを除くメンバー三人と、見学者の美々加の計四人が、それぞれに驚きの声をあげた。

「来た」

キムちゃんだけは満足げな声をあげる。降霊成功。一旦きちんと鳥居の位置に戻ってもらい、いよいよ霊への質問に入るようだった。

「こっくりさん、今日、これから雨は降りますか」

質問なれしているらしいキムちゃんが、まずご近所のお付き合いみたいな、無難なことを訊ねている。

答えは「いいえ」。

また鳥居マークの上に戻ってもらい、こういうことはとにかく練習と、度胸のあるみーさんが次の質問をした。

「西城《さいじょう》秀樹《ひでき》は、今年のレコード大賞を取れますか」

答えは「いいえ」。

「布施《ふせ》明《あきら》は、今年のレコード大賞を取れますか」

同じく「いいえ」。

「はい、とか、いいえ、にならない質問しても平気だよ」

キムちゃんが教えている。じゃあ、と阿部さんが、自分の結婚年齢を訊ねると、十円玉が今度は数字の並ぶほうに進み、2、9、の順番に止まった。

「二十九歳か」

その質問は占い的な興味を引くし、訊きやすかったのだろう。つづけてみーさんとカンバちゃんも同じ質問をしている。それぞれの答えは、

「十八歳」

「えーっ、五十四歳？」

ということだった。

キムちゃんは自分で前にも訊いたのか、結婚についての質問はせずに、いいよ、私は、と順番を他の人に譲る。よし、と勢いをつけたカンバちゃんが、

「給食で、つぎにソフト麺が出るのはいつですか」

質問をすると、十円玉がやはり数字の列に進み、1と9で止まった。

こっくりさん、こっくりさん、どうぞおもどりください……。

こっくりさん、こっくりさん、どうぞおもどりください……。

きちんと帰ってもらえるようお願いして、最終的に十円玉が鳥居の位置に戻ると、参加した四人は丁寧にお礼を言った。

これで無事、こっくりさんは終了したらしい。

「どうだった？」

四人と一緒に安堵のため息をついた美々加が、学校の予防注射の順番を待っている子みたいに訊いた。

「あー、緊張した」

「すごい、本当に十円玉動いたね。誰か力入れた？」

「入れてない」

「入れてない」

「私も」

「秀樹はレコード大賞、取れないのか。布施明もダメか」

みーさんが残念そうに言う。

とカンバちゃん。みんな口をすぼめて、ストローでジュースを吸う。今日はオカルト研究会みたいな「さらみみ会」だった。

「ソフト麵、十九日だって」

と、キムちゃんが、

「そうだ、給食の献立表ってもらったよね」

急に言い、台所に走って行った。バタバタ、ガタ、ガタと音をさせると、

「すごい、これ見て」

ほどなく、わら半紙と言われるうす茶色い紙に、罫《けい》と手書きの文字、小さな花のイラストが黒インクで印刷してある献立表を持って戻って来た。

「見て」

とその献立をみんなの前にぐいと差し出す。

「ほら、合ってる。ソフト麵。本当に十九日のメニューになってるよ」

○

「私、デザートがフルーツ寒天の日も訊けばよかった」

ソフト麵の出る日をこっくりさんに当ててもらう「奇跡」に関わったカンバちゃんが、帰り道、楽しげに言った。それでなくても昭和の小学校では、配られた自分の給食を完全に食べ終えるまで、ひとりだけでも給食の時間がつづく。お昼休みどころか、次の授業や掃除の時間まで、目の前に冷めたおかずや食べきれないぶんの食パン、飲みかけの牛乳なんかがずっと置かれているというおそろしいペナルティが平然と行われていたから、好きなメニューが出るかどうかは大きな問題だった。

「当たってたね。ソフト麵の日」

と美々加はあらためて言った。

「楽しみ、十九日」

とカンバちゃん。「ねえ。今度はみみかちゃんが質問したらいいよ。こっくりさん」

「できるかな」

「できるよ。宝塚のこともいろいろ訊けば？」

「じゃあ、そうしようかな」

頭の中でもう考えはじめたせいで、美々加は少しへんな顔をして答えた。

カンバちゃんと手を振って別れると、美々加は急いで小岩井の家に帰った。留守番役のおじいちゃんは、わりと自分勝手だし、ときどきぼんやりしていて心配だった。

しんと静かな玄関で運動靴を脱ぐ。

みかんの入った大きな段ボール箱が置いてある廊下、冬場はひんやりとして自然の冷蔵室にも使えるようなホールの、上がりかまちに足を載せようとすると、そこに緑の毛虫がいて、美々加は叫び声を上げた。

ゴムのおもちゃだった。

冬だから。おかしいと思った。

どうせまさおが、一回十円で回せる駄菓子屋のガチャガチャかなにかで手に入れたのだろう。人がちょうど足を上げるところに置いて、驚くのを待っていたのだ。

アホか。

くだらない。

おこづかいの無駄。

どこで様子をうかがっているのだろう、待ち構えているのだろうと、階段にそっとランドセルを置いた美々加も少し首を伸ばし、ときどきつま先立って遠いほうに視線をやりながら、まさおの影も見つけられずに居間に入ると、窓際のカーペットの上に新聞紙を大きく広げ、おじいちゃんが向こうをむいて座っていた。

「おじいちゃん、ただいま」

おじいちゃんのことはそのまま呼んでいる美々加が、きちんと挨拶をしたけれど、グレイのたっぷりしたセーターを着たおじいちゃんからの返事はなかった。「まさおは？　どこ？　おじいちゃん」

それにも返事はなく、そもそも美々加のほうを見ようともしない。ぴんと背筋を伸ばしてはいるけれど、日向《ひなた》でただ寝ているのかと思い、美々加が台所へ向かうと、ふいにおじいちゃんの座っているほうから、ぺちん、と乾いた音がした。急いで窺うと、おじいちゃんもようやく美々加のことを見て、

「ああ、おかえり」

と言った。

「ただいま」

「じいちゃんは今、足の爪を切ってる」

「うん」

「巻き爪でな」

「へえ」

という美々加の相づちで会話は終わったみたいだ。よほど慎重に切っているのだろう。見える範囲にまさおの姿はなかったので、ひとまず居間を出て、手を洗い、ランドセルを部屋に置きに上がり、帰宅後のあれこれを済ませてから、毛虫のおもちゃを横目にまた居間に戻る。

美々加は毎朝の牛乳を、やっと自分のぶんだけ白いのからコーヒーのに替えてもらい、おまけにこれは販売店さんからの猛プッシュで、週三回、瓶のヨーグルトもつけてもらうことになったのだけれど、朝食べなかったそれを今のうちに食べようかと台所へ進む。平成で言えば中くらいの、昭和にしては結構どんと大きいらしい冷蔵庫のメインドアを開けると、正面の棚、一番取り出しやすい位置にヨーグルトの瓶があり、ちょうどその瓶の口、緑のセロファンの上に、黒いハエが止まっていた。

もちろん、またおもちゃだった。

「ひひひひ、さーねえ、驚いた」

いつの間にかうしろにまさおがいて、大口を開けて笑っている。

「全然、驚いてない」

美々加はむきになって言い返してから、そのまま冷蔵庫のドアを閉めた。「この無駄遣い、ママさんに言うから」

そしておやつは食べずに居間を出て、用を足してから二階へ向かう。

玄関ホールの毛虫はいつの間にかなくなっていた。羽化して飛んで行ったのでなければ、まさおが回収したのだろう。

美々加は心の中で今日のオススメ名台詞、オスカルを愛するアンドレが恋敵のジェローデルに侮辱されたと感じ、カップの中身をぶちまけてやり返したときの言葉、

「そのショコラが熱くなかったのをさいわいに思え‼」

を思い浮かべながら、素早く階段をのぼる。大好きなお姉ちゃんと一緒に使う部屋に入り、勉強机に読みかけで置いてあったマーガレット・コミックスにふと視線をやると、見慣れたはずのそのカバー画、マリー・アントワネットの両目の上にもまた毛虫とハエが置かれていて、

「嫌っ」

と美々加は叫ぶことになった。

入口のところから悪ガキが、嬉しそうな顔をのぞかせて笑っている。

「もう捨てる、これ」

気持ちの悪いゴムの虫二匹をきつく握り、美々加は言った。見ると気持ち悪いけれど、

握ってしまえば、ただのぐにゃぐにゃゴムだった。

「もうしない、さーねえ、もうしないから」

どうにかおもちゃを取り戻そうとするまさおが、慌てて部屋に入って来た。その懇願を、果たして信じていいものかどうか。

「ダメ、信じられない。捨てる」

「頼む、頼みます」

咳止めシロップをねだったときと同じ調子で、まさおは手を合わせた。「本当に、さーねえにはもうしないから、返して」

「ダメ、捨てる」

「えー、ひどいよ、それ、俺の小遣いで買ったのに。じゃあ、二十円」

「文句があるなら、ベルサイユってなにさ。ねえ。さーねえ、頼む、頼みます」

「ベルサイユへいらっしゃい」

まさおはまた手を合わせた。「誓うぜよ。もう二度と、さーねえにはそれでいたずらしない。もし今度したら、捨てていいから」

「ダメ、信じられな」

い、まで言おうとして美々加は咳き込んだ。

「さーねえ、まだ風邪が治らないんか」

小さな目を向けて、ずいぶん心配そうな声でまさおが言った。

「咳だけ」

美々加はようやく落ち着いて答えた。まさおが背中をぽんぽん、ぽんぽんと、ゆるく叩いてくれる。

「早くシロップ飲んだほうがいいぜよ」

そこまで言われるとちょっと弱い。

「もう大丈夫」

親切にしてもらったお礼に、美々加は手に握ったゴムのおもちゃを差し出した。

「やった。さーねえにはもうしないから」

「じゃあ次は、誰にいたずらするの」

「それは、じいちゃん」

まさおはきっぱりと言う。ちょうど家の中にいるもうひとりは、確かにその人だった。

「でもおじいちゃん、虫くらいじゃ驚かないよ。すぐに、ぽいってつまんで捨てちゃうから、田んぼの多いところ出身だから。きっと」

一緒にパチンコやお散歩に行った印象では、いかにもそういう老人だった。

「そっか。うーん」

小さく首を傾げたまさおは、でも悩むほどでもないのか、ハエと毛虫を自分の手のひらの上に並べると、嬉しそうに、愛しそうににやにやと眺めている。

やがてそれを包むように手を握ると、黙って部屋を出たので、美々加も下へついて行った。

おじいちゃんはさっきの慎重な爪切りを終え、次の間のこたつで座椅子に寄りかかってうとうとしていた。様子を見ると、すぐに得意の居眠り姿勢、大きく口を開け、がくんと上を向く。

「さーねえも、どこかに一個おくぜよ」

いたずらの共犯にしたいのか、毛虫のほうを、まさおがつまんで差し出した。

どこに置こう、どこに置いたらおじいちゃんは驚くだろう。たたみのへり？ こたつの上？ 湯のみの中？ ふいにわくわくして来たので美々加も虫を受け取って考えていると、まさおはなにか思いついたようだ。相変わらず上を向いたままのおじいちゃんにそっと近寄ると、黒々としたハエをまずおでこに置き、それからすぐ鼻の穴の下に移動させて笑っている。

来て、来て、来て、とばかりにまさおが手招きしたので、美々加もそばに行って、鼻くそみたいに見えるおもちゃのハエを笑い、次に自分の持つ毛虫を、おじいちゃんの顔のどこに置いたら一番楽しいかを考えていた。

4　新しい年へ

小岩井家の嬉しい発表は、その夜、パパさんからあった。

来年には自宅を改装して、お手洗いを水洗にする。

わー、やったー、すげー、とまさおが走り、美々加とお姉ちゃんも、手を取り合って喜んだ。

ママさんとおじいちゃんは、あらあら、おやおや、と目を細めている。

「世間からちょっと遅れたけど、いよいよこのあたりも急ピッチで下水工事が行われるっていうことなんで、すぐにうちも対応して、まあこれで小岩井建設の自宅として、恥ずかしくないようになる、とね」

演説調のパパさんは、夕食の席で、胸を張って上機嫌だった。「まさお、嬉しい？　ゆうこは？　さらは？」

ひとりずつ喜びの声を求められ、美々加も思い切りの笑顔で、

「さらじゃない！」

と答えると、パパさんが途端に呆れた顔をした。

「いつまで言ってんだ、それ」

とパパさんは美々加に言ってから、ママさんのほうを向いた。

○

美々加はその週末、近所に住む元大学の教授、スドウ先生のところにまた連れて行かれることになった。

「行きたくない」

ママさんに訴えてみたけれど、

「大丈夫、行ってお話しするだけだから。心配しなくて大丈夫」

と取り合ってもらえない。

ぷしゅ、と美々加が口先で短く息を吐くと、それが不満のアピールだともうとっくに気づいているのだろう。

「そのあと、ハマヤさんの好きなお菓子買ってあげるから」

自分も甘いもの好きなママさんが、上手く手懐《てなず》けようとするみたいに言った。「好きでしょ、ハマヤさんの、お菓子」

ハマヤさんはご近所、駅のほうにある老舗《しにせ》の和菓子屋で、あんこや練り菓子もいいのだけれど、こけしみたいなおせんべいや、だるまのかたちのぼうろなんかを売っている。見た目が可愛くて、味もやさしいそういったお菓子を、美々加は気に入っていた。

「好きでしょ、ハマヤさんの」

表情を見て、不満の和らぎを確信したのか、畳み掛けるママさんに、美々加は口先では小さく、ぷしゅ、っと息を吐き、それから重力に負けて落ちたみたいに、こくり、とうなずいた。


キムちゃんのうちへは、またさらみみ会のみんなで行った。

放課後に、学校の荷物を持ったままで。美々加がスドウ先生のうちへ行く一日前だった。

今度は食卓の、ビニールクロスの下にこっくりさんの紙は入っていなかった。お母さんに怒られたらしい。確かに食卓にあの紙があるのは、いくら娘たちのオカルト趣味に理解があっても、家族としては嬉しくないだろう。

前のものとは少し文字のタッチが違う、でもやっぱりカレンダーの裏みたいな紙をキムちゃんが出して来て、食卓の上に置いた。お米屋さんのオレンジジュース、プラッシーは、この前一本ずつ開けて飲みきらなかったから、今回は全員、小さな乳酸菌飲料一本ずつに変わった。

「今日は、もちろん参加するでしょ」

キムちゃんに念を押されて、美々加はうなずいた。前回、美々加が参加できなかったから、というのが、すぐにまた来た一番の理由だった。

「もう五人でもできるね」

十円玉に人差し指を載せて、みんなでうなずく。

こっくりさん……。

こっくりさん……。

はい、いいえ、の答えで済む短い質問にいくつか答えてもらってから、

「……つぎ、私、質問してもいい？」

美々加は緊張で喉を鳴らして訊いた。今日はそうしようと思って、ちゃんと準備をして来た。

うん、訊いて訊いて、とみんな口々に勧めてくれる。

「こっくりさん、こっくりさん。教えてください。……宝塚歌劇団に新しい組ができたら、名前はなにになりますか」

その質問のあと三秒ほど止まっていた五本の人さし指が、すっと十円玉と一緒に動いた。ひらがなの並ぶ上を滑って行き、すぐ近くにある文字をぴた、ぴた、とふたつ示す。

ゆ
め
「おお、ゆめ。夢組かあ。素敵やねえ、こっくりさん」

すっかり雰囲気に慣れたのか、カンバちゃんが、嬉しそうに言った。また鳥居のマークまで十円玉が戻ると、もっと安心したように、ふっと息をつく。「ゆき、って言うのかと思った」

「それはもうあるじゃん。雪組」

と、みーさんが笑う。

「宝塚夢組。本当になりそう」

ふだんは冷静な阿部さんも、ここでは少し興奮口調になった。でも夢組は阪急交通社の……美々加は言いかけて、やめた。

つづけて美々加は、家族の質問をした。宝塚のことは、いつだって楽しい夢。一方、不思議な力にすがってでも、じりじりと訊きたいのはそこから先だった。

その強い感情が、指先の十円玉を通して伝わったのだろうか。さらみみ会の他の四人も、ふと緊張した面持ちになった。

「ママは……平成にいるママは、私のことを心配していますか」

十円玉が鳥居から、すっと横に動く。答えは「はい」だった。

「ママは熊田と結婚していますか」

答えは、「はい」。

美々加は反射的に、わあお、と短くおかしな声を上げた。

もう泣き出してしまいたかった。カンバちゃんと阿部さんが、なに？　今のはなんの音？　とでも言いたそうな不思議な顔で見る。それとも、熊田って誰、と言いたかったのか。

未来の出来事をほとんどなんでも話す友だちにも、わざわざ名前を出して説明したくない相手、それが熊田剛だった。気がついたら、いつの間にか、大好きな家に図々しく上がり込んでいたような奴なのだ。

つづけて、もうひとつ質問をする。もっとママについての質問も考えていたけれど、それより先に、これを訊いたほうがいい気がした。

「私はいつ平成に戻れますか」

美々加はこっくりさんにそれを訊いた。

いいことをしたら帰れる。

成長したら帰れる。

アイテムを集めたら帰れる。

これまでいろいろ想像をしたけれど、その中で一番遅いパターンは、自分が平成でそうだった六年生の三月、もうすぐ十二歳の誕生日を迎える三月になったら帰れる、というものだった。もしそうだとしたら、今からまだ二年ちょっと先になる。

一瞬の間があってから、十円玉がすっと動きはじめた。数字ではなく、ひらがなの並ぶ列に進むと、一つの文字の上でぴたり止まってから、また動き始める。次の文字の上でぴたり。

美々加の人差し指は、自然に動く十円玉に引っ張られるように、それから逆に押し戻されるように、文字を順番に指して行く。

も、と、れ、な、い。

もどれない……。

「いやっ」

美々加は大声を上げて、十円玉から指を離して立ち上がった。

5　迷信の国

こっくりさんが帰るまで、絶対に十円玉から指を離してはいけない。

小学生にも人気の降霊実験に、そんな厳しい掟《おきて》があることを、美々加は知らなかった。

……誰も教えてくれなかったから。

というのは、まったく正確なところではなかったけれども。

はじめにオカルト好きのキムちゃんから、きちんと聞かされてはいた。こっくりさんが帰るまで、指を離したらダメなんだよ、と。

ただ、前回はカンバちゃんたちメンバーに、わざとなのか声をひそめ、

「本当にダメだからね。離すと大変なことになるんだよ。大怪我した人がいるんだって。お姉ちゃんの中学の先輩で。こっくりさんが戻らなくなって、十円玉が紙の上をぐるぐるまわりはじめたから、その人、怖くなって、自分だけ指を離して、立ち上がって逃げようとしたら、さっきまで開いていたはずの教室のドアがなぜか閉まってて、ばーんって顔から激突したって。血がだらーって流れたらしいよ、目から」

としっかり聞かせていたのに、今回はそんなふうに怖い話で脅してはくれなかった。むしろ手順と注意点をごくさっぱり告げると、

「じゃあ、やってみようよ」

と明るくみんなを促し、それこそトランプの恋愛占いでもはじめるくらいの気安さで本番に入ったから、もうそれほど深刻に考えなくてもいい問題になったのかと美々加は思ってしまった。

「呪われたのかもしれない……」

美々加は言い、小さく首を振った。

さっきちょうどいいタイミングでキムちゃんのお姉さんが戻ったので、姉妹ふたりに除霊の儀式をやってもらい、とりあえずこっくりさんには帰ってもらったのだけれど、

果たしてどれくらい正しい方法ですべてを完了したのだろう。

「……たぶん、呪われた」

美々加がもう一度不安をぽつりと呟くと、よく似た顔立ちのオカルト好きな姉妹は、

「ううん、あれでもう大丈夫。安心して。私たちがちゃんとお祓《はら》いしたから。みみかちゃん、あぶなかったね」

と、にこやかに言い、じゃあまた明日、学校で、と家から送り出してくれた。

「こわかったー、こわかったね」

マンションの廊下で明るく言う大柄なみーさんの肩を、一番のチビ、カンバちゃんが軽く伸び上がって叩いた。

「全然こわくないよ。ね、みみか、大丈夫だからね」

「(うん)」

美々加は声を出さずに、涙目でうなずいた。

「あー、ごめん、気にしないで」

気のいいみーさんも、場合によっては武器になりそうな太いポニーテールを大きく揺らして謝ると、

「大丈夫、もうキムちゃんとお姉ちゃんにお祓いしてもらったんだから」

と言った。

「でも、お姉さん、ずっと本読みながらやってたよ。あ、違ったって、三回言ったし」

と美々加。

「なにも見ないよりいいって」

とカンバちゃん。

「べつに心配しなくて平気だよ。ああいうの、本当は迷信らしいから」

グループで一番大人びている阿部さんもおだやかに言った。「十円玉が動くのも、ちゃんと科学で説明できることなんだって。この前、親戚のおじさんが言ってた。中学で理科の先生してるおじさんだから、間違いないと思う」

「へえ、理科の先生が」

とカンバちゃんが感心したように言った。「そういうもの？」

「そうらしいよ」

「じゃあ、阿部ちゃんは、どうして参加してるの、こっくりさん」

「それは、ちょっと面白そうだから」

と三つ編みの阿部さんは照れくさそうに言った。

「結婚する年、訊いたよね。この前」

と、みーさん。

「そういうのは、占いと一緒。だからみみかも、心配しなくて平気だよ」

本当は六年なのに小学四年の友人たちに繰り返し慰められ、うん、と美々加はうなずいた。でも、気持ちはざわざわとして落ち着かなかった。

あんなおかしな遊びをしてしまったせいで、本当に平成に帰れなくなったらどうしよう。

涙が出る。

帰りたい。

平成に。

早く帰りたい。

ママに会いたい。


小岩井の家に帰ると、ひんやりとした玄関ホールに、ちょうどお手洗いに走るまさおの足音が響いていた。

もう半ズボンのベルトをはずし、ジッパーを途中まで下ろした状態で、でもそのままずり落ちないよう、ベルトの位置を手で押さえながら走って来る。

嫌、と美々加が視線をそらすと、

「ストリーキングぜよ」

ききい、とサルみたいな奇声を発し、まさおはお手洗いの引き戸を開けたみたいだった。きいい、ばたばた、ぱた、ぺたん、と慌ただしく入って行く音が聞こえる。ストリーキングとは、いきなり裸で外を走ることらしい。もともとは、どこか外国の流行だったとニュースで見た。

美々加はまた無人になった玄関ホールで、ふっとため息をつき、ひとまず二階のお姉ちゃんと自分の部屋に上がろうとすると、お手洗いから、わあ、という大きな叫び声につづいて、どん、という人でも倒れたような物音、それから、助けてえ、助けてえ、と半泣きのような声が聞こえて来た。

美々加は赤いランドセルを背負ったままそちらへ向かうと、お手洗いの木戸をノックした。

「……どうしたの」

「さーねえ、助けて」

「なに。どうしたの」

「落ちた。ぼっとんに」

「えーーー」

「下にはついてないけど、スリッパはもう落ちた。ワキで止まってる。助けて」

美々加は告げられる状況を聞きながら、引き戸の凹《くぼ》みに指先をかけた。でも、がたがた揺らすのが精一杯で開かない。カギがかかっている。「開けて、ドア」

「さーねえ、それはちょっと無理……」

無理ぜよ、といつもの口調で言う力もないのだろうか。う、う、う、と弱々しいうめき声も聞こえる。

「おじいちゃん呼んでくる」

「じいちゃんなら、今、こたつの部屋にいる」

わかった、待ってて、と美々加は素早く走り、居間を抜ける。

「おじいちゃん、おじいちゃん、大変。おじい」

こたつのある次の間に飛び込むと、おじいちゃんは皺の寄った額の真ん中に、大きな黒いハエを載せ、口を開け、上を向いて寝ていた。

「おじいちゃん、おじいちゃん」

繰り返すと、

「ん、なんだ。さらか。どうした」

おもちゃのハエをきれいに前に飛ばして、おじいちゃんは頭を起こした。

「トイレに、まさおが。落ちた」

「トイレに？」

言うと、おじいちゃんは素早く立ち上がった。

今はもう引退しているけれど、もともと地元では、パパさんと同じく建築業を営んでいたらしい。若い頃には消防団でも活躍したと、この前ちびりちびりとお酒を飲みながらママさん相手に自慢話をしているのを、美々加はちょこんと横に座って聞いていた。

いつもの歩き方の五倍くらいのスピードで、おじいちゃんは居間を通り抜ける。お手洗いの前に着くと、

「まさお、大丈夫か」

声をかけながら、ドアを開けようとがたがた揺らし、

「おい、さら、定規持って来い」

と言った。美々加は、自分の赤いランドセルを開けて、筆箱から薄いプラスチックの定規を取り出す。

「これでいい？」

おじいちゃんはその十五センチほどの定規を受け取ると、ドアの隙間に差し入れて上下させ、すぐにかちりとカギを開けた。

「さーねえ、さーねえ、さーねえ」

最近ダンスのレッスンをはじめたせいで帰りの遅いお姉ちゃんを待って、美々加が二階で宝塚グラフ、初風諄が表紙の十一月号を熟読していると、お姉ちゃんではなくて、お風呂上がりのまさおが部屋に入って来た。

ひとまず台所で沸かしたお湯で体をごしごし拭かれたあと、大急ぎで焚いたお風呂に一番で放り込まれたみたいだった。パジャマに分厚いどてらを着て、首にタオルを巻いている。

「さっきは助かったぜよ」

「うん」

と美々加は言った。両肘を突っ張って、和式のぼっとん便所に落ちきらずに引っかかっていたのを、どうにかおじいちゃんに助け上げられたのだけれど、足が下につかなかっただけで、言ってみれば胸から下はもう便器の中だ。動かずに、じっと肘で支えているのはどんな気持ちだっただろう。

運動神経とリズム感のあまり発達していない美々加には、うまく想像ができなかった。もし自分なら、へんなふうに体を動かして、ひゃああと落ちてしまいそうだ。

「……ママさんいないから、危なかったね」

「母ちゃんは、関係ねえよ。仕事なんだから」

まさおは少し不服そうに言った。ともあれ留守番のおじいちゃんがいて、素早く助けてくれたのは本当によかった。

ただ、美々加は今回の事件で知ったもう一つ大きなこと、お手洗いにカギをかけていても、定規一本でドアを開けられてしまうということには、だいぶショックを受けていた。

もしふざけたまさおが、急にドアを開けて逃げる、といったイタズラをしたらと思うと怖い。ゆっくり用も足せない。

「さーねえ、お礼をあげるぜよ」

「なに。……虫？」

「違う」

首を横に振ったまさおは、左手に握った紺色の四角い箱から、白い棒状のものを二センチほど引っ張り出して、

「さーねえ。まあ、一本」

と言った。もちろんそれは煙草を勧める大人を真似した仕種《しぐさ》で、勧めているのは駄菓子屋さんでよく見る、ココアシガレットという砂糖菓子だった。

美々加は勧められるままその飛び出した一本を引き抜くと、指の間に挟んで口に運び、端っこに少し口をつけてから離し、息をふーっと吐いてみせた。

まさおは自分も一本引き抜いて口にくわえると、同じく煙草の煙を吸いこんだあとのように息を長く吐き、

「ふーっ、うまいな、この一服が」

秋に客間に泊まっていた若い大工さんの真似をして言う。

小岩井家の人はパパさんもママさんもおじいちゃんも吸わなかったけれど、出入りの職人さんたちはほとんど吸うようだったから、パパさんたちのほうが珍しいのかもしれない。

しばらくまさおとふたり、しつこく煙草を吸う真似をしていると、美々加はまたごほごほと咳きこんだ。

「咳に煙草はいかんのかな」

背中をさすろうと手を伸ばしながら心配そうに見るまさおに、

「大丈夫」

と美々加は答えた。「お菓子だから、これ」

それからようやく誰か帰って来たようなので、美々加はがりがりとココアシガレットの端を噛み、口に放り込んで玄関まで出迎えに行った。まだ煙草のようにくわえたまさおが、一足先に、階段を下りて行く。

帰って来たのはママさんだった。

「あら、どうしたの、まさお。もうお風呂入ったの。さらも、なんかへんな顔して」

野菜の入った買い物袋を、よいしょ、っと玄関マットに置いて廊下に上がったママさんに、ココアシガレットをくわえたままのまさおが、

「俺、さっきあぶなかった」

聞き取りづらい声で言うと、いきなり体当たりするように、太い腰に抱きついた。

「なにが。なんで。一体、なにがあぶなかったのよ」

「便所に落っこちた」

「あら、また？　助けてもらったの」

「うん。さーねえとじいちゃんに助けてもらった」

「じゃあ、よかったね。さらちゃん、ありがとう」

美々加は口の中で小さくもごもごと答えると、ココアシガレットをボリボリと嚙んだ。

「でもまさお、下までは落ちなかったんでしょ」

「うん、腕が引っかかった」

「何回目よ」

「二回……三回目」

甘えたまさおは、ずっとママさんに抱きついて、安心したような顔をしている。

「来年はもうお手洗い、水洗になるから大丈夫だね」

とママさんが言えば、

「うーん、でも水洗の水が止まらなくなるかもしれないな」

と、まさおは言い、もっと頭をこすりつける。ママさんが仕事に出かけるようになって、寂しいのかもしれない。

「それで、どうしてあんたはへんな顔してるのよ」

ママさんは美々加にも訊く。

「今日……呪われた」

美々加がぼそっと答えると、

「呪われた？　誰に」

「こっくりさん」

「こっくりさん？　やったの？　ばかねえ、こわかったんでしょ」

うん、と美々加はうなずいた。昭和の遊び、こわすぎる。

平成には、もう戻れないなんて言われたし。

大好きなママが、熊田剛と結婚してしまったかもしれないという、こんな危機的な状況なのに。

それとも危機的な状況というのは、本来、こうやって昭和のお宅に居候しながら、AでもFでもない藤子不二雄《ふじこふじお》のアニメのおばけみたいに、ここのご家族や友人たちと、のんびり仲良くしている美々加の生活のことを言うものだろうか。

美々加がいつまでもそんなふうに危うい状況にいるから、平成の母親も心細く思って、間違った選択をしてしまうのかもしれない。

まさおはまだママさんに抱きついている。

美々加は自分も少し寂しくなって、まさおとは反対側から、そっとママさんに抱きついてみた。太い木の幹に、子供ふたりで手を回している感じになる。

「あらあら、どうしたの、ふたりして」

ママさんはくすぐったそうに笑ったけれど、そのまま動かないでいてくれた。

どっしりした感触が、細身なママや、この前から何度か抱きついた、やさしい小岩井のお姉ちゃんとは違う。

違う、全然違う、と思いながら、美々加は不思議と気持ちが落ち着くのを感じ、しばらく、まさおとふたりでママさんに抱きついていた。

◯

スドウ先生の家には、結局行かないことになった。

同居している先生の孫が、その夜、女性にいやらしいことをして捕まったのだった。

もうすっかり日の暮れた空き地に潜んで、帰宅を急ぐ会社員の女性を引きずり込もうとしていたのを、通りかかった工務店経営、四十五歳の男性が見つけ、

「こら、か弱い女性になにをするんだ。ばかもんが」

と叱り飛ばし、犯人の頭を引っぱたいて止め、警察に突き出したというのだった。

「お父さん、危ないですよ、相手だって、なに持ってるかわからないんですから。やく

ざとか、過激派くずれってこともありますでしょ」

帰宅したパパさんのことを、ママさんはずいぶん心配していたけれど、おじいちゃんは、日本酒を飲みながらにこにこと喜んでいた。歌劇？　歌劇派？　と美々加は一瞬思ったけれど、聞き返すまでもなく、たぶん違うのだろうと判断した。年齢より幼く見えるけれど、ずっと成績はいいのだ。

「でも、まさか、あのスドウ先生のお孫さんがなあ」

ひとしきり武勇伝を披露したパパさんも、おじいちゃんと一緒に日本酒を飲んで言う。

「そういえば、前からあそこのお兄ちゃんは、きれいな顔して、いやらしいって」

ママさんはつい話に乗ってから、次の間のこたつで聞き耳を立てている子供たちを気にして、んっんんっ、と咳払いをした。「あんたたちはもう寝なさいな、いつまでもそこにいないで」

まさおは、いやらしい、という言葉だけで、もうお腹を抱えて笑っている。幸せな性格かもしれない。流しで洗い物をしていたお姉ちゃんが戻って来て、美々加の横に座ると、お盆の上のみかんを一つ取ってむく。

「明日……先生のところは、行くの……」

美々加は気になっていたことをママさんに聞いた。横にお姉ちゃんが来たことで、少し心強くなっていた。お姉ちゃんが皮をむくと、みかんのいい香りがする。

「明日？」

と食卓のママさんは美々加のほうを見た。立ち上がって、ゆっくり歩いて来る。「ああ、スドウ先生のお宅？　行くかって？」

「そう」

美々加がうなずくと、ママさんは困ったように顔をしかめた。

「それは……中止かね。一応、朝に電話してみるけど、でも、とりあえず明日のところは、中止にしたほうがいいかもねえ」

「そんなの中止に決まってるだろ」

パパさんが呆れたように言った。パパさんがそう宣言して、ママさんもほっと息をついたみたいだった。

「スドウ先生が悪いわけじゃないけど、捕まえたの俺だぞ。それにもし祐子が襲われてたらお前どう思う？　もしそんなことになったら、どうするつもりなんだ。中止、中止」

繰り返される、中止、という言葉が、美々加の耳に甘く響く。

「じゃあ、明日は行かなくていい？」

美々加が念を押すように言うと、

「そうね」

ママさんは笑顔でうなずいた。

「やった」

美々加は座ったまま、低い位置でのガッツポーズを取った。拳を握り、ウエストラインでぐいっと引く。

「ん、なに、それいいね」

きれいに筋を取ったみかんを、一房口に放り込んだお姉ちゃんが言う。

「さーねえ、かっこいいぜよ」

と、まさおも。

ふたりとも、そのガッツポーズをさっそく真似している。そういえばこのガッツポーズのやり方は、学校でもテレビでも、まだ見ないかもしれない。

「だから明日、お友だちと遊ぶんなら、約束してもいいわよ」

ママさんは子供たちの動きに小さく首をかしげながら言った。

はーい、と大きく返事をした美々加は、

「あ。ハマヤさんは？」

ひとつ思い出して訊いた。

大好きな和菓子屋さんで、なにか可愛くて美味しいお菓子を買ってもらうという約束をママさんとはしていた。こけしみたいなおせんべい。だるまみたいなぼうろ……。

「あら、それは先生のところに行ったらでしょ」

ママさんは楽しそうに言うと、ふふん、と笑い、腰を振りながら食卓に戻って行く。

ぷしゅ、ぷしゅぷしゅ、と美々加はこたつで何度も短く息を吐いた。

クリスマスが近くなり、テレビでは美味しそうなフライドチキンのコマーシャルがはじまっていた。

でも美々加の生活圏に、そのチェーンの店舗は見当たらない。

「ママさん、私、クリスマスにケンタ食べたい」

忙しいからこれを夕飯のおかずに、とママさんが屋台のおでんをアルマイトの鍋にたっぷり買って来た夜、美々加が無理を承知で言ってみると、

「ケンタ？　誰」

予想した通りの答えが返って来た。

「人じゃない」

「じゃあなに」

「……まだいいや」

と、美々加は案外あっさり答えた。平成に帰ったら、チキンのバーレルを抱えて嫌になるまで食べてやるから。

そんな子供らしい夢を見ていた。

6　さらになっちゃう？

冬休みに入ったら、まずあの神社へ行こう。

学校の帰り、黒い猫に導かれて行った、あの大きな木のある神社へ。

美々加は遅まきながら、ようやくその決心をした。

怖いけれど。

だいぶ馴れてきたとはいえ、やっぱりよく知らない昭和。とりあえずは毎日安心して暮らせるとわかったこの辺りを離れ、もともとあまり馴染みのなかった界隈の神社へと出向くのは、実感として、とにかく怖かったけれど。

それでもなつかしいM町を見に行ってマンションを見つけられず、大きなショックを受けても普通にここまでは戻って来られたし、自転車で新宿を目指したときも、途中で疲れて交番のお巡りさんに泣きつけば、ちゃんとパパさんたちが車で迎えに来てくれた。

だったら同じように、もし今回、目的の神社にうまくたどり着くことができなくても……または到着しただけで、なにも期待通りの結果を得られなくても、なんとかこの家に帰って来ることくらいはできるのではないだろうか。

美々加はそう判断することで、怖《お》じ気《け》づく自分の背中を押すことにした。もともと頑固な一方で、極端な怖がりでもあったのだ。おかしな形でも一旦凝り固まると、そのままになってしまうことが多い。きっとこの昭和にも、どうにか適応しようとし過ぎたのだろう。

「神社に行く」

真っ先に決意を伝えた相手は、やはりさらみみ会の四人だった。

放課後、学校裏の駄菓子屋に集まって、思い思いのおやつを買ったあとだった。まだ秋のうちは、そのまま五人で公園に寄って、遊具に腰掛け、あれこれ話しながらお菓子を食べたりもしたものだったけれど、さすがにもう外は寒いからと、カンバちゃんの家を目指していた。その途中、じつは、と美々加が計画を伝えたのだ。

その神社に行くと、うまく平成に戻ることができるかもしれない。でもその場合、新学期にはもうみんなに会えなくなる、と。

「え、会えなくなるの？」

急な転校の予定を知らされたみたいに、四人が揃って驚いたから、逆に美々加は面食らった。

「さらみみ会」とはそもそも、さらを美々加に戻す会、ではなかったのか。なのに美々加が平成に戻る日が来ることを、彼女たちは少しも予想していなかったというのだろうか。

「いつ？　いつ行くの、神社」

「どこの神社」

「誰と行くの」

「本当に帰っちゃうの」

四人が口々に訊く。

「うん。冬休みになったら、すぐ……××区のほう……ひとりで……うん、そうなったらいいんだけど……たぶん、そうなる気がするんだ」

自分はいよいよ本気で帰るつもりだ、と四人に知らせるため、美々加は神妙な面持ちで、全員の質問にきちんと順番に答えた。

「えー、すぐ？」

「電車だね、また」

「年賀状はどうしよう。新しい住所に出したほうがいい？」

「たぶん、って？　じゃあ帰らないかもしれないってこと？」

と、畳み掛けるような声がつづく。

今度は質問と感想が入り交じったせいか、美々加も頭の中が混乱してしまい、ひとまず一番耳に残った単語、年賀状について訊ねたキムちゃんに、

「うーん、でもきっと届かないよ、未来には」

配達エリア外、とでも教えるみたいに言ってから、平成に帰れない可能性について触れたカンバちゃんのほうを見た。

もちろん言われなくても、美々加の期待はいつだって大きな不安と背中合わせ、願い通りにならない可能性を、自分自身がまず一番に考えるほうだった。

だから余計に周囲の人、ことに友人には、よいイメージを語ってもらいたい。大丈夫、きっと帰れるよ、とか、平成のお友だちとも仲良くね、とか。できれば温かい応援の言葉なんかをかけてほしい。珍しくそんな身勝手なことを思い、恨めしげな視線を向けていたのだろう。カンバちゃんはもともと察しのいい、気の利くタイプだったから、

「ううん、違う違う」

慌てて首を振ると、小さく舌を出し、あらためて発言の意図を説明してくれた。「もちろん、みみかが帰れないほうがいいっていう意味じゃなくて。ほら、帰るにしても、冬休みに入ってすぐじゃなくて、お正月になってからでもいいんじゃないかなあ、っていうことなんだけど」

「お正月？」

それは予想もしない提案だったから、美々加は訊き返した。

「うん、お正月。みんなで集まって、はねつきなんかして遊ぼうよ……どう？　楽しい

よ」

「いいねえ。カルタもしたい」

とキムちゃんが早速乗り気になった。

「神社に初詣行こうか」

と阿部さん。

「私、よそのうちのお雑煮《ぞうに》食べたい」

と、大柄なみーさんまで。「あと、みんなでお正月を写そう！」

それぞれに勝手なお正月の提案をする同級生たちと、それを思案顔で聞く美々加を、

「はいな、お嬢さんたち。いらっしゃーい」

紺色の前掛け、紺色のキャップをかぶった店先のおじちゃんが、陽気に出迎えてくれた。くりっとした目元が、カンバちゃんに似ている。神林青果店の主人だった。「もうみんなでお正月の相談かい。いいなあ小学生は。正月ったって、お年玉をもらうだけだもんなあ、こっちはもう、いよいよ年を越せるかどうかの瀬戸際だよ」

「なに言ってんのよ、もう。子供たちに。アホだねえ」

と、こちらは顔全体のつくりがカンバちゃんそっくりなおばちゃんも、得意の夫婦《めおと》漫才めいた口調で言ってから、全員顔見知りの娘の友だちに、いらっしゃい、と声をかけた。「キムちゃん、こんにちは、お姉ちゃんは元気？　みーさん、あんた、また背のび

たでしょ？　中学からバレーやんなさい。バレーボール。阿部さんは、こないだ美穂にそろばん教えてくれたって？　ありがとうね。さらちゃん、じゃなくて、みみかちゃんは、咳の具合、よくなった？　毎日ちゃんと暖かくしてなさいよ」

個別のメッセージとアドバイスに、はーい、とか、いいえ、とか、いえいえ、とか、ごほん、とか答えてから、

「おじゃましまーす」

おじちゃんとおばちゃん、ふたりに明るく声をかけて裏の通用口に回ると、五人、色とりどりの靴を脱いで家に上がった。急な階段を上った二階の和室がカンバちゃんの部屋で、洋間調にしたいのか、真ん中にピンクの絨毯が敷いてあったけれど、今はその上に、こたつがでーんと置いてある。みんなでそこに足を入れ、さっそく梅ジャムを塗ったみるくせんべいや、爪楊枝で刺して食べる豆粒大のこざくら餅、赤茶色をした棒状の麩菓子、小さな丸薬めいたフーセンガム、なんかを口に運び、いつも通りのお絵描き遊びをはじめると、美々加は本当に自分が平成から来た子なのか、それともただ未来のことを、ここで夢見ている昭和の少女なのか、自分でもわからないような不思議な気持ちになった。

果たしてさらみみ会の四人は、さっきの話を、どれくらい本気で受け止めてくれたのだろう。

もし美々加が神社から平成に帰れたら、それきりみんなとはお別れになる、というような話を。

あまりピンとこなかったのだろうか。

これまでの未来の話と同じように、一応信じてくれながらも、美々加の説明した通りを、ただぼんやり受け止める他はない感じなのだろうか。

「私も一緒に行こうかな。神社」

いきなり言ったのは、お絵描き中のカンバちゃんだった。オリジナルの犬系のキャラクター、ニカニカをわら半紙に二つ、三つと描きつづけている。「ね、どう？　みんなで一緒に行かない？　みみかひとりだと心配だから」

「うん、いいね」

「いいよ」

阿部さんとみーさんがすぐに同意したけれど、

「あ、でもいつ？　今月中だと、冬休み、私はいろいろと家の手伝いをしないと怒られるんだ」

とキムちゃんが困ったふうに言った。年末の大掃除とか、買い物とかのことみたいだ。

「お姉ちゃんは塾だから」

「じゃあ、近くの神社にしちゃう？」

と、みーさんがまったく意味のない提案をする。「それか、やっぱりお正月。みんなでお雑煮食べてから行こうよ」

「私、栗きんとんが一番好き」

カンバちゃんも、梅ジャムで赤くなった舌を見せ、おせちの好物メニューの話をした。このあたりはまだ小学四年生。しばらくそちらから話題が戻らなくなる。

でも、そもそも本当に平成に戻れたとして、自分がいなくなったあと、この肉体はどうなってしまうのだろう。

美々加はぼんやりそんなことを考えていた。

ようやくもとのさらちゃんに戻って、三学期には、以前そうだったみたいに、彼女が小学校に通うことになるのだろうか。

だとしたら美々加の親しくなったこの四人は、さらちゃんの気まぐれな冗談が、急に終わったと思うだけなのかもしれない。

最近、未来とか、平成とか、ＰＡＳＭＯとか、トイレの神様とか、いろいろ言わなくなったね、と指摘されたさらちゃんが、まったく身に覚えのない事態や謎の言葉に、しばらく首を傾げることになるのかもしれない。

そしてさらみみ会の名前も、やがて自然と消えるのだろう。

「みみか、何日に行くの？」

おせちの話をやっと終えたカンバちゃんが訊いた。

「二十五。それか二十六」

「すぐじゃん……ねえ、みみか、もうさらになっちゃいなよ」

冗談ぽく言って、カンバちゃんが美々加のほうを見た。

「ならない。ならないから」

得意のキティちゃんを描いていたペンを止めて、美々加は慌てて首を振った。あれこれひとりで考えて、よほどおかしな顔をしていたのだろうか。それとも神社行きの話を、カンバちゃんなりに、じっくり考えていてくれたのか。

「なんで。来年は一緒に空き地でヘビイチゴ摘もうよ」

とカンバちゃんが誘う。

「ヘビイチゴ？　おいしいの、それ」

美々加は前にサルビアの花の甘い蜜を、空き地で吸ったことを思い出した。

「おいしくない」「食べられない」「食べないよね」「みみかちゃん、野蛮」

と四人が声を揃えて笑ったから、美々加はぷしゅっと息を吐き、それから小さく首を振った。

○

小岩井の家に帰ると、玄関まで出迎えてくれたおじいちゃんが、いきなりキャラメルを一箱くれた。トリコロールの箱に、金髪の女の子のイラストが描かれた、おしゃれなキャラメルだった。

「ありがとう、おじいちゃん」

美々加はお礼を言った。上がりかまちに立ったおじいちゃんは妙ににこにこしていて、カーディガンの袖からは、ぷんと煙草の臭いが漂っていた。

「パチンコ、行ったの？」

訊ねると、おじいちゃんは答えずに、にやりと笑った。

また連れて行ってもらったら、あとでちゃんと教えなさいね、と前にママさんに言われていたけれど、これは一緒ではないから、べつに教えなくてもいいのだろうか。それとも念のため、報告したほうがいいのか。もしかすると、このキャラメルが口止め料なのか。

きつく口を結んで美々加が考えていると、

「なあ、さら。おめえは慎重な子だな。考えて考えて、そんでなんにもしないようなところがあるな。じいちゃん、しばらく見ててそう思うぞ」

おじいちゃんが、ずいぶんやさしい調子で言う。孫の生活ぶりを見て、いつか言おう、と思っていたのかもしれない。「そういうの、あんまり子供らしくねえな」うん、と美々加はうなずいた。おじいちゃんに指摘された点は、自分でも思い当たるところがあった。

ぽんぽん楽しく話せる仲間、さらみみ会のみんなといることで、だいぶ改善された気はしたけれど、相変わらず人見知りで泣き虫な性格なのだった。それが表に出そうになるのを、口を噤んでこらえていることも少なくない。

「でもな、損だぞ、それ。せっかく考えても、そんなふうに慎重な性格だと、なかなか誰からも、考えてるって思ってもらえんからな。じいちゃんみたいに、じっと観察していないとわからん。よく我慢して偉いけどな。もったいねえぞ」

「……はい」

「よし、じゃあ、早く上がれ」

美々加はうなずき、右足からゆっくり運動靴を脱ぐ。前に立つおじいちゃんがようやく踵《きびす》を返すと、その背後にそーっと近づいていたまさおが、

「じーちゃん、俺は？　俺はどんな性格」

予定より一瞬早く見つかってしまったことが悔しいような、でもそのぶん早口と素早い攻撃で目的を達成しようと張り切っているような、ずいぶん高いテンションで言い、

おじいちゃんに身を寄せた。

そして伸びをすると、しわしわの首筋や頬に、両手を押しつけている。

「こら、冷たい、ばか、なんだ」

身をよじるおじいちゃんと、

「ひひひ。ひーひひひひ」

プロレス技みたいにおじいちゃんの足に片足をかけ、ひたすら手のひらや甲を押しつけて笑っているまさおの様子からすると、きっと手を洗ったばかりなのだろう。タオルでよく拭かなかったか、あるいはおじいちゃんを驚かすために、しばらく冷たい水にでも浸していたのか。

「まさお、ばか、頼むから、おめえはもうちょっとものを考えろ。さらの五分の一……十分の一でいいから」

いよいよタコみたいに絡みつき、へばりついて手を押しつけるまさおを、おじいちゃんはどうにか自力で引き剝がすと、首をすくめて居間へ逃げて行く。その背中を、しつこいいたずらっ子が飛び跳ねるように追いかけて行った。

○

十二月の二十四日が、美々加の小学校の終業式だった。

さらみみ会のみんなとは、冬休みも遊ぼうね、と約束をしたけれど、具体的な日にちは決めなかった。

まずは家に帰って、二学期の成績表を親に見せなくてはいけない。そう気が焦るところもあったのかもしれない。それと二十四日は、それぞれが家でクリスマスパーティをする予定の日でもあった。

早く帰りなさいね、と親に言われて、まだ真面目に聞くような年頃なのかもしれない。

「阿部さんちは、あれ出るんでしょ」

帰り際、うらやましそうにみーさんが言い、

「あれって、なに」

美々加は訊いた。まさか、CM（だけ）でおなじみ、ケンタッキーフライドチキンだろうか。

「ターキー」

と三つ編みの阿部さんが答え、へえ、と美々加はうなずいた。

「水《みず》の江滝子《えたきこ》」

と、カンバちゃんがすかさず口にしたのは、ターキーの愛称で親しまれている年輩女性タレントの名前だった。もちろん阿部さんちの食卓に出されるのは、そのターキーではないようだけれども。

「七面鳥」

大人びた阿部さんは、わざわざ訂正してくれた。阿部さんのお父さんは外国との貿易を仕事にしていて、南国果実のジュースや、高級なチョコレートなんかも家によくあるみたいだった。

「栗が入ってるんでしょ、おなかに。うちはそんなの出たことない」

とキムちゃん。「サンドイッチだよ、コンビーフとキュウリのサンドイッチ」

「いいじゃん、サンドイッチ」

とカンバちゃん。「私んちなんて、毎年、お刺身だからね。全然クリスマスに関係ない」

それからプレゼントがあるとかないとか、ツリーを飾っているとか飾っていないとか、サンタはいるとかいないとか、そんな話をして帰る。

美々加の成績は体育以外、どの教科も一番よい評価だったし（一学期のさらちゃんも同じくらいにいい成績だった）、先生からの連絡欄にも、お友だちと仲よく遊んでいますね、と書いてあったから、何一つ隠す理由がない。ママさんは仕事でまだいなかったけれど、帰るとすぐ食卓の上に成績表を置いた。自分の成績に不満を持つらしいまさおが、勝手にそれを見て、ふーっとため息をつく。おじいちゃんがふたりの成績表を見比べ、よし、よしよし、とどちらにも言った。

居間には美々加の肩くらいまでの高さのクリスマスツリーが置かれ、もちろん美々加たちもいっぱい手伝ったのだけれど、おもちゃっぽい電飾とオーナメント、綿の雪なんかが飾りつけてある。

用意してあったカレーの昼食をおじいちゃんとまさおと三人で済ませると、午後、ずいぶん早めにママさんが帰って来た。

この家の人はパパさんもママさんもそうなのだけれど、勉強や成績について、というより、済んでしまったことにはとりあえずうるさく言わないみたいだ。それとも、あとの予定が忙しいからか。はい、お疲れさま、と二学期の終了をねぎらうと、ふたりの成績表はすぐにどこかに仕舞われ、居間では夜の支度がはじまった。美々加も指示されて、商店街まで買い物へ出かける。仕事を終えた会社の従業員もやって来るから、次の間も使う盛大なパーティになるということだった。

出前を頼んだ大きな桶の寿司が届き、美味しいと近所で評判のお肉屋さんで美々加が買って来たチューリップ形の鶏唐揚げ、鶏もも肉の照り焼き、ポテトフライやサラダが並ぶ。

「忘年会じゃないんで、挨拶はなしでいいな。メリークリスマス」

パパさんの掛け声で子どもたちはシャンパンを模したジュース、大人たちはビールで乾杯をした。

パパさんとおじいちゃんはにぎり寿司をつまみ、ビールのおかわりをしている。美々加とまさお、そしてお姉ちゃんはジューシーな鶏唐揚げにかぶりついた。

「うまい」

「うまいっ」

まさおと一緒にはしゃいだ美々加は、

「こら。うまい、じゃなくて、おいしいでしょ、ふたりとも」

言葉遣いをママさんにたしなめられた。小岩井建設のおじちゃん、おばちゃんたちが笑う。

ふだん事務所にいる人たちとはもうだいぶ仲良くなっていたし、今日は酒癖の悪いタイプの人もいなかったみたいで、美々加はのびのびしていた。

「はーい、これも食べてね」

ママさんが苺のショートケーキを切り分けて届けてくれた。そこでようやくパパさんが、子供たちへのプレゼントを配った。事前に希望を聞いて、それは高い、とか、手に入らないだろう、とか、べつのものにしなさい、とか交渉してあったものだ。

「はい、サンタクロースから」

聖人の名とともに手渡されたのは、まさおが人気ロボットアニメのおもちゃ（二体目）、美々加とお姉ちゃんは、手の甲のところにパンダの絵柄のついた毛糸の手袋と、同じ色、同じ柄のマフラーのセットだった。

お姉ちゃんのは水色で、美々加のは赤。通学途中のお店でお姉ちゃんが見つけたというのを、美々加も見ないまま真似をして、同じものをねだったのだった。

パンダの部分は、どちらも白と黒の毛糸で編んである。

可愛い、可愛い、とふたりで見せ合って喜び、さっそく身につけた。

「嬉しいか？　お前たち」

とパパさん。

「うん」

「うん、すごく」

「はーい」

と子供たち三人。ありがとう、ともう一度声を揃えてお礼を言うと、パパさんはすっかり満足そうになった。

「ほう、いいな。カンカン、ランランだな」

ビールから日本酒にかえたおじいちゃんが美々加に声をかける。美々加は手の甲のパンダをおじいちゃんに見せた。

「さらちゃんには、私からも特別なプレゼントがあるのよ」

笑顔のママさんが満を持したふうに言うと、待ってて、と居間を出て行った。

「ん？　さーねえだけ？　なんだ？　特別って。咳止めか？」

さっそく超合金のロボを箱から出し、がっしりと握って遊んでいるまさおが不思議そうな顔をした。

「なんだろう」

「なんだろうね」

水色と赤、色違いのパンダ手袋をはめたお姉ちゃんと美々加も、首を傾げて待つ。

「さらちゃん、成績がいいから、お小遣いじゃない？」

いつも事務所にいるやさしいおばちゃんが、ケーキをばくばく食べながら言った。

ほどなくママさんは、デパートの大きな紙袋を抱えて戻って来た。

「はい、プレゼント」

袋は、ママさんが自分の衣装部屋にたくさんため込んであるもののひとつなのだろう。

美々加が抱きかかえるように受け取って中を見ると、そこには得意の洋裁で手作りしてくれたらしい、憧れのタカラヅカグッズ、前に作ってもらったよりもひとまわり大きな、背負うとわさわさ揺れそうな白い羽根と、スパンコールの光る、薄い生地のブルーの丸首シャツが入っていた。

「前に頼まれたの、作ったわよ」

「いつ……？」

「あんたが学校に行ってから、仕事行くまでに、ちょっとずつ。羽根も、頑張って大きいのにしたから」

頼んだけれど、仕事が忙しいようだから急かしてはいけないと、美々加は黙っていたのだった。羽根のほうに関しては、もう少し大きくてもいいな、と思ったことさえ口にしなかったのに、ちゃんとわかってくれていたんだ。

「よかったね」

お姉ちゃんが言い、

「着てらっしゃいよ」

「見せて」

会社の人たちに言われて少し恥ずかしかったけれど、

「それ着て、いつもみたいに踊ってよ」

ママさんが目を細めて勧めてくれるのは、美々加がよほど嬉しそうな顔をしたからだろう。でもどうしよう……ダメだ。やっぱり人が多くて恥ずかしい。

「ね、見せて」

ママさんにもう一押しされ、プレゼントを抱えた美々加が、うーん、とますます悩んでいると、

「踊ろうよ、私も一緒に踊るから」

お姉ちゃんが顔を近づけ、小さく言った。「ね、いつも練習してるよね、私たち。今日はその本番、新人公演だよ」

「新人……公演」

「そう、雪組、大森美々加ちゃん。どう？　やる？　一緒に、ふたりで」

うん、とうなずいた美々加は、大急ぎで二階に上がり、お姉ちゃんにも手伝ってもらってシャツに着替え、いつものジャケットを羽織ると、素早くスーツ姿になった格好いいお姉ちゃんと一緒に、小岩井家と小岩井建設勤務のみんなが待つ居間に戻った。

そしてクリスマスイブの宴、特別公演、オスカルがバスティーユに駆けつける場面を、配役、美々加がオスカル、お姉ちゃんがその他の町の民《たみ》や衛兵で楽しく演じてみせた。

第五章　みみかの見たもの

1　出発（一）

お姉ちゃんの高校は、次の日、十二月二十五日が終業式だった。

もらったばかりの真新しい水色の手袋とマフラーをして出かけるのを、冬休み初日を迎えた美々加は、赤い鼻緒の下駄をつっかけ、外で見送った。

「いってらっしゃーい」

やさしいお姉ちゃんに、これでもう会えないのかもしれない。そう思うと、美々加は胸がぎゅっと苦しくなり、門の外に出て何回も手を振った。お姉ちゃんはわざわざ振り返って、パンダ手袋をはめた手を大きく振ってくれた。

すぐにパパさんも現場に出かけ、ママさんとふたりで見送って戻ると、すっ、と静かに引き戸を閉めたママさんが、美々加を呼び止めた。待つと、エプロンのポケットを探って、丸めたティッシュを取り出し、

「ちょっと、口開けて」

と美々加に言った。

「口？」

言われる通りにした美々加の口に、

「はい、肝油」

魚から取った成分を使用、栄養価が高いというドロップを放りいれてくれる。「ゆっくり噛んで。二十回ね」

平べったいゼリー菓子みたいなそのドロップの、ほんのり甘い味は嫌いではない。磨りガラス越しに入る日を顔に浴びながら、美々加がねっちゃりしたドロップを、一回、二回と噛んでいると、

「さーねえ、なに食べてる」

居間にいたまさおが、よほど鼻がきくのか素早く駆け寄って来た。最後は廊下をつーっと滑るように玄関まで到着。答えを聞くよりも先に、

「母ちゃん、俺も」

右手を差し出し、ママさんにねだった。

「肝油よ。肝油ドロップ」

ママさんが正解を伝えても、まさおはひるまない。

「俺も食べる」

「あんたは元気でしょ」

「最近、朝が元気なくてな」

「バカねえ、あんたそんなの、誰に聞いたのよ」

ママさんが頬を赤くして、妙に慌てたふうに言う。

「この前、父ちゃんが、母ちゃんに言ってるのを、聞いた」

まさおが答えるのを、こら、とママさんは叱った。

「最近、朝が元気なくてな」

攻撃に効果あり、と判断したのだろう。まさおがふざけた声でリピートする。

「もう、肝油でもなんでもあげるから、黙りなさい」

「へへへ。へへへへ」

まさおは叱られながらも、相手の攻撃をかわし、上手く一本勝ちをおさめたように喜ぶと、このまえ美々加が教えた、腰の位置での低いガッツポーズを取った。

ママさんは美々加を残して、先に靴脱ぎから上がると、ドロップをあげるかわりみたいに、まさおの頭をげんこつでこつんと小さく叩いた。

いてっ、とまさおが大げさな文句を言う。「なんで」

「こっちいらっしゃい」

「嫌ぜよ、俺はこわいぜよ」

「こわいぜよって、あんた、その喋り方はなによ。ずっと。ドラマの真似？　テレビばっかり……。また前みたいに、一日一時間にする？」

ママさんはいよいよ呆れたふうに言うと、

「大丈夫。ちゃんと、あっちでドロップあげるから」

一転やさしい声になって、まさおを連れて行く。

ママさんが事務所に出かけてから、美々加は自分の身支度をした。できるだけ暖かい恰好を選び、お財布を持ち、赤いパンダのマフラーをして、同じ柄の手袋をはめる。

それから自分の勉強机と、二段ベッドの下の段がきちんと片づいているか、あらためて確認した。

今日こそは、ひとりであの神社に出かけるつもりだった。

そのまま平成に帰れれば、もうこの部屋に戻って来ることはない。

さようなら、昭和の子供部屋。お姉ちゃんと一緒にいれば、やっぱりここが一番安心できる場所だった。ベルばらのポスターやたくさんの少女漫画、歌劇雑誌の背表紙を、美々加は名残惜しく、ささっと見やる。

昨日はバスティーユのあとに、美々加が大きな羽根、お姉ちゃんが小さいほうの羽根を背負って（もちろん譲ってくれたのだ）、小岩井家の廊下から居間へと華やかに登場したのだった。パーティに参加したおじちゃん、おばちゃんたちにも大受けだった。今日はずいぶん本当はあの羽根も背負って出かけたい、なんて考えたせいだろうか。

そっと、静かに階段を下りたのに、うるさいまさおに見つかってしまった。

両手に超合金の人形を持って、なにかぶつぶつ喋りながら歩いて来たから、家の中をロボット同士の戦う空間に見立てているところだったのかもしれない。

完全に防寒モードの美々加を見ると、

「お、さーねえ、どこ行くぜよ」

と不審げに言った。

「……カンバちゃんち」

毎回使う嘘を、美々加はまた使った。

「カンバちゃんちは……八百屋さんだ」

「そう」

聞くと満足したのか、意外にあっさりと、見送りもせず、まさおはまたロボットが対戦する世界に戻り、階段を上って行く。

少し拍子抜けした美々加は、ゆっくり運動靴をはき、行儀がよくないのを承知で、左右のつま先を、こんこん、とたたきに二回ずつ打ち付けて踵を入れて、階段のほうを見やると、ずいぶん上まで行ったまさおが、段に腰掛け、腿に顎をつけるくらい頭を低くして、美々加のほうを見ていた。

「さーねえ。いってらっしゃい」

「いってきます」

まさお、もう会えないかもしれない、バイバイ、と心の中で伝えながら、美々加は真冬の半ズボン少年に声を返し、小岩井家を出た。

それから駅までの道を、美々加は決して振り返らずに歩くことにした。

秋にM町を目指して出発したときよりも、むしろ張り切ったような足取りになったのは、それだけ早く帰らないとまずいという気持ちが強まったからだろう。

やさしい小岩井家の人たち、お姉ちゃん、ママさん、パパさん、おじいちゃん、アホのまさおにお世話になったぶん、以前より離れがたくなっているのは間違いなかった。

大切な友だち、さらみみ会の四人にも、あらためてお別れができなかった。

あんなになんでも話して、仲良くなったのに。

もう一度、カンバちゃんたちと駄菓子を食べたり、ずうとるびやアンデルセンのことを話したり、お絵描きゲームをしたり、こっくりさんをみんなにやってもらって横で見たり、高島妙子のグループと対決をしたり、はじめてだけれど一緒にお正月を写したりもしたかった。

美々加はそういった寂しさを感じたぶん、余計に力を込めて、大好きなママのところに帰る自分を思い浮かべた。ママに会いたい。やっぱりその気持ちが、美々加の中では一番強いのだった。

ずいぶん長い道草をしていたような、不思議な気分だった。

まだ午前中の日差しのおかげもあったのだろう。どうしても寂しさに泣きたい気持ちは消えなかったけれど、ここを振り向かずに歩いて行った先に未来があるという気がした。

いつもならたらたらと十分以上かかる駅まで、たぶん二、三分は早く着いた。

四ヵ月でだいぶ見馴れた、入口が三角屋根になった他は、地味で素っ気ない昭和の平屋の駅舎に入ると、

「あ、みみか」

ぱちぱち、かちんかちん、ぱちぱち、かちんかちん、と人が切符にハサミをいれる改札の横で、少女たちが大きく騒いだ。

リュックを背負ったり、水筒を下げたり、スカート派なのに珍しくジーパンをはいていたり。それぞれが遠足めいたアイテムをひとつかふたつ、身につけている。

人数は三人。

冬休みは家の用がある、と言っていたキムちゃんをのぞく、さらみみ会のメンバーだった。

「ほら、来た」

とカンバちゃん。

「すごい、まだ五分も待ってないけど、偶然？　本当にこれ偶然なの？　こっくりさんよりすごいと思う」

と、みーさん。

「日にちの候補は聞いてたから、完全な偶然っていうわけでもないいんじゃないかな」

と阿部さん。それぞれの興奮した声が、きれいに聞こえて来る。

その内容からすると、美々加の神社行きを予想して、ほんの五分ほど前からこの駅で待ち伏せをしていた、言い出したのはカンバちゃん、ということみたいだった。

完璧に行動を読まれた美々加は、昭和の同級生三人に手を振り、急いで近寄る。

「キムちゃんも来るよ。今日なら大丈夫だって」

カンバちゃんが言った。ちょっと怒った口調なのは、美々加がきちんと出発の日を伝えなかったからなのだろう。みんなと相談して日を決めたり、自分で決めても変更を求められたりしていると、どんどん平成に帰れなくなる。そんな気がして、あの日、カンバちゃんちの二階で話した以上には、あらためて詳しく伝えなかった。

「キムちゃんが、三十分くらい待ってて、って言ってたけど、待てる? 待てるよね」とカンバちゃん。まだ、どこかよそよそしい。

「待てる」

美々加はうなずいた。

三人の顔を見ると、今日ここまでの、自分の心細さがよくわかった。胸を張り、張り切ってここまで歩いて来たけれど、本当はひとりで行くのが怖かった。

どんなに強がっていても、ちょっとしたきっかけで、ぴゅーっとうしろに戻ってしまう自分が見える。それよりはみんなで遠足みたいにわいわい出かけたほうが、ずっと楽しく、元気が出るに決まっていた。

「可愛い、パンダ」

珍しいジーパン姿の阿部さんが、美々加の手袋を指差した。

「うん。パパさんのクリスマスプレゼント」

美々加は手袋の甲をよく見えるように差し出した。「お姉ちゃんとお揃いなんだ、お姉ちゃんのは水色」

「マフラーにも?」

「うん」

と今度はマフラーの、パンダの絵柄の織り込まれたあたりを見せる。

「可愛い」

と、リュックを背負ったみーさんが言った。つづいてカンバちゃんも、美々加の示した絵柄を見て、

「……可愛い」

ようやく、ぼそっと言う。よそ行きの白いベレー帽をかぶり、魔女っ子メグちゃんの絵がついた水筒を斜めがけしたカンバちゃんは、

「みみか、もし、急にいなくなったらさびしいよ」

口を尖らせて言う。

「ごめん」

美々加は素直に謝った。

そしてさらみみ会、もうひとりのメンバー、キムちゃんの到着をみんなと改札の横で待つことにした。

2　出発（二）

「どこ行くの」

やがて美々加たちの前にあらわれたのは、待ち人のキムちゃんではなかった。見慣れた大中小、同じクラスの三人組だった。リーダーで「中」の高島妙子が、口を尖らせて喋っている。「電車、乗るの?」

「乗る」

「乗らない」

「それは秘密です」

「なんでそう思うの?」

美々加たちの答えは、てんでんばらばらなものになったけれど、そのちょっと慌てたような口ぶりと、カンバちゃんたちの遠足っぽい身なり、そしてなにより揃って改札の脇に立っている様子からすれば、このあと電車でどこかへ出かけるのはバレバレだろう。

美々加たちの胸に、小学校の名札がないのをたぶん確認しながら、高島妙子は目を光らせている。一応あの小学校では、休日でも電車に乗るときは、名札をつけることを勧めているのだった。

いつも通りピン留めで広いおでこを出し、今日は寒さのせいなのか、頬を少し赤くしている彼女は、一体なんのためにこの場所にあらわれたのだろう。校内のルールを守らせる「風紀委員」(という単語を美々加は昭和に来てはじめて知った)でもないはずなのに。

「してないね、名札」

高島妙子はいよいよ言った。

「してないねえ。でも遠くには行かないから」

「うん。遠くなんて行かないし」

「妙ちゃんたちも、名札つけてないじゃん」

「うちら、もう今日は解散だから」

今度は美々加たちも、揃って気のない返事をした。このへんはもう、あうんの呼吸。

これで高島妙子たちが、あっさり人の行く先に興味を持つのをやめてくれればいいのだけれど……という美々加の期待通りにはいかなかった。

「また、そんなこと言って」

「早く本当のこと言わないと、二階堂先生に言いつけるよ」

「どこ行くの？　ひとり足りないけど」

大中小の三人が言う。


「邪魔だ」

黒いステッキを手にしたおじいさんに、いきなり阿部さんが怒鳴られた。四人対三人。高島妙子のグループとがっちりにらみ合って、美々加たち四人のほうが少し負けてあとずさると、ちょうど改札へ向かう彼の進路を塞いだらしい。

「ごめんなさい」

さらみみ会の知恵袋、優等生の阿部さんは顔を一瞬で真っ赤にして言った。

「ごめんなさい」「ごめんなさい」「ごめんなさい」

美々加も他の二人と一緒に謝った。

阿部さんひとりが通行の邪魔をしたわけではなくて、もちろん、このあたりでグループの対決なんかしていたみんなの責任だった。背筋のピンと伸びたおじいさんは、道路で邪魔な車を見かけたら、いきなり黒いステッキでボンネットを大きくひと叩きしそうな風格があった。この時代によくいる、そういう感じの「頑固じじい」だった。もう改札で切符を出し、ぱちぱちん、とリズミカルなハサミを入れてもらっている。

「ごめんね。改札の前はふさがないで」

切符にハサミを入れた駅員さんが、そのあとやさしい調子で阿部さんに声をかけて、とりあえずその件は決着した。

高島妙子のグループに、少し下がるよう、身振りをまじえてお願いする。彼女たちにしてはめずらしく、文句も返さずに、すっと素直に後ろに下がってくれた。

待ち合わせ連絡用の緑色の板が、背後の壁にかかっていた。

罫線が白く引いてあって、縦に時刻と名前、そしてメッセージを記せるようになっている。「先に行く」とか「喫茶ハトヤで待つ」とか「ナカムラ遅いぞバーカ」とか。

「どうしたの？　すごくいっぱいいる」

さらみみ会のもうひとりが、ようやく姿を見せたのはそれから五分くらいあとだった。相変わらず大中小の三人と、大中小小の四人が向かい合っていたから、彼女がそう指摘したのは当然だろう。

「あ、それに、みみかちゃんもいる。すごい。本当に会えたんだね。お告げみたい」

オカルト好きのキムちゃんは、受け口になって、興奮気味に言った。美々加が今日この駅を使うかどうか半信半疑、彼女はまだ待ち伏せするつもりで来たはずだった。

それでもこのまま遠出になってもいいような準備はしたのだろう。キムちゃんはスキーに行くみたいな暖かそうなアノラックを着て、黄色いニット帽をかぶっている。

「妙ちゃんたちも、一緒に神社行くの？」

近寄ったキムちゃんが、いきなり余計なことを言った。ダメ、と美々加は思ったけれど、もう遅い。

「神社？　なにそれ？」

高島妙子が一気ににんまりと頬を盛り上げた。ＣＧを使ったのかと思うくらい、わかりやすく目を光らせている。

◯

もわっと暖房の効いた電車がガタガタと動きはじめ、ゆっくりと景色が流れて行く。

大好きなママがパソコンのバックアップ、「タイムマシン」の機能を使っているときみたいだ。

「美々加、見て。タイムマシンよ。時間が戻って行くよ」

母親の呼ぶ声が耳によみがえる。すると美々加は慌てて仕事場に走って行き、オレンジ色のビニールクロスが張られたパイプ椅子を広げ、ちょこんと横に座ってその様子を見せてもらうのだった。

ずっと。

飽きもしないで。

いつまでも。

今も同じくらい、真剣に、じっと窓の外の景色を見ている。

電車が走る。走って行く。

最初はゆっくりと。

徐々に速く。

さようなら昭和。いよいよ平成に帰る……。

ぽん、と肩を叩かれ、美々加の意識は車内に引き戻された。

「食べる？　おやつ」

振り返ると、横の席に座ったカンバちゃんが、口をしっかり開けた笑顔で言った。

「おやつ？」

窓の外を見るため半身の姿勢になっていたのを、美々加はきちんと元に戻した。白いベレー帽をかぶったカンバちゃんは、膝にも可愛い白バッグを置き、ファスナーを開いている。バッグの口からは、色とりどりの、たくさんのお菓子が覗いていた。

「カレーあられは？」

「電車であられは……」

「ボトルチョコ」

「中のお酒がちょっと」

「じゃあ、バナナにする？」

「いやいやいや。もうちょっとアメとかガムとか、軽いもののほうが」

美々加はおやつだらけの、カンバちゃんのバッグをよく見せてもらうことにした。

「他になにがあるの？」

カンバちゃんがひとつずつお菓子をつまみ、見やすく出してくれる。クッピーラムネ。

フーセンガム。すこんぶ。梅ミンツ。さくら大根。いちごみるく。フィリックスガム。

「すごいいっぱい買ったね」

「うん、張り切ったから。あと、おにぎりもあるよ」

「楽しい。本当に遠足みたいだね」

赤いパンダの柄の手袋とマフラーをした美々加は言うと、いちごみるくのアメをひとつもらうことにした。

舌に載せ、ゆっくり溶けて行くのを味わう。

もうひとり向こうに阿部さんが座っていて、美々加とカンバちゃんの前に、キムちゃんとみーさんが立っている。

全体に角張った印象の車両は、真新しいものみたいだった。

ワリチョー、と大きく印刷された車内広告が見える。

みんなにおやつが行き渡ると、カンバちゃんはいくつかお菓子をまとめ、みーさんに差し出した。つり革から手を離したみーさんが、

「おっと。あぶない」

テレビの時代劇みたいに答え、電車の揺れに気をつけながら、そのお菓子を受け取った。それからいつものゆったりとした足取りで、同じ車両の端のほうまで、それを届けに行く。

お昼までまだ間のある、のんびりとした車内だった。

「みみかのお弁当、どんなの?」

おやつを食べながら、カンバちゃんが訊いた。

「お弁当?」

「お昼ご飯。ないの?」

「ない」

美々加は首を横に振った。神社からそのまま平成に帰るつもりだったから、今日のお昼の心配なんかしていなかった。いざとなったら、コンビニでパンかおにぎりでも買えばいい、と咄嗟に考えて、自分でもおかしくなった。

ない、ない。そんなの。どこかにはもうあるのかもしれないけれど、まだ身近にはないものだった。でも日中ならパン屋さんか、個人商店、小さなスーパーでも開いているだろう。

「おにぎりふたつ持って来たから、一個あげる」

親切なカンバちゃんに、ありがとう、と言う。

最初の乗り換え駅で、お手洗いに少し時間を取った。

「食べ過ぎたんだよ、カンバちゃん。張り切ったから」

「それより朝から、ずっと緊張してたから」

カンバちゃん本人が、眉をハの字にして、情けない顔で言う。

「みみかならともかく、なんでカンバちゃんが緊張してるの」

「……どきどきして少ししか眠れなくて。それにゆうべからお腹もちょっと痛くて」

「じゃあお菓子やめればよかったのに」

と阿部さん。

「だってせっかく用意したんだよ。食べたかった」

「ちり紙ある？　薬は？」

お腹の具合がすっきりしない、という友人を気づかって、なぜか床がびちゃびちゃと水浸しのトイレで比較的ましな個室を選んだり、ハンカチやタオルを用意したり、手荷物をかわりに持っていてあげたり、外でしばらく待ってから中に様子を訊きに行ったり、四人であれやこれやしていると、

「大丈夫なの、神林さん」

仲間ふたりを引き連れた高島妙子が近寄って来た。売店で買って来たというちり紙の束を、はい、と無造作に差し出す。

「……あるけど」

美々加が一応断ると、

「足りなくなるといけないから。あと、さっきのさくら大根のお返し」

妙ちゃんが言ったので、美々加はカンバちゃんのかわりに、お礼を言って受け取った。

「それで、さらちゃん。神社になにしに行くの。そろそろ教えてよ」

「……さらじゃないし」

美々加は小声で言い、首を横に振った。

「さらでしょ」

「違う」

美々加の答えに、高島妙子は呆れたように首を振った。

「じゃあいいけど。それで、どこの神社に行くのかな」

美々加はその質問には答えず、かわりに首を傾げた。

「じゃ、これ一個だけ教えてよ。電車、まだだいぶ乗る?」

「まだ乗る」

美々加は大きくうなずいた。高島妙子は仲間たちと顔を見合わせ、こそこそ話している。

「……だから、無理についてこなくていいよ……大変になるし」

美々加も後半、本気で心配しながら伝えた。ただ、急にくっついて来たにしては、三人とも、ちゃんとお小遣いを持っているようだった。本当はどこか、よそに行くつもりでもあったのかもしれない。

「行くから」

ともあれ無駄に意地っぱりなところのある高島妙子は、きっぱりと言った。

○

カンバちゃんがもう大丈夫というのを待って次の電車に乗り、それからもう一度、今度は路面電車に乗り換えた。

「みみかちゃん、お昼のおにぎり、二個食べてもいいよ」

ちょっと弱気になったカンバちゃんが、座席から美々加を見上げて言う。具合の悪いカンバちゃんと、さっきまでずっと立っていたキムちゃん。それと高島妙子が並んで座っている。もう、さらみみ会と高島グループ、計八人の遠足だった。

チンチン、チンチン、と街中で警笛を鳴らす短い電車はゆっくりと大通りを渡り、カーブを曲がり、信号で止まる。家と家の間を通り抜け、樹の下を走り、やがて神社のそばに着く。

いよいよだった。

緊張する。

美々加は小さなホームに降り立つと、見覚えのあるような、じつはあんまりないような、周囲を見やった。美々加が以前ここに来たときは、黒い猫のお尻ばかり追いかけていた。

あれはいつだっただろう。

「こっちに行く」

指示待ち顔をした遠足メンバーたちに、美々加は一本の道を示した。その路地に入った覚えがある。路地を抜けると、神社の石塀に沿った道に出るのだった。

「わかった」

八人でぞろぞろ、そちらへ歩きはじめる。

猫の多い路地だった。空き地と、途中に井戸がある。

うん、そうだ。ここを行けばこうなって、ここを曲がってすぐに、こうだ。

そしてその先がこんなふうで、と思ったところが行き止まりで、少し引き返したけれど、方向は違わなかった。ほどなく神社のごつごつした、長くつづく石塀に行き当たる。

美々加は、ふう、と息を吐いた。

「これが神社。ここの先から入れる」

入口のほうを指差してみんなに伝えると、

「ついた」

「ほんとうだ、神社だ」

「あったんだね。ここから帰れるのか」

「これで、さらみみ完成？」

事情に通じた四人が興奮したように言い、

「神社……」

高島妙子たち三人は、つづく解説を求めているようだった。でも興奮気味の四人が、だいぶ元気よく歩きはじめたから、遅れないようについて行く。美々加も置いて行かれないよう、石塀とその向こうのことも気にしながら歩いた。

「ねえ、阿部さん」

美々加はさらみみ会の知恵袋、頼りになる同級生をこっそり手招きした。小柄なせいもあって、いつも一番幼く見られる美々加だったけれど、本当はみんなより二つ年上だった。十一歳と十一ヵ月。こっちでの数ヵ月を足せば、もう十二歳になっているはずだった。「ここからはちゃんとみんな帰れるかな？」

「ここから？　うん、それは帰れるよ。さっきの駅に戻って、チンチン電車に乗って、二回乗り換えればいいんでしょ。大丈夫」

阿部さんは電車賃もはっきり記憶していて、しっかりうなずいた。しかもすごいことには、美々加が今、なにを心配しているのかまで、わかってくれた様子だった。「みみかちゃん、気にしなくていいよ。自分が帰ることだけを考えて」

「ありがとう」

美々加は目の中をカッと熱くしてうなずいた。赤いパンダ手袋の甲で、ちょっと目元をぬぐう。「それと、これまで私の話、信じてくれてありがとう」

「うん」

三つ編みで、今日はジーパン姿の阿部さんは、しっかりと答えた。「私、聞いたこと全部覚えてるから、将来、答え合わせするのが、すごく楽しみなんだ」

「うん……ありがとう」

美々加はもう一度素直なお礼を言った。それからちょっと考えて、阿部さんの手を引き、その場でこそっと言った。「あのね。キティちゃんもこれから流行るよ」

「キティちゃん？　あれ？　みみかちゃんが考えたやつ？」

「それは……嘘。本当は未来の人気キャラクター」

ようやく謝罪する気持ちで、美々加は小さく言った。「あとチョッパーも」

「わかった。キティちゃんとチョッパーね」

阿部さんも小声で言い、濃い睫毛《まつげ》に囲まれた目を丸くして笑った。

「おそーい、ふたりー、なにしてんの」

みーさんとキムちゃん、カンバちゃんが振り返って向こうから手を振っている。ひとりで黒い猫のあとを追う代わりに、ここでは友だちに呼ばれて、美々加は阿部さんとふたり、石塀沿いの道を急いだ。

「いまふたりで悪いこと話してたでしょ、あっちで」

みーさんがにやにやと言った。

「そんなことは、ない、ない」

美々加は阿部さんと一緒に否定したけれど、

「ううん、あれは悪巧みの顔」

みーさんは可笑しそうに、決めつけて言った。


やがて参道の入口に着いた。

入ると広い石畳があり、両端にずらっと木が植わっているはずだった。

そこにある一番大きな木の、人の字形になった根もとの空洞を、えいっとくぐればここ、昭和に通じていたのだ。逆にここ、昭和にある木の穴をくぐれば、平成の、大好きなママのもとへ帰れるだろう。一番シンプルだけれど、それが今の美々加に思いつく、最良の方法だった。

もう試さない理由はなかった。

入口を抜けて、上り勾配になった参道に入ると、やはり石畳を挟むように、端と端に木が植わっている。本数はこんなものだったか。同じような植え方をしてあったのか。太さはどうだったか。

ただ覚えている。

あきらかに、あのとき黒い猫は、本殿に近い、飛び抜けて太い木を目指したのだった。

もちろん本殿は参道を進んだ先にあった。

美々加はいよいよ友だちのことも忘れ、早足になった。

ママ。

ママ。

ママ。

これでママに会える。

石灯籠や朱塗りの鳥居に飾られた木造の落ち着いた本殿のそばには、確かに一本、太い木があった。

美々加はその木に駆け寄った。でもおかしなことに、人の字形になった根もとの空洞は、美々加がくぐれるほどの大きさではなかった。

ぎりぎり猫が通れるくらい、しかない。

美々加は地べたに膝と手をついて、その空洞に顔を近づけた。おでこをくっつけるくらい、なんだったら自分の頭をぐいぐい中まで押し込んでしまうくらいの勢いで、空洞に顔を近づけ、のぞき込み、おそるおそる手を差し入れてみたけれど、やっぱりそれはただ地面との小さな隙間でしかないみたいだった。頭を通すのも無理な広さしかない。この時代では、まだ樹齢が若いのだろうか。それとも植わっている地面のほうに違いがあるのか。

「どうしたの？　今なにか探してた？　なにじっと見てるの？　この木、なに？」

やがて追いついたみんなのうち、高島妙子が言った。「さらちゃん、なにやってるの。大丈夫？」

ここもまた自分を平成に戻してくれる場所ではなかったのか。

美々加は大きな木の脇に、ただぼんやりしゃがみ込んでいた。

3　遠い未来

いよいよ年の瀬になると、冷蔵庫がわりの小岩井家の玄関脇には、みかん箱どころか、塩漬けの太い鮭がまるごと一本置かれるようになった。

それからぺたんと一枚にのしてあるお餅も並べてある。

美々加は神社から帰って以来、咳がまたひどくなって来たから、外出は控え、しばらく家で暖かくしていた。そうするようにと、南野医院の先生に言われていた。

神社のあの木が大きくなって、根もとに美々加がくぐれるような空洞ができるまで、あと何年待つ必要があるのだろう。

まさか美々加がやって来た年まで、三十七、八年……待たないと同じかたちにならないのだろうか。

そんなに待ったら、すっかりおばあちゃんになってしまう。帰ってママに会っても、美々加のほうが年上だろう。

そもそも、平成二十何年まで待つのなら、あらためてその木をくぐる必要がない。くぐった先になにが待つのかもわからない。

なによりその年齢になれば、体の大きさだって、今の自分とはもうまったく違うだろう。

つまり、あの木の空洞をくぐることは、これからもうできない。

美々加はそんなことを考え、ぼろぼろ涙を流した。

つぎに考えたのは、この昭和のどこかにいるママを探すことだった。

けれど、まだ小学校にも上がっていないママを見つけて、果たして意味はあるのだろうか。すぐそばにいたいと願って連れ出しても、ただの幼児誘拐と間違われるだけではないだろうか。

しかも育てるのは無理だろう。たとえ、さらみみ会の四人に手伝ってもらっても難しい気がした。

それにもう一つ。

あの自分がいた平成と、今のこの昭和が同じ時間でつながっているとばかり考えているけれど、どこにもそんな保証はなかった。

このまま昭和四十九年を暮らして、あと何日かで年を越し、ずっと年を重ねても、ママと暮らしたあの平成には辿り着かないのかもしれない。

あそことここは、まったくべつの世界なのかもしれない。

その可能性を考えて、美々加はしばらく咳が止まらなくなった。


「ネギ巻く？　のどに。さらちゃん」

小岩井のママさんがおそるおそる子供部屋に顔を覗かせた。いい、と美々加は断った。二段ベッドの下の段で、湯たんぽを抱え、じっと布団にくるまっていた。

いい子にしないと帰れない。

急にそんな強迫観念にとらわれ、居ても立っても居られなくなるような時間もあった。お姉ちゃんもまさおも、あれこれ用事を任されているようで、お遣いだとか、掃除だとか忙しくしている。

埃の立つ部屋の大掃除は、のどに悪い気がしたけれど、トイレの拭き掃除ならできるかもしれない。分厚いどてらを羽織った美々加は、ごほごほ、ごほごほ、と咳をしながらママさんのところへ行き、トイレ掃除をすると伝えて呆れられた。

「無理でしょう。どうしたのよ急に」

「うん。ただ、お手伝いしたいから」

朝の新聞と牛乳を取って来ることも、美々加の咳がひどくなってからは、まさおの仕事に替わっていた。

「いいのよ、具合よくなってからしてくれれば」

台所のママさんはやさしく言った。「今はしっかり休んで、早く風邪をなおすのがさらの仕事でしょ」

「そっか。じゃあそうします」

美々加はうなずいてから、

「でも、それだと帰れない……」

つい口にして、慌てて首を横に振った。

「どこに帰るのよ。もう。あなたのおうちはここでしょ」

ママさんはさすがに困ったふうに言い、それから美々加と同じ目の高さになるように

しゃがむと、

「いただいた『ぽんぽこ』があるから、あとで食べようね」

と甘く言った。

「ぽんぽこ……」

「チョコよ」

やさしい。けれど、やっぱり違う。ママさんは好きだけれど、ここではない、と美々加は思っていた。

○

美々加が入院したのは、年が明けてすぐ、三が日の休みが終わってからのことだった。

大晦日《おおみそか》に夜更かしをして、深夜の初詣に行ったのがいけなかったのだろうか。

といっても紅白歌合戦の途中、我慢できずにこたつで眠ってしまったのを、

「もうすぐ新年ぜよ」

同じく寝ていたくせに興奮した様子のまさおに起こされ、

「おー、4から12まで、全部一緒の番組ぜよ。さーねえ、ほら、チャンネルを回しても番組が変わらん」

回転式のチャンネルをがちゃがちゃ、がちゃがちゃ回してはしゃぐアホがいるせいで

落ち着かない民放版の『ゆく年くる年』を見てから、小岩井家のパパさんの音頭で、近所の小さなお寺に行っただけだったけれども。

美々加は服とコートをもこもこに着込んでいたし、マスクと帽子、マフラーに手袋もしていた。もちろんすぐに帰って寝た。だからそれで具合が悪くなるとは思わなかった。

それから元日も天気がよく、ほとんど風もなかったから、午前中、家の前に出て、はねつきをした。

お姉ちゃん、まさおと三人でだった。それもほんの短い時間のことだったけれど、だいぶ白熱したのと、負けたしるしに美々加も鼻の下に、くっきりと墨で一の字を書かれ、レット・バトラー、レット・バトラー、とタカラヅカの男役気分で大興奮したのも、少しは影響があったのかもしれない。

咳がまたひどくなったのはその翌日、一月二日の夜からで、シロップを飲んで三日は寝ていたけれどよくはならず、町の商店がようやくシャッターを開けるようになった朝に、美々加はパパさんの運転する小岩井建設の車で隣町の大きな病院に向かい、診察を受けた。

結果、よくない咳だからとそのまま入院することになった。

はじめに入ったのは六人部屋で、子供は美々加ひとりだけだったから、「おやつ食べる?」とか、「漫画好きね」とか、「それツレちゃん?」とか、「早く治るといいわね」

とか、「キミ、お姉ちゃん子でしょ」とか、あれこれ気づかってもらったのだけれど、二日だけそこにいてから病室を変わることになり、今度は気むずかしい雰囲気のおばあさんとの二人部屋になった。

体が弱って気も塞ぐのか、おばあさんが美々加の咳を、うるさい、ああうるさい、といちいち声を上げるほど嫌がったから、間にぴっちりカーテンを引き、真っ直ぐ顔を見たこともない仲だったけれど、なるべく音が響かないようにと、美々加は頑張って口を閉じて咳をしていた。

ただ、どうにかそうやって我慢していると、ついにはもっと大きな咳が出て、おばあさんには、なお嫌がられることになるのだった。

口をきつく閉じ、両手でふたをしても突き破って出て来る咳と、そのたびのしわがれた悪罵《あくば》の声に、美々加はずいぶん悲しい気持ちになった。

○

「トイレの工事、もうはじまったの？」

美々加の咳は薬でもよくならず、新学期がはじまってしばらくしても、一向に退院できる様子はなかった。

「まだだよ」

パパさんは夕方、美々加の好きなプリンを持って来てくれた。現場から真っ直ぐ来た作業着姿だった。でも自分の家のトイレ水洗化には、まだちょっと時間がかかるらしい。

「早く水洗になるといいな」

パパさんがふたを取ってくれたプリンを、美々加は子ども用のスプーンで一口食べた。病院のご飯は冬の日没より早く、もう終わったあとだった。

「さらは、ぼっとん嫌いなんだろ」

「うん。ぼっとん嫌い。くさい」

「お、ごめんな。食べてるのに」

パパさんは申し訳なさそうに言う。おばあさんが病室を替わってから、となりのベッドは空いたままだった。

「ハマヤさんのお菓子、買って来たわよ」

一日の半分近くを一緒に病室にいてくれるママさんも、銀行とかお買い物の用に出たときには、美々加の好きな和菓子屋さんで、だるまのぼうろなんかをよく買って来てくれた。

さらみみ会のみんなも、放課後にしょっちゅう来る。

「まだ面会時間じゃないわよ。五分早い」

たまにナースのコマコさんやエビちゃんに叱られながら、でも同室がいないからと大目に見てもらえているみたいだった。

性格のきつい高島妙子も一度、仲間と三人セットで来て、

「前に見たいって言ってたよね」

透明なケースに挟んだ、北海道広尾線「愛国駅」から「幸福駅」行きの記念乗車券を見せてくれた。

「すごい。本物だ」

美々加が感心するとずいぶん喜び、見せてそのまま持ち帰った。

お姉ちゃんとまさおは、もちろんいっぱい来た。

お姉ちゃんは学校や習い事の帰りに、少女漫画と宝塚の最新情報を抱えて来てくれる。休みの日はママさんのかわりに一日付き添ってくれたこともあったし、こっそりマクドナルドのハンバーガーも買って来てくれた。

ケチャップとピクルス、バンズとパテの懐かしい味をゆっくり、ゆっくり味わいながら、美々加は頑張って泣くのをこらえていた。

「またタカラヅカ行くでしょ」

「行きたい」

「ベルばら、再演するかもよ」

「オスカルさま」

「あと、どこ行きたい？」

「神社」

美々加は言った。

「神社？」

お姉ちゃんはちょっと不思議そうにしている。またあの神社に行って、もう一度木の周りをよく確かめたかった。よく見たら、なにか違う発見があるのかもしれない。もしかしたら他にも大きな木があって、うっかり間違えたのかもしれない。

この前は大勢で行って、遠足みたいで楽しかったけれど、きっとはしゃいだから見落としたこともあったのだろう。あるような気がした。

「あと、学校にも行きたい」

美々加は言った。カンバちゃんたち、さらみみ会のみんなと、また教室や校庭で遊びたかった。

たっからじぇんぬの。

たっからじぇんぬの。

平成の学校の帰り、美々加はよくひとりで勝手なダンスを踊っていた。

制服に制帽。タイツにローファー。横長のランドセルを背負い、腰のところで後ろ手を組んで。

右、左、右、左。

左、右、左、右。

あれはどれほど前だったのだろう。

◯

「さーねえ、手出して」

目を覚ますと、まさおが言った。はじめに小岩井家の客間で目を覚ました日、知らない男の子がのぞき込んでいて慌てたのだった。あの日は暑くて、首振り扇風機のゆるい風が、ときどき顔に当たっていた。夏用のうすい布団に寝かされ、同じく夏のうすいピンクの布団がかかっていた。水でしぼったタオルを何度も取り替えて、おでこに載せてくれたのは、ママさんだっただろうか。

「俺の宝物あげるから、早くよくなって、元気出すぜよ」

「なに、宝物って」

「手を出して」

もう一度言われた美々加は、ベッドに寝たまま、手を少し伸ばした。開いた手にまさおがなにかを載せ、それをぎゅっと握らせてくれる。

ぐにゃっとゴムの感触がした。

「虫……？」

「あげるぜよ。それ。いたずらじゃなくて」

「うん」

「だから早くよくなるぜよ」

美々加は、うん、ともう一度言った。

おじいちゃんとパパさんが、めずらしく一緒に来て、

「さら、さら」

「さら、さら」

「さら、さら」

「さら、さら」

耳許で何度も呼ぶ。

「さら、さら」

「さら、さら」

「さら、さら」

「……さらじゃないし」

美々加は言い返した。口に取り付けられたドーム形のエアー吸入器が、美々加の声を聞こえにくくしていた。あるいは、もう声はほとんど出ていなかったのかもしれない。

「さらじゃないし」

それでももう一度言うと、そばで手を握っていてくれたお姉ちゃんが、

「さらじゃないって」

と言うのが聞こえた。うっ、と野獣みたいな声を上げたのは、パパさんだったのか。それともおじいちゃんだったのか。

「……みみか」

誰かが一度だけ、本当の自分の名を呼ぶのが聞こえた。

美々加は聞いた気がした。

でもそれが病室にいる誰の声なのかわからなかった。

あ、帰れないんだ、とそのとき美々加はようやく理解した。

はじめてわかったのだった。

大森美々加は、ここで死ぬんだ。

4　みみかの見たもの

美々加が昭和で見たのは、一斗缶でたき火をするお兄ちゃんたち。乗用車の三角窓。企業グラウンドの運動会。デパートの入口の横で、アコーディオンを弾きハモニカを吹く軍人さんたち。托鉢《たくはつ》のお坊さん。国鉄の高架を抜けた先の、小さなペット店にいる可愛い白い犬。お好み食堂の食券。五目うま煮そばとソフトクリーム。卓上のおつまみピーナッツのミニ販売機。同じく卓上にある、銀色の球形をした一回十円の星座占い。青い五百円札。痩せた野良犬。ポップアップのトースター。おもちゃのママレンジ。リカちゃんのボーイフレンド、わたるくんの人形。毎朝、隣家の塀の上に配達されている牛乳。

教科書にある「ビルマ」の文字。外出を控えたほうがいいらしい光化学スモッグの警報。ひざの赤チン。ジーパンの破れを隠すジャングル大帝レオのアップリケ。

大柄でマイペースなみーさん。オカルトの大好きなキムちゃん。賢い阿部さん。漫画好きで明るいカンバちゃん。

ちょうちん袖のブラウス。パンタロン。体操着のブルマー。二人用の机。黒板の上の校内放送用スピーカー。

給食の先割れスプーン。アルマイトのトレイ。コッペパン。マーガリン。カレーシチュー。ソフト麵（ミートソースがけ）。砂糖のたっぷりまぶしてある揚げパン。

ぽんぽこだぬきのおまんじゅう。チェリオ、プラッシー、バヤリース。

お肉屋さんのハムカツ。小岩井家一番のごちそう、割り下たっぷりのすき焼き。リンリンランラン留園《りゅうえん》、という中華料理店のCM。はーい榮太樓《えいたろう》です、という老舗の和菓子屋さんのCM。夕方の青春ドラマの再放送。みんなでお揃いの浴衣を着ている、小岩井建設社員旅行の記念写真。

リヤカーで道を行く石焼きイモ売り。ラッパを吹く自転車のお豆腐売り。立ち食いのおでん屋台。シャワーのないお風呂。二槽式の洗濯機。大きな箱みたいなクーラー。日が暮れると門の脇に灯る水銀灯。ガタガタの砂利道。住宅街を流れるどぶ川。

しょーちゃんのオスカル。「青きドナウの岸辺」を華やかに歌う初風諄のマリー・アントワネット。ショーストッパー、真帆志《まほし》ぶき（すーたん）のさようなら公演。出待ちの人の列。立ち並ぶ映画館。大きなホテル、劇場。

ドーナツ盤とLP盤、カセットテープとレコード針を売る町のレコード屋さん。おばあちゃんの駄菓子屋さん。リリアンの編み機。小さなストローで吹くシャボン玉みたいなポリバルーン。スターのブロマイド。立ち読みをしていると叱られる書店。週コミ、別コミ、週マ、別マ、りぼん、なかよし。

宝塚グラフの表紙を飾る瀬戸内美八《せとうちみや》（ルミ）、汀夏子《みぎわなつこ》（ジュンちゃん）、順《じゅん》みつき（ミッキー）、松《まつ》あきら（マッちゃん）、大滝子《だいたきこ》（ダイちゃん）……裏表紙のハイシーAの広告。ヒガシマルのうすくち醤油の広告。テレビ番組の隅にときどき出る、カラー、とか、白黒、とかの文字。

南野医院のおばあさん先生の、申し訳なさそうな顔。

平成の夢。

ナースコールの白いスイッチ。長いコード。若いナースのふたり、コマコさんとエビちゃん。でっぷり太った婦長のヤマダさん。食器を戻す銀色のタワーみたいな台車。お手洗いにある、あずき色のスリッパ。洗面器に張ってある消毒液。

パパさんの顔。ママさんの顔。大好きなお姉ちゃんの顔。おじいちゃんの顔。まさおの顔。

自分の亡骸《なきがら》。

小岩井さらちゃんの葬儀。

無。

無。

無。

無。無。無。

第六章　生まれる日

1　生まれる日

気がつくと、美々加は手になにかを握っていた。

それは大切な宝物だったから、決して離してはいけない。ずっと握っていなくてはいけない、と頭では理解していたのだけれど、開くと、それはハエと毛虫だった。わっ、と思わず放り出して立ち上がる。

大きな木のそばにいた。

人の字形になった根もとには、美々加でもくぐれそうな空洞がある。

スクールコートから覗く、制服のスカート。

タイツの足と、ローファーが見える。

触れると帽子をかぶっていて、髪の毛は……長い。使い慣れた、横長のランドセルを背負っている。

帰れた。

やっと平成に。

美々加はこわごわ周囲を見回してから、ゴムのおもちゃのハエと毛虫を拾い上げ、まずはゆっくりと歩きはじめた。

石畳と、並木がつづく。

やはりここはあの神社だ、と確信して、徐々に歩みを速める。いつどこから、どうつながったのか。年末、昭和四十九年の十二月二十五日、さらみみ会の四人と高島妙子グループの三人を引き連れて、路面電車に揺られ、ここに来たときは帰れなかった。木の根もとの空洞が小さすぎて、そこに頭を入れることさえできなかったのだ。

あのときは付き合ってくれたみんなの手前、美々加もそれなりに平静を装ったのだけれど、正直なところ、ずいぶん落胆して、すっかり未来を悲観してしまった。

もしかすると、あのあとお正月に体調をくずし、入院したのが幻。じつは神社を訪れた日から、うまくやり直しができたのかもしれない。

それともやっぱり病院で死んで、町をさまよう幽霊になってしまったのだろうか。町どころか、時空を越えて、ようやくこの時代に戻って来られたのかもしれない。

または制服を着た学校の帰り、黒猫について行き、暇つぶしのように昭和を訪れたのが、そもそも長い夢のはじまりだったのか。

夏の小岩井家から、最初はお試しのように半日で帰れたのに、一度戻った平成からまた旅立ってしまうと、今度は長い滞在になった。

いくらひとり遊びが好き、空想がちで意固地な美々加だって、同じことを繰り返して、もう十分に懲《こ》りた。

もしそのはじまりの、どちらかの時点に帰れているのなら、さすがに二度と同じ過ちは繰り返さない。

神社を出て、石塀沿いに歩く。もちろん帰る先はM町、大好きなママのところだった。会える。会いたい。会える。会いたい。会える。会いたい……。

でもどこで、なにを思って、また道を逸れてしまうかもわからない。家に帰る、ママに会う、という以外、なにも余計なことを考えずに、M町のマンションを目指す。

駅から、マンションへは一直線だった。

ファミレス、コンビニ、カフェ、ドラッグストア、パチンコ、ラーメン屋、スポーツ用品店、コンビニ、郵便局、お弁当屋さん……。得意の寄り道も回り道もせず、真っ直ぐ長い横断歩道を渡って国道沿いに行くと、すぐに隣がスーパーのマンションが見える。

昭和の小岩井さんの家から訪ねたときは、そこがだだっ広い空き地に変わっていて、美々加は途方に暮れたのだった。

もちろんマンションが壊されて空き地になったわけではなくて、まだ建つ前だったのだろうけれども。

自動ドアを抜け、とにかく最短のコースでエレベーターへと向かう。

ちん、と開いたドアから乗り込んで、素早く階数ボタンを押した。工事か引っ越しでもしているのか、クッション材で四方と床を覆ってあったから、奥の鏡で自分の表情を確かめることはできなかった。

足元がふわふわ、ふわふわして、やっぱり自分は死んでママに会いに来たのかもしれないと思う。

エレベーターのドアが開いた。

小学校の制服、制帽、スクールコートに身を包んだ美々加は、勢いよく廊下へ飛び出す。一体いつぶりだろう、何日……何ヵ月をよそで過ごしたのか。

ようやく自分と母親の暮らす部屋の前に立つと、背伸びをしてドアチャイムを押す。

インターフォンの返事も待たずに銀色のノブに手をかけた。

左にひねり、引いても開かない。

カギを取り出すためにランドセルを肩から外そうとしていると、ドアの内側から、かちん、とロックを解除する音が聞こえた。そろそろ美々加の帰る頃と思った母親が、外の物音から判断して、そんなふうにカギを開けてくれることはよくある。

そんなときは、大抵そのまま中からドアをぐいっと押し開けてくれるのだけれど、実際その通りに、ドアがゆっくり開いた。

「こら。美々加。また寄り道してたでしょ。遅いよ」

きれいなストレートの髪を揺らし、腕を伸ばした姿勢で、懐かしいママが、口ぶりとは裏腹に、やさしい笑顔で言った。「おかえり」

ただいま。

これまでずっと堪えていた感情が、体内で一気に爆発。外に向けて溢れ出て行くのを美々加はどうすることもできずに、わー、わー、わー、大きく声を上げ、そのまま泣きながら母親に飛びついて行った。

「どうしたの、美々加」

ただいま、ただいま、と胸に頭をこすりつける美々加の様子を訝《いぶか》ったように、母親が訊く。

まだ感情が昂《たか》ぶって、わーわー泣いているところだった美々加は、

「美々加、死んだ。昭和で死んだ」

それだけ告げると、言葉に詰まった。

「昭和で死んだ？　なんで？　生きてるじゃない。何言ってるの？」

と、ママ。

それ以上、自分の体験したことをどう話せばいいのかわからない。

こわかった。

美々加がただ小さく首を振ると、また娘が突拍子もないことを言い出したと思ったのだろうか、母親はひとまずそれ以上の質問をあきらめたように、美々加の顔をじっと見た。

「早く上がって、手洗いとうがいしなさいよ」

促されて、美々加はローファーを脱いだ。

あとは大好きなママから離れないよう、とにかくぴったりとくっついて廊下を進む。

「どうしたのよ、ひっついて。歩きづらいでしょ」

「離れない」

「なんで」

「離れると、また昭和いっちゃうから」

「ショーワ？　って、やっぱり昭和のこと？　時代の？　へんな子ね」

甘ったれる美々加と、じつは嬉しそうに会話をしながら、ほらあ、とあれこれ手早く準備してくれる。着替えなさい。おやつ食べる？　あれ、ちょっと熱っぽいんじゃないの。

昔からちょっと過保護で甘やかし気味、ふたり暮らしのそのやり方が、美々加にはずいぶん懐かしい。

熱を計ると三十八度あったから、市販の風邪薬とりんごジュースを飲ませてもらう。

つづいておでこに冷却シートを貼られ、母親が自分の寝室用のヴィックスの加湿器を運んで来て、美々加は久しぶりに自分専用、子供部屋のふかふかベッドに寝かされた。

「じゃ。なにかあったら呼びなさい」

リモコンで室内の光を常夜灯に落とした母親が、部屋のドアを閉めようとしている。

美々加はこのまま眠ると、また大好きなママに会えなくなってしまう気がして、急にそんな不安に襲われて、待って、と急いで呼び止めた。

「ん？　どうしたの」

「眠るから見てて」

「ここで？」

「うん」

少し考えた母親は、美々加のずいぶん気弱な表情に気づいたのだろう。小さく微笑むと、いいよ、と戻って来た。

ベッドの脇に美々加の勉強椅子を運んで来て、腰を下ろす。そこで眠るのを見ていてくれるみたいだった。

「……熊田」

つづけて美々加は、気になる母親の恋人の名前を口にした。

「さん、でしょ」

「うん……熊田……さん」

「どうしたの？　熊田くんが」

「今日、来る？　これから」

「今日？」

「ご飯を食べに、とか」

「うーん」

また母親はしばらく考え、仕方なさそうに笑うと、

「来ないよ。今日はもう熊田くんも、それに他の誰も来ないから、安心してゆっくり寝なさい」

ずいぶんやさしい声で言った。

よかった、と美々加は頬をゆるめ、母親に手を握ってもらうと、ようやくおやすみなさいを言った。

「どうする？　マザコンちゃん。もう一日、学校お休みする？」

水曜に戻って二日、学校を休み、母親から離れずにいた美々加だった。

昭和の小学四年生からやり直して、少しでも成長したのかと思えば、恐怖のあまり、逆に子供がえりしてしまったみたいだ。ふっと目を離した隙にまた離ればなれ、大好きなママに会えなくなってしまったら困る、とばかりに、眠りに落ちているとき以外は、とにかくずっとそばにいて、これまでのあれこれを母親に話していた。

恋人のことで不満や遠慮を感じていなければ、もともとそういう仲だった。

『ベルサイユのばら』を劇場で観たこと、親しい友だちがいたこと、冷たい水できつい雑巾がけをしたこと、給食の当たり外れが大きかったこと、お姉ちゃんがやさしくてきれいだったこと、アホな弟がいたずらばかりしていたこと、お正月にはねつきをしてヒゲを描かれたこと、こっくりさんに呪われたこと……。

「何？　それ。夢でも見たの？　それともまだ熱のせい？」

「ううん、そうじゃなくて」

「うーん、わかった。今日も休みなさい」

とママは甘く言った。「そのかわり、ちゃんと寝てなさいよ」

「はい」

「それで来週は、学校行きなさいね」

はーい、としぶしぶ返事をする。

次の日、日曜日は美々加の十二回めの誕生日だった。

さすがにもうすっかり熱は引いていたけれど、一応、大事を取って、家でお祝いのパーティをしてもらう。

居間のテーブルに、ケーキとご馳走の並ぶパーティだった。

「オヨヨ」

熊田剛にプレゼントをもらった美々加は、お礼のかわりに言った。

「なあに、それ。学校で流行ってるの?」

「オヨヨ」

それはテレビのお見合い番組で、キザな若い落語家が使う、驚きをあらわす言葉だった。

「こら、ちゃんとお礼言いなさい」

母親と熊田剛は、その言葉を知らないみたいだった。ふふふ。昭和の流行語をわざと使うのは、それから美々加のひそかな楽しみになった。「ゲバゲバ、ピー」

「この子、先週からおかしいの。昭和四十九年に行って、小岩井さんっていう、建築屋さんのご家族にお世話になってたなんていうのよ」

信じるかどうかはともかくとして、ずいぶん状況は飲み込めたらしい母親が、大柄な恋人にきちんと説明した。「それも一日とかじゃなくて、八月から次の年の一月までなんだって」

「昭和四十九年」

襟の尖った、不思議なデザインの白シャツを着た熊田剛が、もじゃもじゃの頭を掻きあげ、目を大きく見開いた。「すごい、俺が生まれるより前だ」

「どう思う?」

「どうって?」

「その話」

「うーん、そういうこともあるかもしれない」

「どうして」

「なんか時空が歪むとかで」

えー、と母親が驚きの声を上げ、美々加は複雑な気持ちになった。

熊田剛のほうが自分の肩を持ってくれるなんて、嬉しいようでやっぱり嬉しくない。美々加の母親もあまり物事に動じない、とりあえずオカルトっぽい話もあっさり受け入れるタイプだったけれど、それよりゆるいのもどうだろうかと思った。

母親との約束を守って、美々加は月曜日から学校へ行った。

クラス委員の弓ちゃんから、三日も休んだ理由を心配そうに訊かれたけれど、風邪をひいたの、とだけ答えた。こちらに戻って三日間の休みの理由は、確かにそれに違いなかった。

つまり美々加にとっての長い道草は、ここのみんなには一瞬。せいぜい平日の午後、数時間のものだったらしい。

不思議。

不思議としか言いようがなかった。

昭和にいたときはあんなに熱心に、自分が平成から来たと主張した美々加だったけれど、こちらに戻ってしまえば、安堵感のほうが先に立って、不思議さの検証は後回しになった。今ここに馴染んで、あちらを忘れることへの抵抗が少ないからだろうか。

ただ、美々加は基本的にしつこいタイプだったから、もちろん自分があの時代にいたことを、本当にあっさり忘れてしまうわけはなかった。

あの夏から冬にかけての数ヵ月、美々加が昭和にいたのは間違いなかった。

それは自分が小岩井さらという子になって、昭和四十九年の暮らしをしばらく体験してきたようにも思えたし、あの日、病院で息絶えた生々しい、苦しい実感を信じるならば、今の自分は亡くなったあの少女の生まれ変わりのようにも思えた。ひとり物思いにふけることの多い教室で、美々加はぼんやり、ぼんやりそんなことを考えていた。

2　カーテンコール

翌々週に小学校の卒業式があり、美々加は春休みを迎えた。男子はそのまま卒業し、中学は女子だけが、すぐ隣の敷地にある校舎に移る。

数ヵ月の昭和体験で、アホ男子への耐性がずいぶん高くなった気がしたから、今ならもう共学でも大丈夫かもしれない、とも思ったけれど、実際にうるさい北村勇斗なんかの声を聞けば、とにかく面倒くさい。やっぱり女子だけのほうが、まだ気楽そうだった。

保健室の神田先生には、中等部に上がってからも、タカラヅカの話をしに来ていいと約束してもらった。

美々加の歌劇団知識、それも昭和のトップスターへの造詣が、短期間で一気に深くなっていることに先生はずいぶん驚き、感心してくれた様子だった。

こっそりと十八番、小公子の「ごらんなさい」と、オスカルの「バスティーユ」を、これまでここにいさせてくれたお礼にと思い切って披露すると、やはり初演からのベルばらファンだという先生は、満面の笑みを浮かべ、大きな拍手をして喜んでくれた。

「ママ、お天気いいけど、今日どこか行く？」

春休みのその日、美々加が声をかけると、

「どこか？」

と応じた母親は、

「じゃあ、デパートの物産展行こうか」

と乗ってきてくれた。馴染みのデパートで北海道のおいしいものをいくつも買い、午後の紅茶をいただきながら、美々加はこのあとちょっと行きたいところがあると母親に告げた。

春休み中、自分だけで行くことも考えたけれど、正直ひとりは怖い。もし行くのなら、ママも一緒に、とまだ子供らしく思っていたのだった。

「どこ」

訊ねた母親に、

「小岩井さんのうち」

と美々加は伝えた。

「えー。本当に？　どこなんだっけ、小岩井さんのうちは」

住所を伝えると、

「うーん、そうねえ。いいけど、ちょっと遠いんじゃない？　それに、怖くない？」

腕時計をしない派の母親は、手元の携帯電話で、ちらりと時刻を確かめている。

ただ、美々加が強くなにかを言い出したときは、よほどでなければ考えを改めない。それを知っている母親は、あきらめたような表情をした。なにがあっても、娘に付き合ってくれる心づもりかもしれない。

自宅用の荷物を紙袋ひとつにまとめ、あとは手土産にする開拓おかきを物産展に買いに戻ると、デパートを出て電車に乗った。私鉄を一度乗り換えて、ずいぶんきれいに、そして自動改札になった駅に降りる。

小岩井さんの家が本当にあったことには、美々加も母親も、ふたりともとりあえず驚いた。

それも砂利道がすっかり舗装されたほかは、思った以上に駅からの道が変わっておらず、すぐに家を見つけることができたから尚更だった。

「本当にあるね」

「うん」

「小岩井さんって、ここでしょ」

「うん」

「どうする、美々加」

「うん、どうしようかな」

と美々加はうなずいた。呼び鈴を押そうかどうか、押してどう説明すればいいのか、

門の前で悩んでいると、

「うちにご用ですか」

あちらから向かって来た五十代くらいの女の人が言った。短髪で、全身黒系の服を着ている。

「うち？」

と美々加が見ると、見返した女の人が、はっと驚いた顔をした。

「さらちゃん……？　まさか。さらちゃんなの？」

「ううん。さらじゃなくて、美々加」

美々加が首を横に振ると、

「わー、本物なの？　まさか」

と女の人はますます興奮したように言った。「私、祐子だよ。わかる、祐子」

「お姉ちゃん？」

「そう。わかるんだ。わー、本物のさらちゃんなんだ」

三十数年経ったお姉ちゃんは、門の通用口を開けると、

「入って、入って。お父さんもお母さんもいるから」

と美々加に言い、それから美々加の母親にも、

「お母様ですか。どうぞ、中へ」

と告げた。

そして一足先に小走りに行き、玄関の引き戸を勢いよく開けると、

「お母さん、大変、さらちゃん、うちに来たよ。私のことも、わかるんだって」

と家の中に向かって大きく言う。よく響くいい声だった。「お母さん、大変、さらちゃんだって」

木造家屋の玄関は、引き戸のサッシだけが変わっているかもしれない。お姉ちゃんはそこを開け放し、また美々加たちのほうを向いた。

「昔、平成から来たって、ずっと言ってたから。あのときはよくわからなかったけど、本当に昭和のあとが、平成だったじゃない。だから、ああ、さらちゃんの話は本当だったんだね、なんて、そんなこと、たまにみんなで話してるの」

夢の話でもするみたいに、お姉ちゃんは言う。

「さらじゃなくて、美々加」

「そう、美々加ちゃん」

と言い、お姉ちゃんは笑った。

「なあに。祐子。どなたがいらしたの」

年老いた女の人が、奥からゆっくり歩いて来るのが見えた。髪を紫に染め、ぽっちゃり体型をしているけれど、肌はだいぶしわしわとして、張りがなくなっている。

「さらちゃん」

と、お姉ちゃんが中に言う。

「さらちゃん？」

不審げに目を細めて、つるつるの上がりかまちから、女性は玄関の靴脱ぎにおりた。

「何言ってるのよ、祐子」

美々加は家の中を気にしながらも、母親の腰にへばりつき、手をつないでいた。ついこの間までは、ここは安心できる家、といった気分でいたはずなのに、もちろん今はそんなふうに思えない。

ここは昭和四十九年ではない。

と、紫の髪の女性は、

「さらちゃん？」

美々加に気づくと、ずいぶん大きな声で言った。「あら、この子、本当にさらちゃんにそっくりね」

ママさんだ、と美々加は理解した。

「そっくりじゃなくて、さらだよ」

とお姉ちゃんが楽しそうに言う。

「え、嘘でしょ。なによ、からかって。……本当にそうなの？」

老婦人の声に美々加はうなずき、

「ママさん」

と呼びかけた。

「ママさん、……って、この子、さらだわ」

いよいよママさんは応じた。「ねえ、入って、お父さんが中にいるから。会ってあげて」

さすがに愛娘《まなむすめ》を取られそうに思ったのか、母親は美々加の手を強く握った。「美々加です、今日はちょっとご挨拶だけ」

「ああ、みみか。そうね、みみかちゃん」

年老いたママさんは、嬉しそうに言った。「あの子、なんかそんなふうによく自分で言ってたわ」

「あるんだね、こういうこと」

黒ずくめのお姉ちゃんは、ひとり言みたいにしみじみと言うと、

「本当に。どうぞ、ちょっとだけでも上がってください」

もう一度、明るく告げた。

「そうだ、祐子、まさおも呼んであげなさいな」

「うん、じゃあ携帯にかける」

お姉ちゃんはママさんに言い、

「まさおは近くに住んでるの、会社を継いで」

と美々加に最新の家族情報を教えてくれた。

「あ、まさおも知ってる?」

「うん。知ってる」

と美々加はうなずいた。

〇

「H山の資材置き場、売らなかったらよかったんだよね」

「H山って、高級住宅街……」

「そう、結構広かったのに、あのころは野っ原で」

お姉ちゃんと美々加の母親が、廊下を歩きながらそんな世間話をしている。小岩井建設のその後の事情みたいだ。

ただ、そんなことよりも、美々加にはもっと気になることがあった。

大きな薄型テレビの置かれた居間に入ると、宝塚の男役さんらしいブロマイド写真が、額に入れてあちらこちらに飾ってある。

しかもよく見ると、それは今よりも若い、お姉ちゃんの姿みたいだった。

「あれは……お姉ちゃん？」

おずおず訊ねると、

「そう、私」

と、お姉ちゃんは言った。

「すごい、宝塚に入ったの？　本当に？」

美々加は声をはり上げた。興奮で頭がくらくらする。

「うん。もうとっくに退団して、今はフリーで司会をやってるけど」

と、お姉ちゃんは言った。「私の宝塚のときの名前、知ってる？　男役時代の」

「知らない」

美々加が首を振ると、にんまり笑って、美々加のほうを指差した。

「大森美々花。さらが、いつも使ってた名前だったから。みみかの〈か〉は、花にしたんだけど。みみかちゃんは、やっぱり大森みみか？」

「タカラヅカ好き？」

こくり、と美々加はうなずいた。

また、うなずいた。

「そうなんだ」

とお姉ちゃんはしみじみと言った。「本当に、じゃあそうなんだ」

「へえ」

美々加の母親が、いよいよ感心したような声で言った。「どういうことなんだろ」

謎には思いながらも、美々加とこの家のつながりを、もう信じないわけにいかないといった口ぶりだった。

「……何組」

でも美々加の知りたいのは、まずそこだった。「お姉ちゃん、何組だったの」

「月組。月組の大森美々花」

「月か」

「知ってた？　同じ名前のタカラジェンヌがいたの」

一番好きなのは雪組。正直、月組にはまだ詳しくない美々加は、残念ながら首を横に振った。

パパさんはすっかり白髪になり、次の間の和室で休んでいた。

少し体調を崩しているらしい。

仏壇の前にマッシュルームカットのさらちゃんと、なぜか軍服を着た、古いおじいちゃんの写真が置かれている。

その写真をじっと見ている母親の腰から手を離して、美々加が奥に入って行くと、浴

衣に丹前《たんぜん》を羽織ったパパさんが、布団の上に座り、

「さら、来てくれたのか」

と嬉しそうに言った。美々加はうなずくとパパさんのそばに行き、

「さらじゃない、かも」

と小さく言った。

あのとき病院で、みみか、と呼んでくれたのは、パパさんだった気がした。アメリカデーとか言って、家族じゅうにハグして回ったのを思い出す。

「さら」

パパさんは目を細めて、何度もうなずいていた。

そのあと、大人になったまさおが姿を見せた。

「誰、この子。どこの子。なんで俺、急に呼ばれたの」

思い切りバカっぽく言い、美々加の母親に気づくと、途端に丁寧に、ちょっと照れたような顔で挨拶をした。独身というわけでもないおじさん、ちゃんと妻子ありと聞いていたから、美々加は首をひねった。

「さらちゃんよ」

とママさんが言う。

「は？　さらちゃん？　って、この子？　さーねえと同じ名前なんだ。へえ」

と大人のまさおは言った。小岩井建設の作業着姿だけれど、現場勤務ではなかったのだろうか。「あ、さーねえだったりして。なんてね」

ふん、とお姉ちゃんが呆れたように笑う。

美々加は今日わざわざポケットに入れて持って来たものを摑むと、自分よりもずっと背の高いまさおのところに、つかつかと歩いて行き、手を差し出した。

「なに」

「手」

美々加が促すと、まさおは不思議そうに手のひらを出した。

自分の摑んで来たものを、美々加は手でかぶせるようにそこに載せる。

「それ……あげるぜよ」

子供時代のまさおの口真似をして言い、ぱっと手を離すと、ハエと毛虫、ゴムのおもちゃを見た大人の男性が、わあ、と怯えたようにそれを放り出した。

「なんで」

とまだ鈍いことを言い、

「まさか、さーねえ？」

ようやく美々加の顔をじっと見て、明らかに困惑した口ぶりで言った。

おれ、さーねえいなくなったあと、凄くさびしかったよ。

誰にも言わなかったけど、ずっと、もう三十年以上も前だけど、本当にさびしかった。

お茶を一杯だけ飲み、しんみりと言ったまさおが、また仕事に戻ると、今度はママさんが、

「ちょっと待っててくれる？」

美々加に言い、部屋を出て行った。やがて大きな箱を抱え、よたよたと戻って来る。

「見て、これ。さらちゃんのもの、私、たくさん取ってあるの」

「さらちゃんのもの？」

きれいに拭いてあるのか、埃もない白箱を美々加は見た。

「そう」

ママさんが箱を床に置き、よいしょっとふたを開けた。

そこに仕舞ってあったのは、美々加がタカラヅカごっこをするのに作ってもらった、羽根やポンポンやシャンシャン、ビーズのついたTシャツなんかだった。クリスマスプレゼントにもらったパンダの手袋とマフラーも一緒に仕舞ってある。

「たまに干すのよ」

ちょっと前に使っていたものなのに、その箱の中でもう三十何年過ぎたに違いない小

物や衣類を見ていると、なぜだか美々加の目からは、ぽろぽろと涙がこぼれ落ちた。

「ほら、その羽根、背負ってみて」

ママさんの希望を聞いて、大きいサイズの立派な羽根を背負う。

歌劇団OGのお姉ちゃんが、「タカラヅカフォーエバー」を歌いながら、華麗なダンスを一緒に踊ってくれた。


小岩井家には一時間ほどいて、帰ることにした。

「本当にまた来てね」

ママさんがゆっくりゆっくりと、通りまでついてきて言った。何度離れかけても、また何歩かついてきてくれる。

もうここで大丈夫です、と美々加の母親がお辞儀をして言った。

「どうしよう、疲れたね。どっかまでタクシーに乗ろうか」

ふたりになるとママが言い、美々加がうなずくとすぐに一台止めた。タクシーが走り出したその通り沿いには、神林青果店があるはずだった。

大人になったカンバちゃんか、老けたおじちゃん、おばちゃんが働くのが見られるだろうか。

美々加がじっと外を見ていると、お店があったはずのあたりに、八百屋さんは見当たらず、かわりに、コープ神林、という大きなマンションが建っていた。

看板にオリジナルのキャラクター、ニカニカみたいな絵が描いてある。

「カンバちゃんち」

美々加がつぶやくと、

「なに?」

ママは小さなあくびをしながら言った。それから、今日の美々加には、だいぶひやひやもしたのだろう、

「道草禁止」

あらためて釘を刺すと、もうじき中学の制服を着る娘の手を、ぎゅっと強く握りしめた。

解説

田中兆子（作家）

『時穴みみか』を読み終わった人はおそらく、この作品は一見すると児童文学もしくは少女小説のようだけれど、実は、人生のさまざまな別れを知っている大人が読むにふさわしい物語である、ということに深く同意してくれるのではないかと思う。

そしてできれば、まだ読んでない人は読み終わってからこの解説を読んでほしい。

藤野千夜作品は、山あり谷ありではないのに読むのが止められないストーリーもさることながら、出てくるアイテム、食べ物、作品名などの、何ともいえない絶妙さを楽しむのが醍醐味であり、それを少々紹介するこの解説は、ネタバレに近いものがある。

私が初めて読んだときの、つい吹き出してしまったり、にんまりしてしまった笑いを、あなたにもぜひ味わってもらいたい。

『不思議の国のアリス』の主人公がうさぎを追いかけて穴に落っこちたように、小学六年生の大森美々加は猫を追いかけて、神社にある巨大な木の根元の空洞をくぐる。するとなぜか昭和四十九年にタイムスリップし、小学四年生の小岩井さらという女の子になってしまう。母と二人暮らしで年のわりに甘ったれな美々加は元の時代に帰りたくてたまらないが、やさしい小岩井家の人々やクラスの仲の良い女の子たちのおかげで、昭和というワンダーランドにじょじょに慣れていく。

平成生まれの美々加にとって、昭和はコンビニもノートパソコンもＰＡＳＭＯもない不便なところで、テーブルには「小さな網でできたドーム」が置かれ、グレープフルーツには砂糖がたっぷりかかっている。学校の先生は生徒への叱り方がいくらかきつく、知らないおばさんは「困ったら、誰でもいいから、すぐ大人に相談すんだよ」と、平成とはちょっと違う教えをくれる。

けれども、小岩井さらと同じ昭和三十九年生まれの私にとって、美々加が驚くその時代は、藤野さんの丁寧で魅力的な描き方によって、身もだえするほど懐かしくおかしみのある世界となる。

もし若い読者が小説のなかで知らない固有名詞にぶちあたったならば、Ｇｏｏｇｌｅ先生に聞くのが一番手っ取り早いとはいえ、なるべく身近にいる中高年に直接質問してほしい。ときには、「それ知らない」とそっけない答えが返ってくるかもしれないが（昭和三十八年生まれの夫は「象印賞」を知らなかった）、きっとほとんどのアラフィフ以上は、くい気味に、暑苦しいほどの熱意でもって教えてくれるに違いない。

小岩井さらと同じ年の同じ月に生まれた中島京子さんは、書評で「ガンコな汚れに、ザブがある〜」というCMソングを披露されていたし、私は「プレハブ教室」「ワリチョー」という言葉に激しく反応した。人によってツボにはまる言葉が違うのがまた楽しいのである。

そういう、今はなくなってしまったモノだけではなく、もうあまり見られなくなった家庭での日常のふるまいが、さりげなく描かれているのもいい。

小岩井家のママさんは、「お父さん、もう帰ってらっしゃるわよ」と夫に対して敬語を使っていたり、子どもに対して「コップが一つだけなのに、わざわざ木の丸いお盆に載せて」運んできたりする。前者に関しては明治以来の家父長制のなごりでもあり、つまりは私の中の「おじさん」がノスタルジーに甘くひたっていることにツッコミを入れざるを得ないのだが、昔のごく普通の家庭にあったゆかしさやゆとりのようなものを感じる。

しかし、酒くさい大人の「あんた、いっつも愛想ないな。将来、嫁に行けんぞ」という言い草には、令和になってもこういうおっさんいるわ〜、もう五十年もたってるのに変わんないわ〜、とあきれてしまう。その一方で、五十年たっても変わることなく、いや、変わらずにいてくれるからこそ、その華やかな世界によって、美々加が平成にいても昭和にいてもさびしさから救ってくれたのがタカラヅカだった——と書きたかったのだが、令和五年、タカラヅカも変わらざるを得ない事態となった。

それでも、十一歳の美々加が「たっからー、じぇんぬのー」と陽気に歌ったり、美々加とお姉ちゃんが「シャンシャン」を持って気取ったポーズで階段を下りたり、ママさんの手作り衣装を着てみんなの前でベルばらを演じたりする場面は、その光景がいきいきと目に浮かび、ぐっと胸をつかまれてしまう。

この作品は、藤野さんのタカラヅカへのラブレターでもある。どうか、宝塚歌劇団は変えるべきところを変え、その唯一無二の夢の世界が永遠に続き、私たちに変わらぬ喜びを与えてくれますように。


大きな声では言えないけれど、私は初めて『時穴みみか』を読んだとき、五十そこそこであるにもかかわらずすっかり美々加に同化してしまい、小学生の高学年から中学生にかけての、大人の男性に対する無条件の嫌悪のようなものをありありと思い出した。

自分の家の中に知らない男の人がいることの、ものすごい居心地の悪さと警戒感。相手がどんなに善良な男の人であっても、よく知らないという一点において絶対に心をゆるさないかたくなさ。そして、心をゆるしてもいない男の人に触れられることの、髪の毛が逆立つほどの恐怖とショックと気持ち悪さ。

小岩井家のパパさんはとても良い人なのに、美々加はそのパパさんが冗談まじりに自分をハグしようとすると、真剣に逃げてお風呂場で足を滑らせ、お尻と頭を打ってしまう。

もし、美々加がパパさんのハグを我慢して受け入れていたら、まったくおかしな話なのだけど、読んでいる私はもう大人なのにとても傷ついたと思う。

そんなパパさんをママさんがたしなめ、パパさんが謝り、その後、美々加はお姉ちゃんが持ってきてくれたホットカルピスを飲みながら弟のまさおとこたつに入っている。私は心から安心して、人というものを信じたい気持ちになり、現実と物語は違うことを充分にわかっていても、大人の私だってイヤなものはイヤと言っていいのではないかと小さな勇気を得る。

二回目に読んだときは、逆に、美々加がパパさんやママさんに「私はさらじゃない」としつこく言うその頑固さにはらはらし、パパさんやママさんをちょっとかわいそうに思ってしまった。でも、パパさんは気のいいさっぱりした人だし、ママさんはどこまでもあたたかくてやさしい。まさおと美々加がママさんに抱きつくシーンは、たぶんずっと忘れることはないだろう。

そして初読のときも二回目のときも、さらみみ会の女子たちの心のやわらかさに感嘆する。元は「さらちゃん」だったのに、ちゃんと「みみかちゃん」と呼び方を変え、美々加の語る未来の話を面白がって聞いている。

そういう幸福が、軽やかに、しかしじんわりと沁みこむように描かれる。

時間は止められず、人は必ず命を終え、その幸福はいつかすべて消え去ってしまうことを私たちは知っている。けれども、それが本当にあとかたもなく無くなってしまうわけでないということを、私たちはこの物語のラストに知る。

そのラストでの胸におしよせてくる深い感動は、藤野さんの切りつめた文章の賜物であり、映像化不可能の、小説でしか味わえない貴重な体験であることも、蛇足ながら伝えておきたい。


「若い人の内にも老いの境地はある」と書いたのは古井由吉さんだが、大人にも、幼な子のような生きる心細さはずっとあるのではないだろうか。

私たちは打ちのめされるような出来事に遭遇すると、たとえそれが過去に何度も起こったことであっても、当事者ではなく見聞きするだけでもあっても、心が揺れ、痛み、子どものように不安になる。

そんなとき、私たちは物語を欲する。物語を読むことでつらい現実から束の間はなれ、自分自身をなぐさめ、いたわり、少しずつ心を回復させる。人間への信頼を取り戻し、今日というかけがえのない時間を抱きしめ、また明日も生きようとする。

藤野千夜さんの書く小説には、そのような「物語の力」がある。『時穴みみか』を読み終えてしまってさみしくなった人よ、安心してください。藤野さんには、昭和ノスタルジーシリーズというのがあるのです。そしてどの本もすこぶる面白いのです。

もうすぐ九十歳の男性が、妻を介護しつつ、三人の独身息子に悩まされながらも、楽しく散歩し、昔ながらの喫茶店やレストランに寄って、コーヒーを飲み、美味しいモノを食べる『じい散歩』。この本のヒットを受けて書かれた続編『じい散歩　妻の反乱』。幼なじみである五十歳独身女性二人のゆるりとした生活を描く『団地のふたり』。子どもの頃や学生時代に漫画を読んでいたアラカン以上にお薦めなのが、昭和の懐かしい漫画のことがたくさん登場する『D菩薩峠漫研夏合宿』『編集ども集まれ!』。

どの本も読み終わったら、生きる元気がほんのり出てくる。

この、ほんのり、というのがいいのです。

参考文献

「週刊YEAR BOOK／日録 20世紀 1974」講談社（一九九七）
「週刊 昭和タイムズ10号／昭和49年」デアゴスティーニ・ジャパン（二〇〇七）

本書は二〇一五年二月に講談社から刊行された作品を文庫化したものです

双葉文庫

ふ-22-04

時穴《ときあな》みみか

2024年3月16日　第1刷発行

【著者】
藤野千夜《ふじのちや》

©Chiya Fujino 2024

【発行者】
箕浦克史
【発行所】
株式会社双葉社
〒162-8540 東京都新宿区東五軒町3番28号
［電話］03-5261-4818（営業部）　03-5261-4831（編集部）
www.futabasha.co.jp（双葉社の書籍・コミックが買えます）
【印刷所】
大日本印刷株式会社
【製本所】
大日本印刷株式会社
【カバー印刷】
株式会社久栄社
【DTP】
株式会社ビーワークス

【フォーマット・デザイン】
日下潤一

落丁・乱丁の場合は送料双葉社負担でお取り替えいたします。「製作部」宛にお送りください。ただし、古書店で購入したものについてはお取り替えできません。［電話］03-5261-4822（製作部）

定価はカバーに表示してあります。本書のコピー、スキャン、デジタル化等の無断複製・転載は著作権法上での例外を除き禁じられています。本書を代行業者等の第三者に依頼してスキャンやデジタル化することは、たとえ個人や家庭内での利用でも著作権法違反です。

ISBN978-4-575-52734-6 C0193
Printed in Japan

JASRAC 出 2400120-401

藤野千夜　好評既刊

じい散歩

夫婦あわせて、もうすぐ一八〇歳。三人の息子は、全員独身――。一家の主、新平は散歩が趣味の健啖家。一方の妻は認知症ぎみ。長男は引きこもり、次男は自称・長女で、末っ子は借金まみれ。いろいろあるけど、「家族」である日々は続いてゆく。現代家族小説の白眉。

文庫判

藤野千夜　好評既刊

じい散歩　妻の反乱

前作『じい散歩』からさらに歳を重ね、夫婦あわせて一八〇歳を超えた新平と英子。三人の独身中年息子たちは、要介護の母親の面倒を見る気配もない。まさに、老老介護の生活が始まった――。身につまされながらもどこか可笑しくて元気をもらえる、明石家のその後。

四六判並製